여로

# 여로

1판 1쇄 인쇄 2023. 4. 19.
1판 1쇄 발행 2023. 4. 27.

지은이 이묵돌

발행인 고세규
편집 김민경 디자인 정윤수 마케팅 김새로미 홍보 반재서
발행처 김영사
등록 1979년 5월 17일(제406-2003-036호)
주소 경기도 파주시 문발로 197(문발동) 우편번호 10881
전화 마케팅부 031)955-3100, 편집부 031)955-3200 | 팩스 031)955-3111

값은 뒤표지에 있습니다.
ISBN 978-89-349-6602-9 03810

홈페이지 www.gimmyoung.com       블로그 blog.naver.com/gybook
인스타그램 instagram.com/gimmyoung   이메일 bestbook@gimmyoung.com

좋은 독자가 좋은 책을 만듭니다.
김영사는 독자 여러분의 의견에 항상 귀 기울이고 있습니다.

여

요절할
결심

로

이묵돌 지음

김영사

사실은 어디라도 상관없었다.
단지 아무것도 없는, 텅 빈 곳에 가고 싶었을 뿐이다.

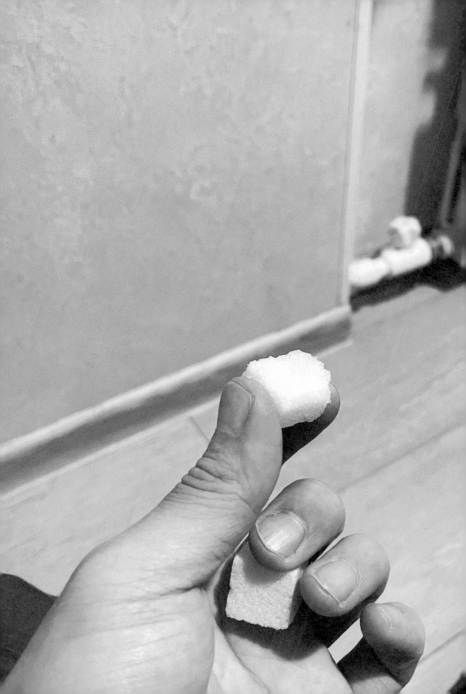

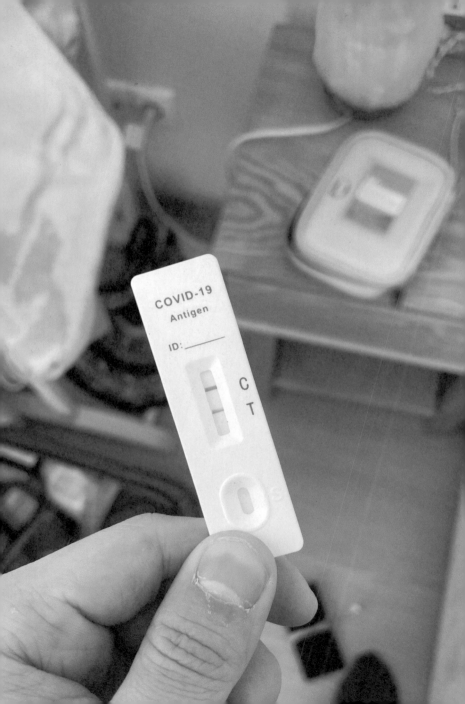

The bath in dark
is having rest.
To switch off light
will be the best

;-)

"술이랑 수면제 섞어 드시지 마세요. 다시는."

　느직한 오후에 깨서 메시지를 확인했다. 현기증이 나고 속이 울렁거렸다. 약에 취하면 무슨 이유에선지 아무에게나 전화를 거는 습관이 있었다. 몇 년 동안 연락이 없던 친구에게 다짜고짜 안부 인사를 하기도 하고, 언젠가 함께 일했던 동료들에게 '요즘 하는 일은 좀 어떠냐' 같은 실없는 질문을 하며 시간을 때웠다. 오며 가며 얼굴이나 몇 번 봤을 뿐인 사람에게 늦은 밤 전화를 걸어 '친해지고 싶어서 연락했다' 같은 헛소리를 늘어놓기도 했다. 평소의 소심한 나라면 엄두도 내지 못했겠지만. 수면제에 취했을 때 하는 행동이며 말 같은 것들은, 다음 날이 되면 대부분 기억이 나지 않았다. 기억에 없다면 창피한 생각도 덜한 것이다. 단지 불안할 뿐이다.

처음에는 '역시 민폐니까 그만두자'고 생각했다. 그런데 행동의 본질을 놓고 보면 어차피 전화를 걸고선 혼자 횡설수설하다가 끊는 게 전부였다. 왜인지 전화를 받은 사람들도 나를 재미있게 생각해주는 것 같았다. 부작용이라면 내가 모르는 사이에 너무 깊은 부분을 공유한 나머지, 이따금 잘 모르던 누군가가 당혹스럽도록 친근한 어투로 연락을 해오는 일이 생겼다는 것이다. 취한 상태의 나는 평소보다도 더욱 솔직한 인간이었다. 요즘 같은 세상에 그건 일종의 파격이라 할 만했다. 정신적인 나체가 되어있다고 할까. 느닷없이 걸려 온 전화로 누군가의 밑바닥을 관람하게 되면 나라도 꽤 재미있을 것 같았다. 그래도 그 뒤처리라는 건 제정신의 내가 해야 하는 것이니까. 적당히 예의를 차린 투로 메시지를 보내놓고 기록을 전부 지우곤 했다.

'이전에는 죄송했습니다. 요즘 불면증이 심해서 약을 먹는데 이상한 습관이 생겼나 봐요. 제가 헛소리를 많이 한 것 같습니다. 그중에는 사실인 것도 있고, 사실이 아닌 것도 있을 테니까, 적당히 걸러서 생각해주시면 좋겠어요. 의도치

않게 폐를 끼쳐서 죄송합니다.'

그러던 것이 전날 밤에는 1년 전 같이 책을 냈던 편집자에게 연락을 한 모양이었다. 내가 무슨 말을 했을까? 기억이 나지 않으니 추측에 기댈 수밖에 없다.

우선은 나의 상황을 이야기했을 것이다. 역시 갑자기 전화가 온다면 당황스러울 테니까. 얼마쯤은 설명이 필요한 것이다. 들어보세요, 나는 요즘 극심한 불면증에 시달리고 있고, 그래서 수면제가 없으면 잠을 못 잡니다, 그런데 이 수면제라는 것도 나날이 내성이 생기는 모양이에요, 약을 먹어도 몽롱해지기만 할 뿐이라 미칠 지경입니다, 약도 계속해서 늘려보았는데, 정신과 의사는 더 이상 약을 늘릴 수 없다고 했어요, 그래서 하는 수 없이 술을 마시는데, 그렇게 잠에 들기까지 몇 분 동안 이상한 짓을 하게 됩니다, 이렇게 전화를 건 것도 그 이상한 짓의 일환이고, 정말 미안하지만 내 얘기를 몇 분이라도 좀 들어줬으면 좋겠는데요…….

출판사 관계자에게 전화를 걸어 그런 얘기를 했다니. 그러고 나서 나는 '다시는 그러지 말라'는 말까지 얻어들었다. 일찍이 알고는 있었지만, 새삼스레 내가 처한 입장이 얼마나 비참한 것인지를 상기했다.

여로

나는 착실하게 죽어가고 있었다. 몇 년째 이어진 불면증이 삶의 형태를 기형적으로 일그러트려 놓았다. 제때 잠을 자지 못해 생기는 스트레스는 고스란히 쌓이기 시작해 이내 눈덩이처럼 불어났다. 이제는 돈뿐만이 아니라 잠까지도 제때 갚지 못하는, 만성적인 채무 고민에 시달리는 인간이 됐다. 평소처럼 책을 읽고 글을 쓰지만 제대로 머리에 들어오는 건 하나도 없었다.

이윽고 약과 술에 의존하게 되자, 이상한 일들이 일어났다. 보일 리 없는 것들이 보이고, 들려서는 안 되는 소리가 들렸다. 나는 불현듯 크게 소리 내서 웃고는 했다. 웃겨서 웃는 게 아니었다. 그런 건 전혀 웃기지 않았다.

"그러셨군요. 정말 안타까운 일이지만." 다른 출판사 관계자의 목소리였다. 나는 전화기를 들고 있는 게 힘겨워 스피커폰으로 전환한 뒤 탁자에 올려놓았다. "그래도 마감은 하셔야 하니까요. 다시 말씀드리지만, 일정을 여기서 더 늦추는 것은 어렵습니다."

"저는 정말 죽을 것 같은데요."

"그래도 마감은 하고 죽으셔야 해요." 과연 편집자가 할 만한 말이었다. 사실 그렇다. 모름지기 제대로 된 편집자라면 누구나 그렇게 이야기해야 한다. 할 수밖에 없다. 작가는 그 말뜻을 이해하지만, 그 이면에 있는 동기라거나 어쩔 수 없는 상황 같은 것들도 납득하고 있지만, 그럼에도 불구하고 머리를 싸매고 연거푸 마른 세수를 한다.

"도망치고 싶어요."

"어디로요?"

"어디로든지." 내가 말했다. "기왕이면 아주 먼 곳으로요. 진짜 아무것도 없는 그런 곳."

"나쁘지 않네요. 그런 곳이면 마감하기 딱 좋을 것 같은데요."

"혹시 '히스테리아 시베리아나 Hysteria Cyberiana'라고 들어보셨나요?"

"아뇨. 그게 뭔데요?"

"어떤 소설에서 읽었는데 시베리아에서 사는 농부들이 걸리는 병이라나 봐요."

"시베리아에도 농부가 있어요?"

"있긴 하겠죠? 시베리아라고 하면 엄청 넓으니까."

"그럼 한두 명쯤 있을지도 모르겠네요."

"근데 거기가 정말 아무것도 없는 곳이라, 멀쩡하게 농사를 짓던 사람이 어느 날 갑자기 미쳐버린대요. 마음속에 있는 무언가가 죽어버려서."

"그건 지금 작가님이랑 똑같네요."

"뭔가에 홀린 사람처럼 걸어가다가, 몇 날 며칠을 계속해서 서쪽으로 걸어가다가 그대로 쓰러져서 죽는다는 거죠. 그런 병이 있대요. 진짜인지는 모르겠지만."

"시흥이나 광명 아닌가요? 지금 계신 곳에서 서쪽으로 계속 가면."

"저도 시베리아나 가볼까 봐요." 그건 전혀 계획에 없던 말이었다. 나는 그냥 적당히 잘 쓰고 있으니까, 참견하지 말고 전화 좀 작작 걸라는 말을 하려고 했을 뿐이다. 그런데 갑자기 시베리아라니. 마음속에 돌연 아무것도 없는, 지평선 너머 까마득한 곳까지 전부 눈으로 뒤덮여있는 설원의 풍경이 떠올랐다. 생명의 흔적도, 살아갈 필요성도 느껴지지 않는, 눈이 멀 것처럼 하얗고 광막한 시베리아가 나는 그리웠다. 이때의 내게는 가능한 일이었다. 단 한 번도 가본 적이 없는, 갈 생각도 한 적이 없는 그런 장소를 그리워하는 일이.

"거기서 죽으시게요?" 편집자가 물었다.

"마감은 하고요." 나는 곧장 블라디보스토크로 가는, 가장 빠른 비행기 표를 찾았다.

# 목차

# 1

## 서울, 인천

새벽 두 시에 일어났다. 침대 옆에 붙은 창문 쪽에서 거센 바람 소리가 들렸다. 이 집으로 이사 온 지도 1년이 다 되어 가는데 그 정도로 격렬한 바람 소리는 처음이었다. 두려운 마음으로 창문을 살짝 열어봤다. 찰나의 틈바구니를 뚫고 냉기 가득한 바람이 한 움큼 불어닥쳤다. 그런 바람을 안면에 두들겨 맞고 나니 뇌가 얼어붙는 느낌이었다.

　먼 나라는 고사하고 집 근처 편의점에 가기도 무서운 날씨였다. 뭔가 때를 잘못 잡은 것 아닌가 하는 때늦은 불안감이 엄습해왔다. 거실에서 뉴스를 켜놓고 짐 가방을 점검했다.

　"일부 지역에 한파주의보가 발령됐습니다. 시베리아 기

단의 영향으로…"

화면 너머 기상 캐스터가 한겨울의 추위를 경고하고 있었다. 좋은 소식이었다. 때마침 시베리아에 갈 참이었는데 뭣 모르고 갔다가 얼어 죽기 딱 좋은 시기였다. '지금이라도 취소할까'라는 생각이 본능처럼 들이닥쳤다. 그러나 뭔가를 취소하기에는 너무 늦었고, 그건 어제까지의 내가 정확히 필요로 하던 것이었다.

바싹 마른 표정으로 집 안의 불을 다 꺼버렸다. 그놈의 방 구석은 하다못해 잡는 시늉도 하지 않는 것 같았다. 하기야 내가 어디 떠난다고 해서 잡을 사람이 있기는 할까. 내게는 부모도, 형제도 없다. 가족도 없고 친척도 없다. 지금 생각해보건대, 그때 나는 누군가 날 강력하게, 옴짝달싹 못 하게 붙잡고는 가지 말라고 말려주길 바랐던 것 같기도 하다. 그러나 그런 사람은 아무도 없었다. 결국 난 떠났다. 떠나는 것밖에는 방법이 없었다. 변명이라는 것은 알고 있다.

오전 다섯 시. 캐리어가 생각보다 무거웠다. 나는 어디 여행을 간다고 짐을 바리바리 싸놓는 타입이 아니다. 어차피 사람 사는 곳은 다 비슷한 것이고, 어지간한 물건들은 현지

조달하며 다니는 것이 좋았다. 이번에도 세면도구와 책 정도를 빼면 몇 벌의 옷가지를 챙긴 게 전부였는데, 죄다 한겨울용이다 보니 조금만 챙겨도 짐이 꽉 찼다. 기내 반입용이라 가방이 작은 것도 한몫했지만.

버스와 공항철도를 번갈아 타고 가다간 검사가 늦어질 것 같아 택시를 탔다. 금방 도착했지만, 워낙 거리가 있다 보니 비용이 꽤 들었다. 그래도 아낄 수 있었던 시간이며 에너지에 감사하며, 공항 내 코로나 검사실로 향했다. 검사소는 오전 일곱 시에 문을 열었다. 문 열기 5분 전까지도 깜깜해서, 잘못 찾아온 건 아닌가 싶었다. 주위에 기다리는 사람이 없었더라면 자진해서 길을 헤맸을 것이다.

전전날 예약한 덕분에 빨리 입장할 수 있었다. 검사도 금방 끝났다.

"그런데 오늘 열한 시 15분 비행기인가요?" 내 서류 몇 장을 훑어보던 의사가 물었다.

"네"라고 대답했다.

"이거 좀 촉박할 수도 있겠는데요. PCR은 검사 결과가 나올 때까지 세 시간 정도 걸리거든요."

"세 시간이요? 한 시간이 아니었나요?"

"그건 항원 검사이고 PCR은 세 시간에서 길게는 네 시간 정도 잡으셔야 합니다."

당황스러웠다. 도착하고 나서는 몰라도 출발할 때까진 그럭저럭 계획을 세워놨다고 생각했는데 벌써부터 계산이 어긋나버렸다.

'탑승 수속은 한 시간 전까지만 마치면 되니까.'

열 시쯤 결과가 나온다고 하면 탑승에 큰 지장은 없을 것이다. 미리 체크인이라도 해둘까 해서 창구로 갔다. 항공사 직원은 검사 결과가 나와야 수속을 진행할 수 있다고 답변했다. 역시 그렇겠지? 이러다 양성이라도 나오면 꼼짝없이 집에 가야 할지도 모르고. 일단은 공항 어디에라도 앉아 기다리는 수밖에 없었다.


해외 출국을 위해 인천공항에 온 건 처음이 아니었다. 다만 이날처럼 쓸쓸하고 조용한 모습의 공항은 본 적이 없었다. 물론 사람이 많은 것도 부산스럽고 싫지만, 그 넓고 광막한 건물 내부에 이렇게 인적이 뜸하니 무서운 느낌도 들었다. 조금 전 공항 내 어딘가 테러라도 일어난 것이 아닌가, 그래서 대부분의 사람들이 공항 밖으로 도망치고 없는 와중에 나처럼 눈치 없는 인간들만 남아있는 건 아닌가 의심이 들었다.

'코로나가 터진 후로는 해외에 나가는 게 처음이었지.'

해외는 무슨 국내 여행도 다니지 않았다. 지난 1, 2년 동안 나는 거의 방구석 폐인처럼 살았다. 글 쓰는 직업의 특성상 가뜩이나 집에서 나갈 일도 드물었는데 정부의 코로나 방역 지침으로 더욱이 외출할 일이 없어졌기 때문이다. 그런 상황은 내게만 해당하는 것이 아니었다. 이래저래 상황들을 따져보았을 때, 공항에 사람이 뜸한 게 당연한 일이기는 했다. 이렇게 복잡한 절차, 제한적인 조건으로나마 해외여행이 허용된 것도 몹시 최근에야 가능해진 일이다. 나야 이런 상황이 되길 기다렸다가 떠나게 된 케이스는 아니었지만.

공항 2층에 있는 카페에서 커피 한 잔을 시키고 자리를 잡았다. 조명이 창백해 눈이 부셨고, 수시로 안내방송이 울려대서 잠들기가 쉽지 않을 것 같았다. 하지만 워낙 잠도 못 잤고 피곤했기 때문에, 꾸벅꾸벅 졸다가 테이블 위로 곯아떨어졌다. 이상한 꿈을 꾸었는데 내용이 기억나지 않는다. 일어났을 땐 열 시가 조금 넘은 시간이었다.

결과 확인 문자는 와있지 않았다. 혹시나 해서 메일도 확인해 보았다. 없었다. '이러다 정말 비행기 못 타는 거 아닌 가? 가서 기다리고 있어야 하나? 결과가 나오는 대로 서류 를 뽑아서 냉큼 오면 될지도 모른다.'

고민 끝에 검사소가 있던 터미널 옆 건물로 가방을 끌고 가던 중이었다. 갑자기 휴대폰에 진동이 울렸다. 화들짝 놀 라 메시지함을 열어 맨 위의 것을 확인했다.

> 「안녕하세요. 인천공항 코로나 검사센터(서) 입니다.
> 귀하의 PCR 검사 결과는 Negative입니다. 확인서 수령 방 법은…」

문자는 정확히 열 시 30분에 도착했다. 나는 뛰기 시작했 다. 가방도 몸도 무거운데 바깥은 춥고, 이마에 땀이 송골송 골 맺히는 와중에 체크인 카운터가 시야에 들어왔다. 나는 단 한 명 남아있던 직원에게 간청하듯 말했다.

"헉, 헉… 죄송합니다. 결, 결과가 이제야 나와서…"

직원은 난처한 표정으로 "일단 팀장님에게 한번 물어볼 게요. 잠시만요"라는 말을 건네곤 어딘가에 전화를 걸었다. "네. 아까 그 승객분이에요. 너무 늦긴 했는데, 처리해드릴까요? 아, 아. 네. 지금요… 네…"

나는 비행기에 타지 못했다. 항공사 사람들도 인간인데 어떻게 사정을 봐주지 않을까… 그렇게 속 편하게 생각했던 것이 최악의 결과를 낳았다. 불행 중 다행으로 환불을 할 수 있긴 했지만, 당일 취소분이 되어 수수료가 상당히 빠졌다. 그래도 소액이나마 돈을 돌려받을 수 있는 게 어디야, 하고 긍정적인 생각을 하기도 쉽지 않았다. 코앞에서 비행기를 놓치는 경험은 태어나 처음이었다.

'내가 지금 뭐 하는 거지? 왜 이렇게 멍청하게 돈을 날려버리고 있는 거지? 돈이 썩어 넘치나?' 전혀 그렇지 않다. 오히려 반대다. 빚은 빚대로 늘었고, 1년 가까이 책도 내지 못해 수입도 확 줄었다. 당장 다음 달, 다다음 달 형편을 걱정해야 할 타이밍에 마감도 못 하고, 그냥 시베리아에 가서 죽어버리지 뭐, 같은 생각으로 도망치고 있었을 뿐이다.

그냥 집에 가버리고 싶었다. 그런데 이렇게 혼자 돌아가서, 혼자 몸을 씻고, 짐을 풀고 아침이랑 똑같은 침대에 누울 생각을 하니 머리가 아찔했다. 나 자신에 대한 기대는 좀처럼 가지지 않는 편이지만, 이거야 한심해도 너무 한심하지 않냐고.

　이미 떠나기로 한 길을 돌아갈 수는 없다. 지푸라기라도 붙잡는 심정으로 새로운 항공편을 알아봤다. 잘하면 내일이라도, 모레까지라도 공항에서 노숙하며 버티다가 블라디보스토크행 비행기를 탈 수 있을지 모른다… 그렇게 생각하던 차에 오후 네 시 비행기를 발견했다. 그런데, 당일? 당일 오후 네 시라고?

　몇 번을 다시 확인해도 당일이었다. 네 시간 뒤에 출발하는 비행기가 확실했다. 스케줄을 알려주는 공항 내 안내판에도 항공기명이 나와있었다. 처음 들어보는 러시아 항공사였다. 북한을 관통해서 가는 덕분인지 시간도 30분이나 짧았다. 뭐야, 이거? 진짠가? 심지어 운임도 전에 예약한 것보다 저렴했다. 결과적으로는 탑승 실패로 인한 수수료를 절반 넘게 만회한 셈이 되었다.

　더구나 이번에는 코로나 검사 결과를 기다리며 마음졸이지 않아도 된다. 온라인 체크인까지 지원했기 때문에, 미리 탑승 수속을 처리하고 기다리기만 하면 될 것 같았다. 온라인 체크인 결과가 메시지로 왔다. 나는 여권과 그것을 함께 들이밀면서, 당당하게 탑승장으로 들어가려고 했다. 그렇지만 일이 그렇게 잘 풀릴 리가 없지. 역시나 내 앞을 가로막는 공항 직원.

"이거, 보딩 패스가 국내 공항이랑 호환이 안 되는 종류라 통과가 안 돼요."

"그럼 어떻게 하죠?"

"카운터에서 직접 체크인하시고 실물 탑승권을 받아오셔 야 할 것 같아요."

"그치만 H열 체크인 창구는 아직 안 열었던데요… 지금 은 온라인으로밖에는."

"지금이 열두 시니까… 두세 시쯤에 창구가 문을 열 거예요."

"그때까지 기다려야 하나요?"

"네."

공항 직원의 태도는 단호했다. 그는 나라 잃은 표정을 짓고 있는 내게 더는 해줄 말이 없다는 듯이 여권을 도로 건넸다. 나는 인천공항의 모든 부분부분이 나를 싫어하는 것처럼 느껴졌다. 까놓고 보면 전부 내 잘못이지만, 그럴 땐 정말 그렇게밖에 느껴지지 않는다. 나는 다시 카페로 돌아가서, 또다시 자리를 잡고, 커피를 시키고, 책을 읽다가 잠들었다.

그러다 두 시 반 무렵에 뒤척거리면서 일어났다. 엎드린 채 너무 오래 잠든 탓인지 허리가 아팠다. 학창시절 땐 그 자세로 다섯 시간을 자도 아픈 줄 몰랐는데.

"그런데 환자님 척추는 너무 예쁜데요. 그냥 운동 부족이 에요. 집에서 나와 운동을 좀 하세요." 나는 몇 달 전 동네 정형외과 의사에게 들었던 말이 떠올라서 불쑥 짜증이 났다.

'젠장. 자기가 뭘 안다고 그런 말을 하는 거야? 아프다고 온 사람한테 척추가 예쁘다느니 어떻다느니.'

체크인 창구에는 이미 사람이 많이 모여있었다.

'지금 보니 텅 빈 것보다는 이게 한결 낫네. 사람들 뒤에 가만히 서있기만 하면 되니까.'

3분쯤 지나 내 차례가 왔다. 내게는 더 이상 결격 사항이 없는 것 같았다. 내게는 여권과 항공권이 있었고, PCR 검사 음성 확인서도 있었으며, 가방에는 총도 칼도 백 밀리를 초과하는 액체도 들어있지 않았다. 비로소 러시아에 갈 준비가 다 된 것이다.

그렇게 생각하고 있는데 창구 직원이 물었다. "좋아요. 그럼 언제 한국에 돌아오세요?"

"예에?"

전혀 생각지 못한 질문이었던 나머지, 나는 터무니없도록 멍청한 얼굴로 대꾸하고 말았다. "언제 돌아오냐니요?"

"돌아오는 항공편이 며칠이시냐고요?"

"돌아오는 비행기는 예약을 안 했는데요."

"네… 네?" 이번엔 창구 직원이 당황한 표정으로 대꾸했다.

"예약을 안 하셨다고요?"

"네. 언제 어떻게 돌아올지는 생각을 안 해놔서요."

직원은 잠깐 동안 할 말을 잊은 듯 침묵했다. 그리고 겨우겨우 정신을 차리고 나서 설명하기를, '러시아에서 90일 동안 무비자로 체류할 수 있기는 하지만 돌아오는 항공권 없이는 입국을 안 시켜줄 가능성이 있다. 그러니까 탑승권을 받으려면 아무 표라도 예약을 해두는 것이 좋다'고 말했다.

'구글링할 땐 그런 얘기는 못 봤던 것 같은데…'

지긋지긋한 코로나 재확산 때문에 입국 절차가 더 까다로워졌다는 모양이었다. 어쨌거나 나는 블라디보스토크에서 시베리아 횡단열차를 탈 생각이었으므로, 대충 한 달 뒤에 있는 가장 저렴한 항공편을 찾아 임시로 예매했다. 진짜 그걸 탈 생각은 없었지만 행정적인 절차 같은 것으로 받아들이기로 하면서.

그렇게 탑승 수속이 끝났다. 나는 탑승장으로 걸어 이동했다. 38번 게이트는 탑승장 중에서도 가장 깊숙하고 외딴 곳에 있었다. 어째 해외에 나갈 때면, 내가 타는 비행기 탑승구는 거의 이렇게 구석진 곳에 있었던 것 같다. 역시 인천공항은 나랑 맞지 않았다. 천칭자리나 사수자리인 걸까? MBTI도 아마 ESTJ 같은 거겠지. 요즘은 모든 것에 MBTI가 통용되는 모양이니까. 공항이라고 예외는 아닐 것이다.

지긋지긋하다. 이젠 정말 어디로든지 떠나서, 얼어 죽든 굶어 죽든 뒈져버리고 싶은 마음이 간절했다. 거기 뭐가 있든 간에 이 등신 머저리 같은 공항보다는 낫겠지라고 생각하며, 마침내 블라디보스토크행 비행기에 몸을 실었다.

2

## 블라디보스토크

국내선과 다르게 국제선은 비행기에 타는 순간 '이미 해외
에 와있는 것 같은' 기분이 든다. 항공사 국적이 바뀌면 더욱
그렇다. 물론 인천에서 출발하는 것이니만큼 심심찮게 한국
말이 들리긴 했는데, 안내방송부터 승무원까지 모두 러시아
어를 기본으로 쓰니 벌써부터 겁이 났다.

'큰일 났네. 하나도 못 알아듣겠어.'

억양도 어색하고 단어 뜻도 도무지 추측조차 할 수 없었
다. 소문대로 러시아인들은 표정이 없었다. 분위기와 맥락
만으로 내용조차 파악하기가 불가능해 보였다. 나는 정말
말이 하나도 안 통하는 곳으로 가고 있구나. 보통 이럴 때는

통속적인 표현으로 기대 반, 걱정 반이라는 말을 쓰는데 나는 공연하게라도 그렇게 쓸 수가 없었다. 떠오르는 생각의 대부분이 걱정 또는 후회였다. 기대가 전혀 안 되는 건 아니었지만, 비율로 따졌을 땐 전체의 1할조차 되지 않았다. 여행보단 귀양이나 피난을 떠나는 사람의 마음이었다. 거기도 다 사람 사는 곳이겠지? 하는.

기내식으로 기다란 에너지바 같은 것을 받았다. 이것도 기내식이라고 해야 하나 싶은 메뉴였지만, 두 시간 반밖에 안 되는 짧은 여정이어서 그것조차 상당한 호의인 양 느껴졌다. 에너지바는 체리 맛이었다. 그 수많은 과일 중에 어째서 체리일까. 그것은 알 수 없다. 있는 그대로 받아들이는 연습을 해야 할 것이다. 러시아에 도착하고 나면 이렇듯 영문 모를 일이 얼마나 일어날지 모르니까.

어째서 하필, 같은 질문은 사실 나 자신에게도 할 수 있었다. 그 많은 나라 중에 어째서 러시아인가? 솔직히 말해 모르겠다. 나는 도스토옙스키나 톨스토이, 체호프와 나보코프 같은 러시아 작가들의 작품을 감명 깊게 읽긴 했지만, 그게 이번 결정에 가장 큰 영향을 끼치진 않았다. 그건 어째서인가.

내가 읽었던 문학 속 러시아는 대개 제정이나 혁명 시기가 배경이었다. 한데 지금의 러시아는 우리나라와 똑같은 2022년을 살고 있지 않은가. 전보가 아닌 스마트폰을 쓰는 이상, 그곳은 소설 속 러시아와 똑같은 공간이 될 수 없을 것이었다. 그게 아니면 그저 항공편이 저렴했기 때문인가? 아니. 그것도 아니다. 같은 값이면 제주도나 후쿠오카에 갔어도 될 일이었다. 그쪽이라면 말이 안 통할 염려도 덜 했을 것이다. 하지만 그렇게는 하고 싶지 않았다. 편안하고 안락한 날들을 꿈꾸는 것이 아니었다. 오히려 결격사유였다. 나는 이 억지스러운 여정으로부터 뭘 원하는지 몰랐지만, 최소한 뭐가 아닌지는 직감하고 있었다.

승무원이 건네준 입국서류를 작성하고, 책을 좀 읽다 보니 금방 착륙 안내방송이 떴다. 러시아가 이렇게 가까운 곳이구나. 뭔가 김빠지는데… 하며 창밖을 바라봤다.

기체가 돌연 파도에 휩쓸리는 배처럼 기울었다. 창 너머로 하늘이라기에는 차갑고, 바다라기에는 희읍스름한 표면이 펼쳐 드러났다. 처음에는 육지에 쌓인 눈이 붕 떠 보이는 것이 아닌가 생각했다. 뭐 러시아니까 눈이 많이 오는 건 당연하겠지. 근데 비행기 고도가 차츰 낮아지면서 눈 덮인 육지가 아니라 얼어붙은 바다라는 것을 알 수 있었다.

기체는 요란한 소리를 내며 활주로에 착륙했다. 공항 건물로 넘어가는 길에 '블라디보스토크Владивосток'라고 쓰인 공항 현판이 눈에 띄었다. 짐을 끌고 사람들을 따라 걸었다. 입국 심사는 20분 정도 걸렸다. 공항 로비는 인천공항에 비하면 협소하다고 해도 좋을 만큼 작았다. 한국말로 '편의점' '환전소'라고 적힌 창구도 눈에 띄었다. 문은 닫혀있었지만. 나는 적당히 눈에 띄는 곳에서 유심칩을 샀다. 그래도 아직은 공항이라 어느 정도 영어가 통하는 것 같았다. 한 달 동안 사용할 수 있는 유심칩이 500루블. 우리 돈으로 약 8,000원이다. 한국만큼 잘 터지지 않으리라는 건 감안해야겠으나 이 정도면 꽤 저렴한 축이었다. 로밍 요금제와 비교하면 하늘과 땅 차이라고 할 수 있다.

공항 내 환전소가 닫혀있었기 때문에 일단은 예약해둔 숙소에 가기로 했다. 당장은 짐도 무겁고 해도 졌으니 할 수 있는 것도 딱히 없었다. 공항에서 블라디보스토크 시내까지는 차로 50분 거리였는데, 현지 택시 앱으로 알아본 운임은 1,000루블 정도였다. 그렇게 공항 입구에 서서 택시를 기다리고 있으려니, 웬 러시아 남자가 다가와 "택시??" 하고 물었다.

나는 "니엣(아니오)"이라고 대답했다. 그러나 그 팔다리 길쭉한 러시아인은 포기할 생각이 없는 듯, 계속해서 어디까지 가느냐고 물어대는 것 같았다. 당연히 러시아 말이었다.

"노, 노. 암 유징 앱. 마이 택시 이즈 커밍 순." 나는 설명을 덧붙였다. 가뜩이나 추워죽겠는데―공항 근처라 바람이 많이 불었다―자꾸 귀찮게 해서 짜증이 확 났다. 그런데 그때 그 남자의 옷차림이 눈에 들어오는 것이 아닌가. 남자는 낡아빠진 청바지에, 모자도 바람막이 상의에 달린 것을 대충 눌러쓰고 코를 훌쩍이고 있었다. 택시 호객행위라도 하지 않았다면 영락없이 노숙자라고 생각했을 것이다. 이런 혹한의 날씨에 그런 차림으로 탑승객을 찾아다니는 모습이 여간 쓸쓸해보이지가 않았다. 반면 나는 어떤가. 도망치듯 다른 나라로 온 주제에, 두꺼운 바지와 외투 그리고 털모자로 몸을 감싸고 있었다. 난 여기서도 좋을 대로만 하려고 하고 있다…

뭐랄까 느닷없는 죄책감이 몰려와 "…하우 머치?"라고 물었다. 남루한 남자의 표정에 화색이 돌았다. 휴대폰으로 입력해준 숫자를 보니 '1,500'이라고 써있었다. 뭐야, 바가지라곤 해도 500루블밖에 차이가 안 나잖아. 이 정도면 좋은 일 한다고 치고 줄 수도 있을 것 같았다.

"벗, 아이 돈 햅 캐시."

"오케이. 오케이이. 카드 오케이." 남자가 어눌한 영어로 말했다. 하긴 개인택시 사업자니까 카드기 정도는 있는 거겠지. 또 러시아는 한국과 물가가 다르니까, 내가 덧붙여준 500루블 정도만 해도 이 남자는 요긴하게 쓸 수 있을지도 모른다. 어쩌면 그에게도 돌봐야 할 가족이 있을 것이다. 결국 어디서든지 서로 돕고 사는 것이 인생의 미덕이니까. 그런 마음으로 남자를 따라가 택시에 올라탔다. 도요타 로고를 단 소형차가 헤드라이트를 깜빡이며 공항 도로를 빠져나갔다.

출발한 지 얼마 되지 않아서, 남자는 누군가에게 영상통화를 걸어 러시아어로 뭐라 대화를 나눴다. 뭔 얘길 한 건지 모르겠는데 하하 웃는 걸 보니 친한 사이 같았다. 정확히 어디로 갈 건지 묻기에 휴대폰에 숙소 주소를 띄워 보여줬다. 그러나 남자는 영어를 전혀 못 알아먹는 것 같았고, 아주 간단한 말 한마디를 하는 데에도 번역 앱을 사용했다. 그 남자가 러시아어로 말한 것을 그의 휴대폰이 영어로 번역하면, 나는 그걸 읽고 최대한 간단한 영어로 대꾸했다. 하지만 그는 그것마저 못 알아들으며 '거바류(써라)' 하고 휴대폰을 건네왔다.

**블라디보스토크**

내가 하고 싶은 말을 영어로 번역해서 쓰고, 러시아어로 변환해서 남자에게 보여줬다. 그런데 그마저도 제대로 알아듣기는 하는 건지. 시속 100킬로미터로 운전하면서 휴대폰 필담을 나누자니 불안하기 짝이 없었다. 이러나저러나 블라디보스토크 시내로 향하고는 있으니 문제없겠지? 지도를 보고 찾아가는 건데 바보가 아닌 이상에야.

그런데 반쯤 와서 남자가 번역 앱에다 대고 뭐라 말을 하더니, 그걸 영어로 변환한 것을 내게 보여줬는데 대충 '근데 너 돈 어떻게 낼 거냐' 하는 내용이었다. 나는 '응? 니가 카드 된다 그랬잖아'라고 영어로 썼다. 남자는 그걸 몇 초간 읽다가 다시 러시아어로 뭐라고 말했다. 앱은 그 말을 '유 돈 해브 캐시?'라고 번역했다. '뭐지, 이건? 번역기 성능이 이상한가?'

몇 분간 대화를 더 나누면서 깨달은 것이 있었다. 놈은 애초부터 영어라곤 하나도 못 하는 놈이었다. 내가 뭐라 말한 것에 '오케이, 오케이'한 것은 그저 알아듣는 시늉이었던 것이다. 일단 차에 태우고 나면, 그다음은 어떻게든 돈을 받아내니까. 난 그것도 모르고 '그래도 이 정도 의사소통은 되겠거니' 하며 빤한 수법에 당해버리고 말았다. 나는 그런 태도에 얼탱이가 없어졌다. 그래서 가는 길에 아무 ATM기에 내려주면 거기서 돈을 뽑아서 바로 주겠다고 말했다. 돈 그거 뭐 얼마 한다고 이렇게 실랑이를 벌이고 있담? 1,000루블인지, 1,500루블인지 현금으로 줘버리면 끝나는 것 아니냐고.

어렵사리 찾은 ATM기에서 곧장 2,000루블을 뽑아 건넸다. 그러자 그놈은 난감하다는 듯이 손을 내젓는 게 아닌가. 난 이게 뭐 하자는 건지 몰라서 별말도 안 한 채 ?????라는 표정을 지어 보였다. 그러자 놈은 그 염병할 번역 앱을 또 켜서, 러시아어로 뭐라 뭐라 하더니, 몇 초간 기다렸다가 내게 화면을 띄워 보여줬다.

'돈이 부족해.'

'뭐? 니가 1,500루블이라며'라고 나는 또 영어로 썼다. 그랬더니 돌아오는 말이, '그건 1인당 요금이고. 이 택시는 네 명이 탈 수 있는 거니까 따따블로 줘야지.'

"씨발, 뭐라는 거야, 이 미친 새끼가."

본능적으로 한국말이 튀어나왔다. 번역기는 그 말을 이해하지 못했다. 나는 그의 휴대폰을 뺏어 들다시피 하곤 '한국어 > 러시아어' 설정을 찾았지만, 한국어는 옵션 자체에도 없었다.

블라디보스토크

'님 방금 뭐라고 한 거임?' 그 새끼가 번역 앱으로 물었다.

"추워죽겠는데 뭐라는 거야? 나가 뒈져." 나는 비로소 영어로 말하는 걸 포기했다. 내가 지금 뭘 하고 있는 거지? 배는 고프고, 손은 시리고, 지금은 웬 노숙자 같은 놈이랑 현금 인출기 앞에서 말싸움을 하고 있다. 화가 머리끝까지 나서 아무 말이나 하기 시작했다. 삿대질까지 했다.

"조또 간단한 영어도 못 알아먹는 이 짝퉁 서양인 새끼야."

"너희는 서양인도 유럽인도 아니야. 러시아인이지."●

"니네가 왜 일본한테 쳐 발렸는지 이제 좀 알 것 같네."

나는 러시아인에 대해 별생각이 없는 사람이었다. 좋아하지도 않지만, 딱히 혐오하지도 않았다. 그런데 상황이 이렇게 되고 보니, 평소에 하지도 않았던 생각들이 마구 뛰쳐나와 폭언의 형태를 띠었다. 그렇게 누군가에게 화를 내보는 것도 정말 오랜만에 있는 일이었다.

그러나 놈은커녕 지나가는 그 누구도 내 말을 알아듣지 못하는 것 같았다. 욕을 해봤자 못 알아먹으면 의미가 없다. 나는 곧 포기하고, 놈이 말하는 대로 6,000루블인지 뭔지를

●　러시아는 분류에 따라 유럽이 되기도 하고, 아시아가 되기도 한다.

쥐버리기로 했다. 안 그래도 너무 긴 하루였고, 몸도 마음도 기진맥진해서 곧장 기절해버릴 것만 같았다. 그러나 왜인지 루블은 더 인출이 안 되고—나중에 확인해보니 마침 카드 결제일이라 한도가 다 찬 상태였다—가진 돈은 미리 은행에서 바꿔둔 달러밖에 없었다.

"이런 씨발."

나는 벌벌 떨면서 100달러짜리 지폐를 꺼내 던졌다. 잔돈도 딱히 없고 그냥 홧김에 한 짓이었는데 놈은 그걸 휙 낚아채고 함박웃음을 지었다. 아무리 영어를 못 해도 100달러가 얼마인지는 아는 거겠지? 역겨운 자식 같으니.

우리는 다시 택시를 탔다. 러시아 놈이 또, 또 번역 앱을 써서 말하길, 자기는 잔돈이 없는데 어떻게 거슬러주느냐고 물었다. 나는 머리가 어질어질했다. 이건 애초에 거슬러줄 생각도 없는 것 아닌가. 어떻게 택시를 하면서 잔돈도 안 들고 다니냐고. 여기에 대해 더는 생각하고 싶지 않아서 '걍 니다 가져라'라고 대답했더니 돌아오는 대답이 걸작이었다.

"쓰빠시바(고마워). 프렌드."

"닥쳐, 씨발놈아."

택시는 곧 지도상 목적지에 도착했다. 차가 멈추기 무섭게 운전석에서 바리바리 뛰어 내려 트렁크에서 내 짐을 내려주는 놈의 모습을 보려니 진절머리가 났다. 내가 진심으로 자기 서비스에 감동한 줄 아는 건가? '너는 네게 많은 돈을 줬다. 기념으로 사진이나 찍는 게 어떠냐'고까지 하길래, "나는 됐다. 이제 좀 가라. 가서 니 인생을 살아라"라고 했지만 역시 못 알아먹었다. 결국 지멋대로 휴대폰을 꺼내 셀카를 찍길래, 나는 동양인이 지을 수 있는 가장 경멸적인 표정을 지어주었다.

엎친 데 덮친 격으로, 그놈이 내려준 곳은 숙소에서 도보로 20분이나 떨어진 어딘가였다. 나는 영하 15도의 바람을 뚫으면서, 덜덜 바퀴 소리를 내며 흔들리는 캐리어를 끌고 숙소를 찾아 헤맸다. 에어비앤비로 예약한 민박이었는데, 진짜 무슨 비밀의 전자담배 판매점 같은 위치에 있어서 지도 앱을 보고도 찾기가 힘들었다. 아홉 시나 돼서야 겨우 도착했고, 숙소 관계자가 도착하기까지 현관에서 10분을 넘게 기다려야 했다. 블라디보스토크의 바람은 내 사정을 봐주지 않고 불어닥쳤다. 인간의 살갗은 너무 추워도 빨갛게 익어버린다. 뒤늦게 나온 안내인은 친절한 편이었으되 아는 영어 단어가 얼마 없는 것 같았다.

내 방은 살이 녹아내릴 것같이 뜨겁게 덥혀져 있었다. 방금까지만 해도 얼어 죽을 뻔했는데, 이제는 몸 구석구석에서 더운 땀이 흘러나왔다. 이 극단적인 온도 차이는 대체 뭘까. 아, 더는 생각하고 싶지가 않다. 모든 게 지친다. 심지어 방에는 세 명이 쓸 수 있는 2층 침대가 놓여있었다. 에어비앤비 후기에 '가성비가 최고네요'라는 코멘트가 있었는데, 그걸 이제야 이해할 수 있었다. 나와 같은 숙박료를 세 명이서 나눠 냈으니 가성비가 좋았을 수밖에 없었겠지.

대강 옷을 벗고, 몸을 씻고 침대에 누웠다. 배가 고팠다. 그러나 시간도 늦었고 밖에 나갈 엄두가 도저히 나지 않았다. 더 이상 시련을 겪으면 죽어버릴지도 몰랐다. 나는 공용부엌을 찾아 들어갔다. 거기에 먹을 것이라곤 유리병 속의 각설탕밖에 없었다. 하는 수 없이 생수 한 잔과 각설탕 몇 개를 챙겨 방으로 돌아왔다. 설탕에서는 설탕 맛이, 물에서는 수돗물 맛이 났다.

"집에 가고 싶어…"

러시아에서의 첫날 밤이었다.

**3**

# 첫 횡단열차

매우 달콤한 꿈을 꾸었다. 내용은 기억나지 않지만 잠에서 깨는 것이 무척 힘들었던 것만은 기억이 난다.

"히힉, 히히힉."

머저리같이 샐쭉거리면서 감각을 더듬었다. 이건 평소와 다른 이불, 침대, 베개의 냄새… 아. 나 러시아 왔지.

방에 있는 창문은 차광이 시원찮았다. 극동의 햇볕이 혼자 있는 3인실을 관통하듯 비추고 있었다. 더 이상 잘 수는 없을 것 같았다. 체크아웃도 낮쯤에 한다고 말해뒀던 터였다.

거실로 나가보니 나 말고는 전부 볼일을 보러 나간 것 같았다. 호스텔인지 도미토린지 모르겠는데 그냥 혼자 쓰는 집처럼 느껴졌다. 사람 마주치는 게 무서운 나로서는 다행인 일이었다. 어슬렁거리며 화장실로 가 머리를 감고 세수를 했다. 그 추운 와중에 땀을 어찌나 흘렸는지, 속옷 일부분에서는 아주 대단한 냄새가 났다. 너무 괘씸한 냄새라서 갈아입자마자 입고 있던 걸 쓰레기통에 처박아버렸다. 어차피 헐값 주고 사서 5년은 입은 속옷이었다. 짐도 줄일 겸 버리는 것도 괜찮은 선택 같았다.

'신기하네. 원래는 물건 버리는 게 힘든 성격인 줄 알았는데.'

환경이 바뀌면 성격도 왜곡되는 것 같다. 기후가 정서에 영향을 미친다는 것쯤은 알고 있었지만 그래도 이건 너무 극적인 변화 같은데…

너무 늦게 방을 비워주면 주인 입장에서 곤란할 테니까, 가능한 한 빨리 짐을 챙겨 밖으로 나가려고 했다. 그런데 러시아 건물에는 문이 많았다. 현관으로 나가는 데만 세 개의 중문을 통과해야 했다. 신발을 갈아 신고, 중문을 통과해서 마지막 현관문을 열어젖히려던 차였다.

'어, 뭐야. 이거 왜 안 열리지.'

몹시 육중하게 생긴 철문이었다. 한국에서는 편의점 냉동실 입구로나 쓸 것 같은 그런 문인데, 문제는 열리지가 않는 거였다. 방문과 호환이 되는 건가 싶어 부랴부랴 키를 들고 와 구멍을 찾았지만 열쇠가 들어갈 만한 곳은 없었다. 카드키도 아니었다. 미닫이, 여닫이 다 시도해봤지만 어림없었다.

내가 왜소한 동양인이라서, 힘이 부족해서 문을 못 여는 것인가 싶어 몸통 박치기까지 시도해보았으나 문은 꿈쩍도 하지 않았다… 러시아인들은 현관문을 열면서도 수련을 하는 것일까. 〈헌터 X 헌터〉•에서 비슷한 장면을 본 것이 기억났다. 주인공인 곤과 키르아도 넨••을 배우고 나서야 문을 열 수 있었더랬지. 넨은커녕 제대로 된 운동에너지도 없는 나로서는 무리였다. 그렇게 영락없이 호스텔에 갇혀버렸다.

사람을 가두는 에어비앤비 숙소가 다 있네. 세상 참…

내가 체크아웃을 너무 늦게 해서 화가 났을지도 모를 일이었다. 그래도 뭔가 대화는 시도해봐야겠다 싶어 영어로 메시지를 보냈다.

---

• 1998년부터 일본의 〈주간 소년점프〉에 연재 중인 토가시 요시히로의 만화. 인기 있는 소년 만화였지만 잦은 연재 중단으로 민심을 잃었다.

•• 〈헌터X헌터〉에 등장하는 가상의 에너지. 모든 인간의 힘에 내재되어있으며, 기술을 갈고닦으면 초인적인 힘을 낼 수 있다는 설정이 있다.

'안녕. 나 체크아웃하려고 하는데 문이 안 열리거든. 나 어떻게 나감?'

하지만 답장은 10분 넘게 오지 않았다. 마침 점심식사 때니 밥을 먹고 있을 것 같았다. 밥을 먹는데 이런 멍청한 질문을 보내다니 '난 정말 구제 불능 김치맨이야⋯'라고 자책하고 있을 때쯤 답장이 왔다.

'아, 그거 왼쪽에 스위치 누르고 열어야 해.'

'???'

'이게⋯ 그 스위치인가?'

누가 봐도 비상 호출벨처럼 생긴 그 스위치가 문을 여는 버튼이었던 것이다. 얼결에 눌러보긴 했는데 아무 소리도 안 들려서 별 의미 없는 건 줄 알았다. 다시 눌러보니 삑! 소리와 함께 잠금장치 풀리는 소리가 났다. 철문은 어처구니없이 쉽게 열렸다. 경첩에 얼마나 기름칠을 해댔는지 깃털처럼 가볍게 젖혀졌다. 수련이 아니었잖아. 그냥 로스트 테크놀로지잖아.

애플 지도는 보기에만 깔끔하지 제대로 된 정보가 없었다. 믿을 건 구글 지도뿐이었다. 환전소를 검색해보니 걸어서 10분 거리에 있었다. 어두울 땐 몰랐는데, 날이 밝으니 이 숙소는 역이며, 도심부에 꽤 가까운 위치에 있었다.

'해가 떠서 그런지 별로 안 춥네. 견딜 만한 것 같은데'라고 5분 정도 생각했다. 알고 보니 실내에서 몸을 덥혀 나온 탓에 감각기관이 아직 바깥 온도를 알아채지 못한 것이었다. 눈부시게 밝은 블라디보스토크 거리 위로 바람이 씽씽 내달렸다. 목적지에 가까워질쯤엔 얼굴 전체에 감각이 없어졌다. 환전소 사람도 영어를 못 하긴 마찬가지였다. 그래도 어제 그 택시 기사 놈보다는 나아서 손짓, 발짓 다 해 달러를 루블로 바꾸는 데 성공했다. 건네 받은 지폐는 가지런히 정리해 가방 깊숙한 곳에 보관했다. 현지에서 통용되는 현금이 생기니 뭔가 부자가 된 느낌이 들었다. 일단은 배도 고프고, 몸에 기운도 없고 해서 가까운 카페를 찾아 들어갔다. 나 말고 외국인은 없는 것 같았다. 인테리어는 묘하게 한국에 있는 카페와 비슷했다. 어디 성수동 구석진 골목에 들어가면 한 곳쯤 있을 법한 느낌이었다.

어찌저찌 따뜻한 커피를 한 잔 시키는 데 성공했다. 카페 주력 상품이 케이크인 듯해 하나 주문하기로 했다. 원형 케이크라곤 해도 지름이 손바닥만 하게 작아서, 겉보기엔 그냥 큰 카스텔라처럼 보였다. 점원이 '한 조각이냐, 아니면 통째로냐'라고 묻길래 그냥 통으로 하나 다 달라고 했다. 어젯밤부터 먹은 거라고는 각설탕 몇 개가 전부라 배가 매우 고팠다. 그 정도 빵은 거뜬하게 먹을 수 있을 것 같았다. 가격도 저렴한 편이었다.

서빙해온 걸 보니 엄청 꾸덕꾸덕한 치즈케이크로 판명이 났다. 빵 자체는 크지 않았지만, 밀도가 벽돌 수준이었다. 많이 먹는다고 먹었는데 절반밖에 먹지 못했다. '조각으로 줄까' 하고 왜 물어본 것인지를 깨닫게 되었다. 어째 계산해주는 점원 표정이 의미심장하더라니. 속으로는 내가 치즈케이크를 엄청 좋아하는 사람인 줄 알았겠지. 그야 싫어하지는 않지만….

난데없는 치즈파티를 벌이고 나니 짭짤한 음식이 간절해졌다. 특정한 메뉴까지 떠올랐다.

'…제육 덮밥 먹고 싶은데.'

그러나 러시아 도심에 김밥천국이 있을 리 없었다. 그래도 당은 채웠으니까 되는대로 만족하고 다음 선택지를 골라봤다. 내게 산적한 문제를 하나씩 하나씩 해결해 나가기로 결심했다. 첫 번째 문제는 캐리어가 너무 무겁다는 것이었다. 바퀴가 네 개나 달려있었지만 계단이 있을 땐 손잡이로 들고 움직여야 했다. 또 이런 걸 질질 끌고 다니면 누가 봐도 여행객처럼 보이기 때문에 호객행위며 소매치기에도 취약해질 수밖에 없었다. 요컨대 형편없는 기동성을 개선할 필요가 있었다. 다행히 블라디보스토크 철도역에 물품보관소가 있는 모양이었다. 철도역은 걸어서 20분 거리였다. 바깥은 여전히 추웠지만, 또 택시를 타긴 싫어서 별수 없이 또 걸어서 이동했다.

블라디보스토크역은 제정시대 관청처럼 생긴 건물이었다. 문화역 서울 같은 인상에 크기도 비슷했다. 들어가는데 소지품 검사 비슷한 걸 했다. 기차 테러를 방지하기 위해서일까. 웬만한 비행기들보다 탑승 시간도 훨씬 기니까 그럴 법했다. 내가 예약한 하바롭스크 열차는 밤 열한 시에 출발, 현지 시각 기준 다음 날 오후 한 시가 좀 넘어서 도착할 예정이었다. 탑승하기까지 시간이 정말 많이 남아있었으므로, 캐리어 보관 시간을 최댓값인 여덟 시간으로 설정해놓았다. 노트북 가방에는 보조배터리 등 꼭 필요한 것들만 챙겼다.

'이제 좀 살 것 같네. 양심적으로 이동하기가 너무 힘들었단 말이야.'

나는 비로소 이족보행을 배운 인류처럼 양손의 자유를 만

끽했다. 이제 몸도 가벼워졌겠다, 블라디보스토크역 주변을 걸어보기로 했다. 추위는 여전했고 얼굴은 따가웠지만, 계속 그렇게 걷다 보니 감각이 무뎌져서 그럭저럭 견딜 만해졌다.

러시아 길거리에서 받은 첫인상은 건물들이 하나같이 큼직큼직하다는 것이다. 한국이었으면 크고 작은 건물이 예닐곱 채는 늘어섰을 블록을, 한두 채의 길쭉한 건물로 메워놓았다. 외관은 좋게 말하면 기본에 충실하고, 나쁘게 말하면 다소 개성이 없고 틀에 박힌 편이었다. 우리나라로 치면 지방법원이나 교외 중견병원 입원동같이 생긴 건물(8, 90년대에 지어 리모델링 없이 쭉 쓰고 있는 그런 것)이 러시아에선 기본값인 것 같았다. 가게 간판들도 화려하지 않았다. 그래서 건물의 용도를 알아차리는 데까지 꽤 시간이 걸렸다.

그러던 중 문득 눈에 들어오는 간판이 하나 있었으니, 바로 한식당 '명가'였다.

'말도 안 돼… K-푸드가 이런 곳까지 침투했단 말인가?'

심지어 매장 디자인조차 한국적이었는데, 기존 건물이 어떻게 생겼는지는 전혀 신경 쓰지 않고 1층 전체를 기와집처럼 개조해놓은 모습이었다. 이건 정말이지 전형적인 한국

식당이 아닌가. 나는 냉큼 길을 건너갔다. 현관문부터 한글이 눈길을 잡아끌었다. 아, 이렇게 정겨운 글자들이라니. 새삼스럽지만 한글은 얼마나 아름다운 문자인가? 러시아 키릴 문자처럼 냉혹하고 폭력적인 면이라곤 전혀 없이 따뜻하게만 느껴졌다. 아마도 그건 내가 한국인이기 때문이겠지.

한식당 '명가'의 종업원은 전부 러시아인이었다. 하지만 메뉴는 한식에, 설명도 한글로 적혀있어 주문하는 데 큰 문제는 없었다. 가장 기뻤던 것은 메뉴 최상단에 '제육 덮밥'이 있었다는 것이다. 내 돼먹지 못한 욕구가 현실로 반영되는 것을 경험하자니, 과연 '신은 존재한다'라고밖에 생각되지 않았다. 물론 이곳은 러시아이니까, 신이라고 하면 러시아 정교의 신이겠지만…

나는 제육 덮밥을 맛있게 먹어 치웠다. 한국에서 먹는 것보다 더욱 한국적인 맛이었다. 생맥주도 두 잔이나 마셨는데, 기차 시간도 많이 남았고 하니 여기서 글을 좀 쓰다 가야겠다고 생각했다. 가방에서 노트북을 꺼내 원고를 조금 쓰고, 어제·오늘의 일을 간단하게 메모했다. 저녁 무렵 한식당을 빠져나온 나는 완전히 사기가 올랐다. 엄밀히 따져보면 취기였겠지만. 어쨌거나 러시아에 온 뒤 처음으로 의욕적인 기분이 들었다. 그 기운을 빌려 블라디보스토크를 두 시간쯤 걸어 다녔다.

연해주국립미술관이라는 곳에 가서 전시도 봤다. 입장료는 500루블이었다. 문 닫기 직전에 들어가서 아주 자세히 보지는 못했는데, 대부분 18~20세기의 러시아 화가들이 그린 그림이었다. 모르긴 해도 동시대 서유럽의 영향을 많이 받은 듯, 어떤 것들은 영락없이 모네나 세잔의 모작처럼 느껴지기도 했다. 그렇게 놓고 보자니 어쩐지 감흥이 없어져서 놀랐다.

미술관에서 나와 조금 더 걷자 '편의점'이라는 글자가 보였다. 러시아어로는 '미니마켓'이라고 발음되는 그 가게는 사실상 한국 가게나 다름없었는데, 초코파이와 컵라면은 기본이고 새콤달콤까지 구비돼있었다. 작은 초콜릿바 하나와 칫솔 세트를 사서 나왔다. 짙은 초코향과 함께 폭발하는 혈당. 내친김에 바닷가까지 걸어가기로 했다.

학창시절 교과서에서 '블라디보스토크는 러시아 제국이 애지중지하던 부동항이다'라고 들은 기억이 났다. 근데 바다가 얼기도 하나? 강물도 아니고 바닷물인데. 한강이 얼었다는 건 몇 번 들었어도, 인천이나 강릉 앞바다가 얼어붙었단 얘기는 금시초문이었다. 뭐, 그만큼 추워서 취항이 어려웠다는 말이겠지. 그렇게 생각하며 항구 근처까지 죽 걸어갔다. 30분쯤 걸렸던 것 같다.

블라디보스토크 앞바다는 얼어있었다.

'뭐야. 부동항이라며…'

나는 순간 눈을 의심할 수밖에 없었다. 수평선 부근까지 꽁꽁 얼어붙어있는 바다가 눈앞에 와락 펼쳐졌다. 그리고 러시아인들은—대개는 가족끼리 산책을 나온 것처럼 보였다—그 얼어붙은 바다 위를 한가롭게 거닐며 담소를 나누고 있었다. 마침 바닷가 바로 옆에 공원이 있었다. 여기 사람들은 그 꽁꽁 언 바다를 공원 부지의 연장쯤으로 여기는 모양이었다. 살면서 바다는 꽤 자주 봤지만… 그렇게 아스팔트처럼 꽝꽝 언 바다를 보긴 난생처음이었다. 그 모습이 신기한 나머지 바다 먼 곳까지 걸어 나가기도 했는데, 갈수록 해풍이 거세지는 데다가 해까지 저물어서 돌아나와야 했다.

역으로 돌아가는 길도 멀고 험해서 얼어 죽을 것 같았다. 기껏해야 초등학생처럼 보이는 어린아이들이 '어디로 보나 자연스럽게 얼어있는 것 같은' 빙판 위에서 아이스하키를 즐기고 있었다. 나의 나약함을 실감하게 되는 순간이었다.

혹한을 뚫고 블라디보스토크역에 돌아와 짐을 찾았다. 역 근처에 케밥 가게가 있어 늦은 저녁을 사 먹었다. 120루블에 맛도 양도 상당히 괜찮은 편이었다. 이후로는 로비 벤치에 앉아 열차 시간을 기다리기로 했다. 러시아 아이들은 말이 안 나올 정도로 귀엽게 생겼다. 다만 귀여운 만큼이나 활동적이고 시끄럽기 때문에, 나는 이어폰을 끼고 음악을 들으려고 했다. '그런데 에어팟이 어디로 갔지?'

케이스는 그대로인데 내용물이 어디로 사라지고 없었다. 앉아있던 자리 근처에 떨어트렸나 싶어서 허둥지둥 살펴봤으나 어디에도 에어팟은 보이지 않았다.

'…누가 훔쳐 갔구나!'

평소 노트북 가방에 케이스를 매달고 다녔다. 한국에서는 몇 년을 그러고 다녀도 그대로였지만, 러시아에서는 너무나 슬쩍하기 쉬운 사냥감이었던 것이다. 이곳은 말 그대로, 눈으로 뒤덮인 정글이나 마찬가지였다.

나는 역 한가운데 주저앉아 절망했다. 어제부터 오늘까지, 난 대체 얼마나 많은 것들을 잃고 나서야 집에 돌아갈 수 있을 것인가. 역시 지금이라도 귀국행 비행기를 타는 게 좋지 않을까. 그러나 그럴 수 없다는 걸 잘 알고 있었다. 왔던 길을 되돌아갈 수는 없는 것이다. 아무리 먼 나라로 도망치더라도 그 법칙만큼은 변치 않는다. 나는 그것을 알고 여기에 왔다…

다른 건 다 털리더라도, 심지어 입고 있던 옷을 빼앗기더라도 가방만큼은 간수해야겠노라 다짐하면서 시베리아 횡단열차 3등칸으로 첫발을 내디뎠다. 철길 너머는 까마득해 아무것도 보이지 않았고, 승무원과 탑승객들은 모두가 피곤한 듯 아무 말도 하지 않았다. 현지 시각은 자정을 막 지나고 있었다.

4

# 하바롭스크

내 불면증은 올해로 네 살이 됐다. 내 경우 약 없이는 수면에 진입하는 것 자체가 어려운 실정이었다. 일시적인 현상이 아니고 지난 몇 년간 쭉 그랬다. 수면제와 관련해서는 이러 저러하게 사고를 친 이력이 있어 말을 조심하게 되는데(웃음), 나는 매일 밤 정해진 시간에 약을 먹고 자리에 눕는다. 그럼에도 어떤 날은 새벽 두 시에 깨버리는가 하면 또 어떤 날은 오후가 되도록 정신을 못 차리는 경우가 있었으니 그 이상의 일관성은 기대하지 않게 되었다.

사람들이 불면증에 대해 크게 오해하는 한 가지가 있다. 불면증이라는 것 자체가 '충분히 피곤하지 않아서' 생기는 일시적 증상이라는 것이다. 이 말인즉 '하루를 충실히 살았다면 잠이 솔솔 오는 것이 당연하다'는 얘기인데, 불면 증상을 에너지 과잉이나 활동력 부족으로 치부해버린다. 그건 사실이 아니다. 불면증이라는 건—최소한 내가 겪은 바에 의하면—수면에 대한 욕구를 느끼지 못하는 것이 아니라, 이제 그만 의식을 내려두고 싶은데도 그렇게 할 수가 없는 것이다.

시험 전날 에너지드링크를 왕창 마시고 밤샘 공부를 해본 적이 있는가? 레드불이나 몬스터는 원래 효과가 좋은 음료수들이지만, 그 효과가 지나친 나머지 이튿날 해가 밝아 시험이 끝난 뒤에도 잠이 오질 않는다면 어떨까. 심신은 피로한데 모종의 각성 상태가 이어져 쉴 수 없는 상태, 이른바 좀비처럼 그 어떤 활력도 원기도 없이 깨어있기만 한 상태. 그런 상태가 매일 밤 이어지는 것이 바로 불면증이다. 가끔씩 큰맘 먹고 약을 끊어보려고도 해보지만, 며칠간 밤낮이 뒤바뀌는 경험을 하고 나면 자연스레 다시 약을 찾게 된다.

해서, 러시아에서 갖은 고생을 한 나는 수면제 없이도 솔솔 잠에 빠져들 수 있게 되었을까? 그렇지 않다. 일말의 기대가 없었다면 거짓말이지만, 병은 자기 마음대로 되지 않기 때문에 병인 것이다. 나는 하는 수 없이 수면제를 먹고 잠에 들었다. 그러곤 다음 날 오전 열한 시가 돼서야 겨우 일어났다. 잠 자체는 푹 잤던 것 같다. 사람들의 코골이 소리며, 이른 오전부터 내리쬐는 햇볕 때문에 푹 잠들기가 어렵다는 후기가 많던데, 나는 약의 힘을 빌려서 그런지 숙면을 할 수 있었다.

기차가 불규칙적으로 흔들리는 것도 신경 쓰이지 않았다. 내게는 기차에서 자는 게 더 적성에 맞는 수면일는지도 모르겠다. 열차 내부에는 와이파이도 없고, 다른 무선 인터넷 연결도 거의 안 된다고 봐야 한다. 이따금 크고 작은 역에 정차했을 때나 잠깐 데이터가 오갈 뿐이다.

하바롭스크역에 도착하기까지 약 두 시간의 여유가 있었다. 나는 세수와 양치 그리고 자리 정돈을 끝낸 후 노트북을 펴서 글을 조금 썼다. 얼마 지나지 않아서 승무원이 다가와 뭐라 말하는 것 같더니, 내가 못 알아들은 내색을 하자 짧은 영어로 "하바롭스크, 레프트 피프틴 미누뜨" 하고 안내했다. 대충 도착까지 15분 남았다는 얘기였다. 예전에도 느꼈지만, 나는 빠르게 이동하는 교통수단 위에서 글에 몰입하는 재주가 있는 것 같았다.

플랫폼에 도착하자마자 자판기를 찾았다. 오랫동안 잠들

어있었던 탓인지 무척 허기가 져서, 급한 대로 초콜릿바 하나를 뽑아 와그작와그작 씹어 삼켰다. 가격은 85루블이었는데, 동전을 찾겠답시고 가방을 마구 뒤지다가 여권용 사진에 손톱 안쪽이 찔려 피가 났다. 큰 상처는 아니었지만 왈칵 짜증이 나서, 날 상처 입힌 그 사진을 구기고 찢어 초콜릿바 포장지와 함께 쓰레기통에 처넣어버렸다.

하바롭스크의 현지 기온은 영하 28도였다. 숨을 쉴 때마다 뼈 사이사이로 한기가 스며드는 기분이었다. 그나마 하늘이 맑고 바람이 덜 불어 간신히 걸어 다닐 정도는 됐지만 밖에 오랫동안 있을 일은 아닌 것 같아서 곧장 숙소로 가는 택시를 호출했다. 이번엔 제대로 앱을 사용했다. 호객하는 택시 기사에게는 눈길도 주지 않았다. 걸어서 45분, 차로 20분인 거리를 얀덱스 택시 기사는 150루블만 받고 안전하게 데려다줬다. 블라디보스토크의 '그 새끼'에게 준 돈이면 똑같은 서비스를 수십 번 이용할 수 있었을 텐데. 생각할수록 열불이 치밀어 땀까지 났다.

러시아 택시에 대한 불신이 싹 사라질 만큼 빠르고 정확한 여객이었다. 나는 숙소 건물 코앞에 짐 가방과 함께 떨어졌는데, '이 건물이 정말 숙소가 맞나' 하고 지도 앱을 켜서 두어 차례 확인했다. 왜냐하면, 거긴 뭐랄까. 적어도 겉보기엔 경기도 외곽의 폐병원 같은 외관을 하고 있었기 때문이다. 올라가는 계단도 비슷한 분위기였다. 왜, 래퍼들이 뮤직비디오 찍을 때 빌리곤 하는 오래된 콘크리트 구조물 같은 거* 말이다. 그런 건물 3층에 아늑하고 따뜻한 호스텔이 있다니… 도착할 때까지도 영 확신이 서지 않았다. 역시 이번에도 잘못 배달된 게 아닐까. 반신반의하는 마음으로 낑낑거리며 계단을 올랐다.

파블리카 호스텔.

스웨터 차림의 젊은 여자가 문을 열어줬다. 길게 늘어트린 금발에 눈이 예쁜 미인이었다. 이름은 안젤리나라고 했던 것 같은데, 능숙하진 않아도 떠듬떠듬 영어로 안내해주는 것에 매우 친절하다는 인상을 받았다. 체크인을 위해 여권이 필요하다길래 금방 꺼내줬다. 여권에서 내 국적을 확인했는지, 안젤리나가 나더러 '하바롭스크까지 웬일이냐, 공부하러 온 거임? 아니면 여행?' 하고 물어왔다.

---

●     그런 건 대체 어디서 빌리는지 모르겠다. 빌린 게 아닐지도 모르지만.

"아니. 공부는 아니고." 내가 말했다.

"그럼? 비즈니스?"

"에, 뭐, 굳이 말하면 그렇지."

"그게 뭔 소리야."

"나 작가거든. 글 쓰는 직업이라."

"오?" 안젤리나가 아주 흥미롭다는 듯 날 빤히 쳐다보기 시작했다. 이때 나는 '내가 작가입네' 하고 거들먹거린 것 같아 자괴감을 느꼈다.

근데 달리 어쩌겠는가? 작가 말고는 딱히 갖다 붙일 직업이 없는데. 취미로 글을 쓴다고 했다간 한량 백수로 여겨질 것이 뻔하고. 좌우지간 글을 써서 돈을 벌어먹는 건 맞으니까 작가라고 하지 뭐… 라고 혼자 결론을 내렸다. 대한민국의 무수한 작가 양반들에게 심심한 사과를 전한다. 해외에서의 나는 라이터, 그냥 작가라고 하고 다니기로 했다. 양해 바란다.

안젤리나는 이국의 작가(나)에게 적잖은 호기심을 느끼는 모양이었다. 하지만 내 영어 실력에는 한계가 있었고, 이런저런 질문을 받았다간 나도 모르게 또 거들먹거리는 모양이 될 것 같아서 후다닥 인사를 하고 방으로 들어갔다. 짐을 정리한 다음, 카운터에 갔더니 안젤리나가 다시 인사를 해왔다. 나는 그녀에게, "요 근처에 식사할 만한 곳이 있냐"고 물었다. "아니, 이 근처에는 없어"라는 대답이 돌아왔다. "근데 여기 주방이 있어서 간단한 요리는 해 먹을 수 있음."

요리라고 해봤자 식재료랄 것이 하나도 없었다. 아무리 좋은 주방이 있어도 지금의 내겐 무용지물이었다. '흠, 그럼 어떡하지. 다시 택시를 타고 나갈 수밖에 없나?' 그렇게 생각하던 찰나, 카운터 옆에 작은 스낵코너가 마련된 것이 보였다. 그 중간에는 익숙하고 익숙한 실루엣의 박스가 하나… 초코파이?

"이거 여기서 파는 거임?" 내가 물었다.

"당연하지. 한 박스 줄까?"

나는 여섯 개들이 초코파이를 한 박스, 600밀리짜리 생수를 한 병 사서 방으로 돌아왔다. 롯데 초코파이인 점이 다소 실망스러웠지만, 러시아까지 와서 브랜드를 따지는 것도 우스운 일이므로 잠자코 베어 물었다. 몹시 한국적인 과자빵 테이스트에 눈물이 찔끔 날 뻔했다.

그대로 방 안에 퍼질러 누워 글을 쓰기 시작했다. 대충 쓰

하바롭스크

고 나니 저녁이 되어있었다.

'아무리 경유지라고는 하지만…'

여기까지 와서 역과 숙소만 오가는 것도 하바롭스크에 대한 실례다, 문득 그런 생각이 들어 옷을 챙겨 입고 밖으로 나갔다. 그길로 택시를 불러 도심으로 건너갔다. 닛산 로고가 달린 검은 승용차가 '칼 마르크스 대로'를 달려 '레닌 광장'에 도착했다.

뭐냐, 이 사회주의 락원 같은 곳은.

하바롭스크 중심에 위치한 레닌 광장에는, 당연하게도 블라디미르 레닌의 동상이 세워져 있었다. 이거 블라디보스토크에서도 본 것 같은데. 어째 러시아에는 어딜 가든 레닌 동상이 하나씩 있는 느낌이다. 아마도 전부가 포켓 스탑*이겠지. 러시아에는 포켓 스탑으로 쓸 만한 구조물들이 매우 많다.

광장에는 얼음으로 조각한 기념물들이 많이 있었다. 얼음 미끄럼틀도 두 군데나 마련돼있었다. 얼음계단을 뒤뚱거리면서 올라가 주르르 내려오는 아이들의 모습이 귀엽기도 하

---

• 게임 용어. 〈포켓몬고〉는 전 세계를 돌아다니며 포켓몬을 잡고 수집하는 게임이다. 한동안 한국에도 유행했는데, 동상이나 조각물 같은 것들이 '포켓 스탑'으로 자동 설정되어 그 근처에 가면 아이템을 얻을 수 있었다.

고 놀랍기도 했다. 어쩌면 추위 내성에도 조기교육이 필요한 건지 모른다. 바람이 심하지 않아서 좀 더 걷기로 했다. 사람들이 지나다니는 길, 특히 횡단보도의 처음과 끝이 꽁꽁 얼어있어서 조심조심 걸어 지나갔다. 러시아에는 횡단보도와 신호등이 우리나라만큼 많지 않았다. 대개는 지하 통로나 육교를 통해 건너는 모양이었다. 그마저 없으면 차가 왔다, 갔다 하는 걸 보고 눈치껏 건너라는 식인 듯했다. 신호등은 역 앞이나 통행이 잦은 교차로에 하나씩 있었다. 그렇지만 그것도 마지못해 세워놓았다는 느낌이 물씬한 디자인이고, 횡단보도는 제대로 그려져 있는 경우가 드물거니와 곧잘 눈에 띄지도 않았다. 어디까지나 비교적 관점이지만.

나는 하바롭스크 시내에 있는 성모승천대성당을 찾았다. 허옇고 커다란 돌기둥들을 파란색 지붕이 덮고 있었다. 실루엣만 보면 롯데월드에 있는 그 가짜 성곽과도 닮은 모양이다. 〈드래곤 퀘스트〉● 같은 JRPG라면 이런 건물에 들어가 현재 상황을 저장할 수 있을 것이다. 그러나 뒤늦게 세이브를 불러오려고 할 무렵이면, 이미 너무 멀리 가버렸다는

●　일본의 게임사 스퀘어에닉스가 개발한 비디오게임 시리즈.

**하바롭스크**

걸 깨닫고 포기하게 되겠지. 나는 게임을 하면서 틈틈이 저장을 해두는 편이지만, 그렇게 저장한 파일을 요긴하게 쓴 기억은 많지 않다. 일일이 불러오는 것도 귀찮고.

예배 중은 아니었지만, 성당 내부를 조금 둘러볼 수는 있었다. 실내에선 모자를 벗어야 했고 사진은 찍을 수 없었다. 왠지 이유를 알 것 같았다. 그곳은 롯데월드가 아닌 성당이므로 관광객들에게는 색다르고 신기한 볼거리일지 몰라도, 이곳의 신자들에게는 신성하고 소중한 공간인 것이다.

로비 곳곳에서 양초 타는 냄새가 났다. 금박을 두른 이콘icon화• 앞에서 성호를 긋고 속삭이듯 기도하는 할머니를 쳐다보다가 밖으로 나왔다. 성당 앞 광장에 가로등이 환해져 있었다.

여기까지 온 김에 뭔가 제대로 된 식사를 하고 돌아가고 싶었다. 몇 분 정도 걸어서 '루쉬끼'라는 레스토랑에 들어갔다. 그런데 웬걸, 이 식당의 도어맨은 친절할 뿐 아니라 내가 본 러시아인 중에 가장 영어가 유창했다. 두꺼운 코트를 건네준 뒤 자리로 안내받았는데, 종업원도 꽤 말귀가 좋은 듯

●　러시아의 전통적인 종교 미술 작품. 종교·신화 등의 관념체계를 바탕으로 특정한 의의를 지니고 제작된 미술 양식 혹은 작품을 말한다.

다양한 언어로 적힌 메뉴판을 내왔다.

나는 '상인 샐러드 Salad Merchant(아마 상인들이 많이 먹어서 붙은 이름인 듯)' 하나와 그릴드 치킨 그리고 하바롭스크산 생맥주를 두 잔 시켜 맛있게 먹어 치웠다. 배가 고프기도 했지만, 맛 자체가 기똥찼다. 원래부터 음식을 잘하는 식당 같았다. 내부 분위기는 호프집과 레스토랑을 반반 섞어놓은 듯한 인테리어로, 현대적이진 않아도 촌스럽다는 느낌은 전혀 없었다. 러시아에서 이렇게 제대로 된 저녁을 먹는 건 처음이었기 때문에, 나는 상당히 흡족했을 뿐 아니라 퍽 흥겹기까지 했다. 그래서인지 평소라면 하지 않을 짓까지 했다. 입구에 있던 그 도어맨에게 '같이 사진이나 찍자'고 먼저 제안한 것이다. 나도 내가 말하고 나서 깜짝 놀랐다. '방금 건 완전 인싸들이나 하는 행동이잖아.' 도어맨은 흔쾌히, 아니, 그냥 흔쾌한 정도가 아니고 네가 그 말만을 하길 기다리고 있었다는 것처럼 적극적으로 협조해줬다. 뭐지. 얘 러시아 사람 맞나? 얼굴 근육을 움직이는 게 예사롭지 않길래, "와. 님 방금 배우 같았음"이라고 너스레를 떨었다. 그러자 도어맨이 대답하기를,

"오. 어떻게 알았음? 나 배우도 함."

"헐. 진짜?"

"진짜임. 파트 타임으로 하고 있음."

그렇게 말하는 걸 듣고 보니 확실히, 체격부터 머리 스타일까지 배우스러운 분위기가 있었다. 굳이 비교하자면 마동석이나 브루스 윌리스 같은 타입일까. 〈A 특공대〉나 〈다이하드〉 같은 영화에 한 명씩 나오는 의리형 힘캐 같아 보였다. 내친김에 "이제 보니 브루스 윌리스 좀 닮았네"라고 말해줬더니 좋아하는 티가 확 나서 유쾌했다.

나는 의도치 않게 숙소로 돌아오는 택시에서도 많은 대화를 해야 했다. 기사가 말 많은 우즈베크 사람이었기 때문이다. 한국말도 모르고 영어도 "땡큐 베리 머치" 말고는 모르는 눈치였지만, 그럼에도 불구하고 우리는 즐겁게 이야기를 나눴다. 숙소 앞에 내릴 땐 짐도 같이 꺼내줘서 나도 모르게 하이 파이브를 했다. 카운터의 안젤리나와 인사한 뒤 방에 들어오자 머리가 지끈지끈 울렸다.

난 MBTI를 맹신하는 부류의 인간은 아니다. 하지만 나처럼 극단적인 INFP형 인간들은, 지나치게 오랫동안 '외향적인 인간(E)인 척'을 하고 나면 온몸에 힘이 풀리는 데다가, 편두통까지 도진다는 것을 말해두어야겠다. 내겐 내가 감당

할 수 있는 수준의 인싸력이 정해져 있다. 그 할당량을 초과해버린 날에는 지쳐 쓰러지듯 잠들고 싶… 지만, 또 그럴 수만 없는 것이 나의 병이므로 약 한 알을 삼켰다. 새벽에 일어나서 설사를 했다. 스트레스성 복통도 함께 왔다. 아무래도 긴장을 너무 많이 한 것 같다. 내일은 좀 더 주제에 맞게 지내야지.

# 5

# 횡단열차

이제는 확신한다. 나의 러시아 생체시계는 오전 열한 시 기상이 최적이라고 판단 내린 듯하다. 샤워실은 천장이 다소 낮은 편이었다. 그래도 씻는 데에는 지장이 없었고, 온수도 뻥뻥 잘 나왔다. 설원 가운데 있는 건물에서 따뜻한 물로 샤워를 할 수 있다니. 돈을 내긴 했지만 뭐랄까 분에 겨운 느낌이다. 짐을 정리하고 파블리카 호스텔을 나오려던 때 나는 한 가지 중대한 발견을 했다. 잃어버린 줄 알았던 에어팟을 캐리어에서 발견한 것이다.

'귀신이 곡할 노릇이네. 이게 왜 여기 들어있지?'

질 나쁜 러시아인 한 명이 훔쳐 간 줄로만 알고 있었는데.

제대로 찾아보지도 않고서 의심부터 한 스스로가 창피해졌다. 아, 나는 얼마나 염병할 피해망상증 김치맨인가. 하여튼 값비싼 소지품을 되찾았다는 것은 기쁜 일이었다. 뭣보다 남은 기차여행을 듣는 즐거움 없이 보내지 않아도 된다는 것이 다행스러웠다. 도저히 못 버티겠다 싶으면 저가형으로라도 살 작정이었는데 말이다.

체크아웃을 하다 말고, 안젤리나는 "왜 하루만 있다 가는 거야?" 하고 물었다. "나도 몰라"라고 솔직하게 대답했다. "딱히 아무 계획도 없어. 그냥 시베리아 횡단열차를 타고 계속 가볼 생각이야." 그러자 안젤리나가 턱을 괴고 나를 빤히 쳐다봤다. 러시아 사람들은 진심이 아니면 안 웃는다는데, 안젤리나는 뭇 러시아 사람들과 달리 서비스용 미소가 습관이 된 것 같았다. 다 스비다냐는 직역하면 '다음에 만날 때까지'라는 의미의 작별 인사라고 한다. 아마도 다시 만날 일은 없을 것 같지만. 인사만큼은 그렇게 하는 것이다.


하바롭스크역까지 데려다준 택시 기사는 중키에 하얀 수염이 덥수룩하게 난 할아버지였다. 어쩐지 말년의 헤밍웨이를 닮았다. 그에 맞게 운전 스타일도 하드보일드였다. 길이 좀 막힌다 싶으니 공원 옆 좁다란 길을 가로질러 통과해버렸다. 그는 과묵하게 친절한 타입이었다. 나는 블라디보스토크에서 그랬던 것처럼, 하바롭스크역에 캐리어를 두 시간 맡긴 뒤 근처 카페에 찾아 들어갔다. '라 비타Lavita'라는 이름의 카페였다. 따뜻한 아메리카노를 한 잔 시켜놓고 글을 좀 썼다.

'러시아에서 마신 커피 중에 제일 낫네'라고 생각했다. 산미가 조금 있지만 거슬릴 정도는 아니고, 오히려 도시 분위기와 잘 어울리는 맛처럼 느껴졌다. 카페는 넓었지만 조용했다. 전면 유리로 드는 햇살만 놓고 봤을 때는, 그곳은 추위라는 개념이 존재치 않는 남방의 휴양지처럼 보였다.

나는 오후 두 시 출발 예정인 열차를 타고, 하바롭스크를 떠나 치타Chita까지, 만 이틀 동안 열차 안에서만 있을 예정이었다. 하바롭스크까지는 꽤 큰 축에 속하는 도시여서 별 문제가 없었지만, 앞으로는 또 어떤 어려움이 있을지 모른다… 해서, 기왕 오래 타는 것 돈을 조금 더 써서 이등석으로 표를 끊었다. 객차 하나가 완전히 오픈된 형태인 삼등석과 달리 이등석은 네 명이서 한 객실을 쓰게 돼있었다. 세 평 정도 되는 공간에 2층 침대가 두 개 놓여있다고 생각하면 될

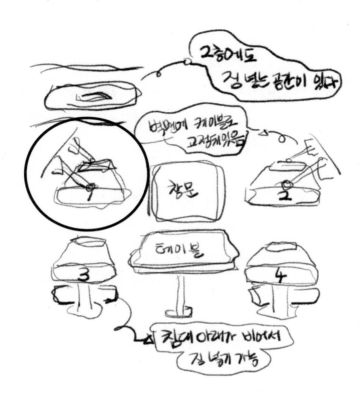

고층에도 정넬는 공간이 있다

벽에에 케이블로 고정케위음

창문

테이블

침대 아래가 비어서 짐 넣게 가능

3

4

것 같다.

　나는 왼쪽 위에 있는 침대(1번 위치)를 쓰기로 했다. 통행이
용이한 아래 침대는 운임이 배로 비쌌기 때문이다. 이등석
은 돈을 많이 낸 만큼 쾌적하다. 당연한 말이지만.

삼등석과 달리 객실이 분리되어있는 만큼 도난에 대한 위험도 덜 하다. 단지 후기에서 말하기를 같은 객실에 또라이가 걸리면 도착하기까지 쭉 불편하게 지내야 한다는 점이 유일한 단점이었다. 하긴 이런 건 상대적으로도 생각해볼 필요가 있다. 누군가에게는 내가 민폐 또라이처럼 느껴질 수도 있지 않겠는가.

다행히 내가 묵는 객실은 평화로운 편이었다. 아래 침대는 30대 후반처럼 보이는 아주머니가 갓난아이와 함께 쓰는 것 같았고, 내 맞은편에 누운 대머리 아저씨 역시 이어폰을 끼고 조용히 누워있었다. 다행히 또라이는 없었지만 오히려 정적인 분위기에 눌려 조용히 짐을 정돈하느라 땀이 뻘뻘 났다. 시베리아 횡단열차 내부는 과하다 싶을 만큼 공기를 뜨겁게 데워놓았다. 하지만 땀 좀 식히려고 열차 연결부로 나가면 몇 초 만에 다시 들어가고 싶어졌다. 열차 내부는 24도인데 외부는 영하 24도였기 때문이다. 조용히 생각했다. 이런 온도 차이에 익숙해지지 못하면 심장에 무리가 올지도 모른다…

객차 내 편의점에 가서 초코파이 한 개와 탄산수를 한 병

사왔다. 나는 원래 초코파이를 좋아했다. 니콜라 요키치*처럼 생긴 승무원이 내게 물건을 건네준 다음 따봉을 해 보였다. 나도 똑같이 했다. 러시아 사람들의 감정표현은 어딘가 블랙코미디 같은 면이 있었다. 아래 침대에 있는 아기는 목청이 좋았다. 한밤중에도 얼마나 크게 울어대는지… 아주머니가 미안해 죽겠다는 뉘앙스로 말하길래 "아. 괜찮아요. 이어폰 끼고 있거든요" 하고 영어로 대답했다. 알아들었는지는 모르겠지만.

　침대에 누워서 책을 읽고 글을 쓰다가 객실 내부가 갈수록 더워져서 열차 내부를 한 바퀴 둘러봤다. 객실로 돌아올 때는 네모난 컵라면을 하나 사왔는데, 워낙에 싱겁다는 말이 많아서 일부러 물을 적게 넣었더니 딱 알맞게 됐다. 육개장 사발면과 비교하면 덜 맵고 더 짠맛이다. 아주머니의 양해를 얻어서, 아래 침대에 걸터앉아 식사를 할 수 있었다. 국물까지 다 마시고 남은 쓰레기를 버리고 오니 내 맞은편 침대의 대머리 아저씨가 말을 건네왔다.

　"캔 유 스픽 잉글리시. 라잇?"

---

● 　NBA 덴버 너기츠 소속의 농구선수. 전형적으로 키가 크고 통통한 동유럽계 아저씨처럼 생겼다. 이 년 연속 리그 MVP를 수상했다.

왔다 갔다 하면서 내가 승무원과 영어로 대화를 나누는 것을 본 모양이었다.

"아, 어… 조금?"이라고 나는 대답했다. 영어로 하는 대화에 굶주린 미국인인가 싶었다. 그런데 어쩌지. 나는 영어를 '진짜 조금밖에' 못 하는데.

실제로 그는 영어 회화를 연습하고 싶어 안달이 난 사람이었다. 그나마 다행인 것은 나보다 영어를 조금 더 잘하는 러시아인이었다는 것이다. 어디서 왔냐고 묻길래 사우스 코리아라고 대답해줬다.

"오. 나는 안드레이야. 만나서 반가워. 너는?"

나는 내 이름을 최대한 러시아 억양답게 발음해보았다. 그랬더니 안드레이가 더듬더듬 발음을 따라 하는데, 이건 영 발음구조가 달라서 힘들겠다 싶어 "그냥 루크Luke라고 불러" 하고 덧붙였다. 루크는 내가 이전 직장(사내에서 영어 이름을 쓰던)에 다닐 때 썼던 이름이었다. 어디서 따왔냐고 물으면, 뭐, 말할 것도 없이 스타워즈다. 물론 내게는 포스도 라이트 세이버도 없지만. 그땐 그런 이름밖에 생각이 나지 않았던 것이다.

"아. 루크. 만나서 반가워. 러시아에 온 걸 환영해."

"나도 반가워. 안드레이."

안드레이는 친절한 사람이었다. 영어 실력은 나보다 조금 나은 정도였지만―visit을 wisit으로 발음하는 경향이 있었다―말투며 행동거지 등으로 미뤄보건대 매우 성숙한 사람 같았다. 영어 회화도 그렇고 뭔가 새로운 것을 배우고 경험하는 일을 좋아하는 듯하고. 실제로 직업도 변호사였다.

'한국에서도 변호사랑 대화해본 적은 거의 없었던 것 같은데.'

그야 여행지가 아닌 이상, 변호사와 대화할 일은 없으면 없을수록 좋은 것이다. 안드레이와 나는 많은 대화를 나눴다. 그는 내가 하는 일이 재밌다고 여기는 것 같았고, 한편으로는 나처럼 허약해 보이는 젊은 동양인이 목적도 없이, 혼자서 떠돌아다니는 것을 한 명의 어른으로서 염려하고 있다는 느낌도 들었다. 생긴 것도 보니 어디 가서 처맞고 다닐 것 같이 생겼으니 걱정이 될 만도 하다. 나이로 치면 삼촌뻘쯤 되는 안드레이니까.

그러다 문득 캐리어 안에 폴라로이드 카메라를 챙겨왔다는 사실이 떠올랐다. 한동안 캐리어는 제대로 들고 다니지도 않았던 데다가, 속 편하게 즉석사진을 찍을 만한 상황이

랄 것도 없었는데 왠지 안드레이와 아래 침대 아주머니―그리고 그녀의 딸―에게 작은 선물을 해주고 싶었다. 어차피 쓸 데도 없는데 기념으로 줘버리자고 생각했다.

반응은 생각보다 폭발적이었다. 나는 그 별것 없는 필름 두 장을 주곤 이런저런 먹을거리들을 답례로 받았다. 아주머니는 즉석조리 감자샐러드를, 안드레이는 설탕이 한 스푼 들어간 홍차 한 잔을 가져왔다.

…이것 참 쑥스럽기도 하고 앞으로 러시아에서 살아남는 데 꽤 도움이 될 것 같다는 예감이 들었다. 사진 찍어준다는 데 싫어할 사람이 어디 있겠는가. 폴라로이드 전용 필름 사진은 열세 장 남았으니까 비행기 탄막 게임에서의 폭탄처럼 요긴하게 쓸 데가 있겠지.

늦은 저녁이 되자 승무원이 객실로 와서 뭐라 질문을 해왔다. 나 혼자 못 알아듣고 황당해하고 있으니 안드레이가 통역사로 나서서 말을 대신 해줬다.

"내일 조식 주문할 거냐고 묻는데. 210루블이래. 어떡할래?"

210루블이면 끽해야 4,000원 남짓한 돈이다. 그 돈으로 아침식사를 해결할 수 있다면 두말할 것 없는 이득이다.

"그야 러시아 사람이라면 먹어야지." 내가 대답했다. 안드레이가 웃으면서 내 말을 승무원에게 전해줬다. 승무원도 웃었다. 나도 웃었다. 밤 열 시가 넘자 객차 전체가 조용해지다가, 곧이어 아기가 우는 바람에 북새통이 됐다. 아기 먼저 재우자는 합의를 하고, 나와 안드레이는 조용히 자리로 가서 일찌감치 누웠다. 아기가 잠들기까지 한 시간이 넘게 걸렸다. 나는 조심스럽게 객실을 빠져 나가서 양치질을하고, 약을 한 알 먹고, 니콜라이 고골의 단편선을 읽다가 곯아떨어졌다.

# 6

## 횡단열차

새벽에 잠깐 깼다. 안드레이가 작은 소리로 코를 골고 있었다. 화장실에 가려고 침대에서 내려갔다가, 무심코 아래쪽 자리가 텅 비어있음을 알아차렸다. 내가 잠든 사이 그 아주머니와 아기는 어디론지 내리고 없었다. 정확히 무슨 역이었는지는 몰라도 새벽이었던 만큼 엄청나게 추웠을 테다. 아기도, 엄마도, 부디 건강하게 목적지에 도착하길 바라며 옷을 갈아입었다. 생각해보니 내가 누굴 걱정할 처지는 못 되는 것 같았다.

안드레이가 깨지 않도록 조심조심 노트북을 꺼냈다. 글을 쓰고 있으려니 창가 자리가 조금씩 밝아져오는 것이 느껴졌다. 여느 때처럼 해가 뜨고 나면 열차 칸은 내부 등 없이도 환해진다. 광막한 설원이 철길을 둘러싸고, 한여름의 스프 링클러처럼 사방으로 빛을 내뿜는다. 나는 일곱 시쯤 다시 자리에 누웠다.

다시 일어났을 땐 열 시 반이었다. 안드레이는 아래쪽 침 대에 앉아있었다.

"좋은 아침." 안드레이가 테이블 위에 있는 조그만 박스를 가리키며 말했다. "이거, 네 아침 식사야."

생각해보니 어제 조식을 시켰었지. 그것도 모르고 계속 잠들어있었다. 괜히 밥 왔으니 일어나라고 깨우지 않은 안 드레이의 배려가 고맙게 느껴졌다. 그래서 조금쯤 빼먹었더 라도 용서해줄 요량이었는데, 역시 손댄 티는 일절 없었다.

"내가 좀 늦었네."

안드레이는 내 말에 고개를 끄덕였다. 자는 동안 배가 고 파졌던 것 같다. 식사는 토마토가 들어간 오믈렛과 짭짤한 맛의 치즈 네 조각, 모닝빵 한 개와 과일주스였다. 딱히 러시 아식이라는 느낌은 없는, 아주 전형적인 서양식 브렉퍼스트 였다. 다 먹는 데 10분도 안 걸렸던 것 같다. 배가 불러서 허 리춤을 끌어올리고 있는데, 안드레이가 급작스레 푸시킨을 좋아하냐고 물었다. "당연하지"라고 대답했다.

근데 러시아에서 '아니, 전혀. 나 푸시킨 싫어해'라고 대답할 사람이 있긴 할까?

우리나라로 치면 '너 윤동주 좋아하니?' 같은 느낌의 질문이다. 민족적이고 서정적인 시로 국민적인 사랑을 받고 있다는 점, 비교적 젊은 나이에 비극적인 죽음을 맞이했다는 점에서 꽤나 닮았다. 물론 윤동주는 프랑스인과 결투 중에 치명상을 입고 죽진 않았지만.

알렉산드르 푸시킨이라고 할 것 같으면, '삶이 그대를 속일지라도 / 슬퍼하거나 노여워하지 말라…'는 시구로 잘 알려져 있다. 특히 소싯적에 투니버스 좀 봤다 싶은 사람은, 만화영화 〈검정 고무신〉의 기철이가 예쁜 문학소녀를 꼬셔보겠다고 시집을 읽는 에피소드를 기억할지도 모르겠다. 그때 나온 시가 바로 〈삶이 그대를 속일지라도〉이고, 그걸 쓴 사람이 바로 푸시킨이다.

"혹시 《예브게니 오네긴》은 읽어봤어?" 안드레이가 다시 물었다.

"아니. 그것까진."

"이런. 그거야말로 푸시킨의 최고 걸작인데…" 어쩐지 안드레이는 기세가 등등한 얼굴이었다.

"…한국에 돌아가면 꼭 읽어볼게."

"꼭 그래야 해. 푸시킨은 정말 위대한 작가거든."

"나도 그렇게 생각해." 나는 진심을 담아서 말했다. "그래서 푸시킨이 어떻게 죽었는지, 처음 알았을 땐 엄청 놀랐다니까. 여자 때문에 프랑스인이랑 결투를 하다가 죽었다고 들었거든."

"맞아. 그건 엄청난 비극이었지. 모든 러시아인들이 거기에 대해 슬퍼해."

"그렇겠지. 그리고 내 생각에는 그 사건 때문에 러시아가 프랑스를 별로 안 좋아할 것 같았어."

하하하하하, 하고 우린 웃었다.


"사실 그렇게 싫어하는 정도는 아니야. 프랑스 사람들도 거기에 대해선 상당히 미안해하는 것 같더라고."

"독일은 어때? 러시아 사람들은 독일을 싫어하지 않아? 역사적인 배경도 있고." 나는 이번엔 좀 예민한 질문을 던졌다. 정중한 안드레이가 느닷없는 질문에 당황해하는 모습을 보고 싶었던 것 같다. 그렇지만 안드레이는 대수롭지 않다는 듯, "그럴 리가 없잖아"라고 말했다. "다른 사람들은 몰라도 나는 독일을 싫어하지 않아. 베를린에도 갔었어. 내 눈에 독일 사람들은 굉장히 인상적이었지. 굳이 따지자면 러시아인들은 나치와 히틀러를 싫어하는 거야. 독일 전체를 싫어하는 것과는 달라."

"아하, 그렇구나." 나는 무릎을 탁 쳤다. 실로 우문현답이었다.

"그보다 나는 독일 사람들이 러시아를 싫어하는 것 같아."

"왜?"

"전쟁에서 우리한테 개쳐발렸으니까."

하하하하하, 하고 우린 한 번 더 웃었다. 역시 이런 주제는 예민한 만큼 흥미롭다. 또 흥미로운 만큼 유쾌해질 수 있다.


횡단열차 안에서는 인터넷이 거의 안 된다고 봐도 무방했다. 'RZD'라는 이름 —우리나라로 치면 KORAIL— 의 공공 와이파이가 검색되기는 했지만, 중간중간 크고 작은 역에 정차했을 때나, 큰 도시 주변을 지나갈 때가 아니면 작동하지 않았다. 때문에 이동 중에는 인터넷이 필요 없는 일들, 이를테면 대화나 독서 또는 미리 저장해둔 영상을 보면서 시간을 때우는 사람이 많았다. 내 경우는 누워서 이런저런 생각을 하다 자거나, 글을 쓰거나, 무언가 읽으면서 대부분의 시간을 보냈다. 영어 실력이 준수한 동시에, 낯선 동양인에게 말을 걸어올 만큼 붙임성이 좋은 안드레이는 아주 예외적인 케이스로, 그 덕분에 다소 무료할 뻔했던 기차여행에 생기가 돌았다는 점을 말해둬야겠다.

가족 이야기는 자연스럽게 나왔다. 나는 이런 걸로 쓸데없이 거짓말하는 것에 굉장히 지쳐있었기 때문에, 아무렇지 않게 "솔직히 말해서 나는 가족이 없어"라고 말해버렸다.

"가족이 없다고?"

"없어. 아빠는 일찍 죽었고, 엄마랑은 몇 년 전부터 연락이 끊겨서 생사도 몰라. 솔직히 난 관심도 없지만."

"형제는?"

"형제도 없어. 외동아들이거든."

"그래?" 이 말을 할 때, 안드레이는 유독 내 눈을 똑바로 쳐다보며 말했다. "나도 외동아들인데. 우리는 똑같구나. 악수할래?"

"좋지." 나는 안드레이와 악수했다. 조금 차갑지만 크고 듬직한 손이었다.

"고마워."

"음? 뭐가?"

"나랑 똑같다고 말해줘서."

내가 말했다.

나는 한참 동안 말없이 창밖을 바라봤다. 창백하게 흰 평원 위로 가느다랗고 높은 숲이 하염없이 이어지고 있었다. 같은 풍경이 몇 분이나 이어지는 걸 보고 있자니, 어느덧 정지된 화면이나 한 폭의 그림처럼 느껴지기도 했다. 분명 기차는 시속 100킬로미터가 넘는 속도로 달리고 있는데도…

안드레이에게는 즐겁게 대화한 것 말고도 신세를 많이 졌다. 승무원과의 대화를 통역해주기도 하고, 갑자기 컵라면과 홍차를 사와서 내게 먹이기도 했다. 딱히 대가를 바라는 것 같진 않은데 돈도 시간도 아끼지 않고 친절을 베푸는 것이 내게는 불가사의하게 느껴졌다. 어쩌면, 어쩌면 안드레이도 적적하고 외로웠던 걸지도 모른다. 그런 면에서도 나와 똑같다고 말한 건지도 모른다… 그렇지만 이 모든 것은 추측에 불과하다. 나는 안드레이가 아니니까.

이날 저녁, 안드레이와 나는 식당칸에 가서 맥주 두 병씩을 마셨다. 얻어먹은 것도 돌려줄 겸 술값은 다 내가 내려고 했는데, 안드레이는 기어이 자기 돈으로 술을 더 사왔다. 그러면서 한다는 말이 "뭔가 우울해 보이는데, 루크" 하고 물었다.

"네 말이 맞아. 사실은 우울해."

"러시아에 온 걸 후회해?"

"아니. 그런 게 아니라." 나는 극구 부인하며 말했다. "그보다는 마감이 밀린 게 있어서 그래. 내일이 마감일인데 아직 원고를 완성하지 못했어. 썼던 것도 백업이 안 돼서 다시 써야 하고. 사실 좀 막막해."

"어떻게 되는데? 마감을 못 지키면?"

"글쎄. 일단은 내 담당 편집자가 화를 내겠지?"

"그것뿐이야?"

"그것뿐이라니. 작가에게 신뢰는 거의 전부나 다름없어. 출판사와 편집자에게 신뢰받지 못하는 작가라면, 아무리 도스토옙스키처럼 위대한 작가라고 해도 책을 낼 수 없을걸."

"그건 맞는 말이야. 나도 동의해." 안드레이는 일어선 상태로 병뚜껑을 따고, 내 잔과 자기 잔을 차례로 채우곤 내 맞은편 자리에 앉았다. "그런데 루크, 그건 알고 있어? 도스토옙스키도 항상 빚쟁이들에게 쫓겨서 글을 썼지."

"나도 알아." 내가 말했다. 안다뿐이랴, 나는 그 내용에 대해 꽤 긴 분량의 수필까지 썼다.

"도스토옙스키 소설을 많이 읽었어?"

"자주 읽긴 했지. 왜?"

"네가 읽어본 것 중에, 도스토옙스키의 최고 작품은 뭐라고 생각해?"

"도스도옙스키의 작품 중에서라고?" 내가 되물었다.

"그래. 그가 쓴 단편이든 연작이든 장편이든 전부 포함해서 가장…"

"말할 것도 없어. 무조건 《카라마조프가의 형제들》이지."

"오, 루크… 루크!" 안드레이는 가슴팍이 뭉클해졌다는 식으로 탄식하며 말했다. "정말, 도스토옙스키를 아는 사람들이라면, 당연한 거지, 이건. 무조건 《카라마조프가의 형제들》을 꼽을 수밖에 없다니까. 넌 어떤 장면이 가장 인상에 남아있어?"

"《카라마조프가의 형제들》이라면 훌륭한 장면이 많지. 나는 알료샤의 스승이 유언을 남기는 장면이 기억에 남아. 죽음이 얼마 남지 않은 종교적 스승이 애제자를 불러서 이렇게 말하잖아. '너는 부디 슬픔 속에서 행복을 찾아라. 이것이 내 마지막 메시지다…'"

"아. 그 장면. 좋지. 또 다른 건?"

"또 다른 거? 다른 거, 다른 거… 그래. 둘째 이반이 법정에 서서 발언을 시작하는데, 그간 통제해왔던 감정들이 폭발하면서 웅변을 하게 되잖아."

"맞아. 그것도 정말 대단했어."

"알료샤가 마지막에 다른 아이들과 나누는 대화들도… 그 대목을 읽을 때 나는 거의 울었지. 나는 알료샤야말로 도스토옙스키가 가장 사랑한 작중 인물이 아니었나 싶어. 의심하고 고뇌하지만 결국에는 끝까지 믿지. 바보처럼 굴 때가 많지만 누구보다도 현명하고."

"넌 네가 알료샤와 닮았다고 생각해?" 안드레이가 물었다.

"아니. 난 알료샤가 되고 싶지만, 그렇게 될 수 없는 라스콜니코프야."

"흥미로운 답변인데."

"너《백치》읽어봤어?"

"오, 루크." 안드레이는 몸을 뒤로 빼고 눈까지 돌리며 변명할 구도를 만들었다. "내가 일 때문에 시간이 없어서… 도스토옙스키 작품을 다른 건 다 읽었는데…"

"《백치》만큼은 못 읽었다?"

"그래. 그렇지만 언젠가 읽을 생각이었어."

나는 자비로이 고개를 끄덕였다.

"구로사와 아키라라는 일본 감독이 영화로도 만들었지. 난 그걸 얼마 전에 봤어."

"어땠는데?"

"그건 아직 《백치》를 읽지 않은 안드레이와 할 만한 이야기가 아닌 것 같은걸."

"젠장." 안드레이는 내가 본 것 중에 가장 분해 보이는 표정으로, "공책에 써놨으니까 꼭 읽을 거야"라며 자기 다짐까지 하는 모습을 보였다. 나는 그런 안드레이의 성격이 마음에 들었다. 취침 전에는 비틀스 얘기를 했다. 레넌이냐 매카트니냐 하는 주제로 몇 가지 의견을 주고받다가, 마지막에는 〈Don't Let me down〉을 크게 틀어놓고 목청껏 따라불렀다.

"Don't~ Let me down~~~"

"Don't~ Let me down~~~"

'돈!! 렛! 미! 다운!!"

"우우~~~~~"

그쯤하니 객실 문 너머 복도 쪽에서 발소리가 들렸다. 나와 안드레이는 약속이나 한 것처럼 노래를 멈추고 제자리로 돌아가 이불을 뒤집어 썼다. 웃음을 참기가 쉽지 않았다. 승무원이 충분히 멀어진 뒤에야 우리는 잠자리 인사를 할 수 있었다.

"굿나잇."

"안드레이. 너도."

"아, 근데 루크. 내일은…"

"나도 알아. 오전 일찍 내린다는 거지? 최대한 시간 맞춰 일어나볼게."

"좋아." 안드레이는 마음이 놓였다는 듯 다시 이불을 뒤집어 썼다. 나는 참 어떤 식으로든 신뢰를 주기 어려운 사람인가 보다. 얼굴에 가짜 수염이라도 붙이고 다니는 게 좋을까? 좀 더 어른스럽게 하고 다니다 보면, 사람들도 한결 걱정을 덜 할는지 모른다… 약 기운에 머리가 빙글빙글 돌았다. 이제 시작이었다.

# 7

# 치타

"치타는 작은 도시야."

안드레이는 내가 내릴 채비를 다 마치고 자리에 앉자마자 말했다. 나도 치타가 그리 큰 도시가 아니라는 것 정도는 알고 있었다. 꼭 뭘 보겠다는 마음으로 들른 곳도 아니었다. 나에게 치타를 포함한 모든 도시는 정류장이었다. 이 무의미한 도망행위를 길게 늘이기 위해, 내 한심한 사정 따위 봐주지 않고 끝까지 달려가는 열차 때문에 나는 일부러 표를 뚝뚝 끊어서 서쪽으로 향하고 있는 것이다.

글을 읽는 사람들에게는 조금 깨는 발언일지도 모르겠다. 난 사실 시베리아 횡단열차의 로망이니 뭐니 하는 건 관심이 없었다. 그런 건 일종의 사후처방으로써, '왜 하필 러시아예요?'라고 말하는 사람들에게 적당히 둘러댈 구실을 줄 뿐이다.

"아, 살면서 꼭 한 번은 시베리아 횡단철도를 타보고 싶었거든요…"

거짓말이다. 중고등학생 시절 사회과 부도를 보며 '어떤 느낌일까' 하는 호기심은 갖고 있었지만 '죽기 전에 이건 꼭 한번 해보고 말겠어'같이 거창한 버킷리스트로 삼아본 적도 없다. 더구나 이런 한겨울에, 나날이 코로나가 팽창해가는 가운데, 알고 있는 러시아어라고는 '즈드라스부이체(안녕하세요)'뿐인 내가 반드시 여기 와야 할 이유? 그런 건 존재하지 않았다. 준비도 마음가짐도 미흡하기 짝이 없었고, 어느 모로 보나 고생길이 환히 열리리라는 사실이 자명했다. 나는 멍청하지만, 그런 걸 인식하지 못할 정도로 둔감하지는 않다.

열차는 차츰 속도를 줄이며 정차할 준비를 하고 있었다. 오전 여덟 시 40분이었다. 해는 떴지만 옅은 구름이 층층이 쌓여 흐리터분한 날씨였다. "지금 보니 밖에 눈이 오는데." 나는 말했다. 그러자 안드레이는 '러시아에 눈 오는 거 처음 보냐'라는 식으로 어깨를 들썩였다. 나는 억울했다. 쌓여있

치타

111

는 건 많이 봐왔지만 이렇게 대놓고 내리는 걸 보긴 진짜 처음 같은데.

치타역에 내린 직후에 받은 인상은 다음 두 가지다. 하나는 '뭐야. 그렇게 작은 도시 같지도 않네.' 나머지 하나는 '시발 진짜 너무 춥다. 이러다 죽는 거 아니겠지'였다. 역 건물에 온도를 표시해주는 전광판—스키장 리프트를 타고 제일 높은 곳까지 올라가면 하나씩 보이는—이 지금 내가 들이마시는 이 공기가 영하 24도라고 알려주고 있었다.

"그래도 오늘은 바람이 많이 불지 않아서 좀 나은 편이야." 안드레이가 말했다.

"여기서 바람까지 더 불었으면 난 죽었어." 내가 대답했다.

안드레이는 나를 숙소까지 데려다주려고 했다. 하지만 체크인이 오후 세 시부터여서 적당한 카페테리아에 들러 식사를 하고 각자 갈 길을 가기로 했다. 안드레이는 "잠깐 친구 집에 짐 좀 놔두고 올게"라고 하고선 아주 젊고 날렵한 인상의 청년을 한 명 데리고 왔다. 블라디•라는 이름의 그 친구

---

•    블라디미르Vladimir의 약칭인 것 같다.

는 나보다 네 살이 어렸다. 다리가 얇고 키가 큰 것이 '막 새로 사서 처음 깎은 연필' 같은 느낌이었다. 피부는 창백하게 하얗고, 머리는 짧게 깎아 도회적인 분위기를 풍겼지만, 왠지 모르게 안절부절못하는 면이 있어 적당히 자기 나이처럼 어려 보였다.

"만나서 반가워."

"나도." 블라디가 말했다.

다만 난데없이 모르는 동양인이랑 밥을 먹으려니 당황한 건지―그건 안드레이의 잘못이다―영 말수가 없어서 '내가 뭘 잘못했나' 싶었지만… 그냥 영어를 모르는 것이라 안심했다. 그나마 안드레이가 중간 통역을 해주면서 차를 좋아한다거나, 운전하는 것도 좋아하고, 고장이 나도 곧잘 알아서 수리한다는 얘기도 들을 수 있었다.

"게임 좋아하냐고 물어봐." 나는 지극히 한국인스러운 질문을 청했다. 안드레이는 친절하게 흠흠, 하고 러시아어 모드로 전환한 다음, 블라디와 무어라 대화를 나누고 나서 이렇게 대답했다.

"블라디는 〈월드오브탱크〉를 즐겨한대."

"아, 그거."

치타

113

"아는 게임이야?" 안드레이가 물었다.

"응. 해보진 않았지만." 내가 대답했다. "한국에서는 좀 매니악한 게이머들이 하는 느낌이지…"

안드레이는 내가 한 말을 그대로 블라디에게 통역해주려는 것 같았다. 나는 'Ｔ-34●는 정말 놀라운 탱크다' 같은 말로 급히 대화 주제를 바꿔야 했다.


세 명이 된 우리는 안드레이가 즐겨 다닌다는 카페 '아얏'으로 가서 이런저런 음식을 주문했다. 10분쯤 지나자 호밀로 만든 빵과 새빨간 수프 같은 것이 서빙돼 왔다. '러시아 전통 음식이라더니, 역시 빨간색이구만'이라고 속으로만 생각했다.

"이건 보르쉬борщ라는 거야. 이걸 먹으면 너도 이제 러시아인에 좀 더 가까워지는 거지. 러시아에 대해 더 잘 알게 되는 거야."

"뭔가 전동드릴 브랜드 같은 이름이네." 나는 푸흐, 하고 웃는 안드레이의 웃음을 흘겨보곤 수프를 한 숟갈 떠먹었다.

●    2차 대전 당시 소련에서 주력으로 운용했던 중형 전차.

"어때, 루크. 먹을 만해?"

"어, 음… 먹을 만한 걸 넘어서… 나한테 엄청 익숙한 맛인데." 나는 뭔가 잘못 먹은 게 아닌가 싶어서 한 번 더 떠먹었다. 다시 먹어도 똑같았다. 그 맛이다. 동네잔치 같은 곳에서 주는 소고기뭇국이다… 농도가 아주 진하고, 한국 무 대신 사탕무가 들어가 있다는 걸 빼면 그냥 한국 음식이라고 해도 좋을 정도였다. 흰 쌀밥이 아니라 퍽퍽한 호밀빵과 곁들여 먹어야 한다는 게 함정이었지만.

밥값을 계산하려고 보니 이미 안드레이가 돈을 낸 뒤였다. 왜 이렇게 네가 다 사냐고 물어보니까, "나중에 우리가 한국에 가면 네가 챙겨줄 거잖아"라는 기특한 대답을 해왔다. 이런 대사는 어느 유튜브 채널에서 보고 연습해오는 걸까. 아무튼 대단한 인간이다. 우리는 카페 앞에 위치한 레닌 스퀘어에서 사진을 찍고 헤어졌다.

"너희를 만나서 기뻤어. 정말 고마워." 나는 안드레이, 블라디와 차례로 포옹을 하고 나서 말했다. 뒤돌아보면 차가운 광장이 펼쳐졌다. 러시아 어디에나 있는 레닌 동상이 다시금 혼자가 된 나를 반겼다. 이건 나쁘지 않군. 가끔씩 '우리'가 됐다가 '나'로 돌아오는 기분. 하늘은 정오를 앞두고 화

치타

115

사하게 빛났다. 안드레이, 말을 걸고 밥을 사줘서 고마워. 블라디, 〈월드오브탱크〉는 적당히 하도록 해….

헤어지면서 "언제든지 무슨 문제가 생기면 인스타그램으로 연락해. 바로 달려갈 순 없어도 되도록 도와주도록 할 테니까"라고 말한 안드레이는, 며칠째 내 DM을 씹고 있다.

나는 시간을 때울 겸 광장 주변을 좀 거닐다가, 근처에 '시베리아 전쟁 박물관'이라는 곳이 있다는 걸 알게 돼 곧장 찾아 들어갔다. 관내 관계자들은 영어는 못했지만 매우 친절했다. 여기선 과거의 유물이 꽤 흔한 것일까. 층마다 소련 시절 견인포를 복도 중앙에 방치해놓은 모습이 인상적이었다. 2차 세계대전의 영웅 주코프 장군의 사진이 걸려있는가 하면, 나치와 일본제국에서 빼앗은 전리품도 전시돼있어 꽤 흥미로웠다. 다만 외국인 관광객은 거의 오지 않는 곳인 듯, 설명이 죄다 러시아어로밖에 돼있지 않아 역사적 맥락을 완전히 파악하지 못한 것이 아쉬웠다.

숙소 근처에 있는 카페에서 글을 쓰다 체크인을 하러 들어갔다. 이젠 숙소 체크인에도 꽤 요령이 생겨서, 예약 내역을 보여주는 것보단 곧장 여권을 내미는 쪽이 낫다는 사실도 알게 됐다. 하지만 이런 생각을 하면, 꼭 생각지 못했던 새로운 문제가 생기는 법이다.

"쉬또… 엄…"

내가 러시아어를 못하는 걸 알았는지, 카운터 직원은 번역 앱을 켜서 뚜뚜뚜 뭐라 입력하는 듯하더니 내게 영어로 된 메시지를 보여줬다.

'님 이민 카드 어딨음?'

나도 번역기를 켜서 입력했다.

'이민 카드가 뭔데요.'

'입출국할 때 뭐 받지 않았음?'

엥, 그랬나? 전혀 기억이 안 나는데. 솔직히 그게 뭔지도 모르겠는데…

일단 찾아보라고 해서 찾아봤지만 있을 리 없었다. 직원이 친절하게 '이것이 이미그레이션 카드다' 하고 견본도 보여줬지만, 그런 건 본 기억 자체가 없었다. 나는 직원에게 못 찾겠다고, 그게 그렇게 중요한 거냐고 물었다. 이전 숙소에서는 이민 카드 같은 거 없이 잘만 숙박했었다는 말도 덧붙이면서.

그러자 돌아오는 직원의 대답.

'만약 그거 없으면 우리는 체크인 못 해줘요. 그럴 권한이

치타

117

우리에게는 없어요.'

…뭐?

러시아에 와서 머리가 얼어붙는 경험이 벌써 몇 번째인지 모르겠다. 솔직히 화도 났다. 그 염병할 이민 카드라는 게 대체 무엇이길래 나를 괴롭히는가? 적어도 그곳에는 알려줄 사람이 없었다. 내게는 물어볼 능력도 없었다. 러시아 현지 사정에 대해 알고 있으면서, 한국어로 대화가 가능한 문의처. 이 상황에 그런 곳은 하나밖에 없지 않은가.


"아, 그거~" 용케 영사관에 연락이 닿아 사정을 말하자 이런 대답이 돌아왔다. "출입국등록증이라고 있거든요. 뭐 작은 한인 민박이나 미등록 숙박업소 같은 곳에선 그거 없이도 해주는데. 좀 큰 호텔이나 정식 등록된 호스텔 같은 곳에서는 그거 없이 체크인이 안 될 거예요."

"그런데 전 그런 걸 받은 기억이 없는데요."

"그럴 리가요? 받았는데 잊어버리셨거나 한 거겠죠."

이건 가드 불능 기술이다. 아무리 나의 기억 상실을 호소해봐야, 정해진 행정절차에 도전하는 것은 무의미하다. 나는 그럼 그걸 다시 발급받는 방법은 없는지 물었다.

"일단 경찰서에 가세요."

"경찰서요?"

"네. 뭐 가기 싫으면 안 가도 되는데요… 잘하면 관공서에서 바로 재발급 받을 수도 있어요. 운이 나쁘면 경찰서에서 분실확인서 떼오라고 하겠지만… 이렇게 말하긴 좀 뭣한데, 약간은 운에 달려있는 문제입니다."

정말 솔직담백한 답변이었다. 그 얘기를 숙소 측에다 전하자 직원 한 분이 나를 가장 가까운 관공서에 데려다줬다. 마리야는 30대 후반 정도로 보이는 중년여성이었다. 내게는 이모뻘 같은 분위기였는데, 그녀를 따라 관공서며 경찰서를 따라다니자니 기분이 복잡미묘했다. 마치 사고뭉치 중학생이 수습하는 담임선생님을 쫓아다니는 듯한 그림이었다.

공무원들과의 대화가 길어지고, 내가 아무것도 이해를 못 한 채 불안해하고 있자, 마리야는 번역 앱으로 "걱정하지 마세요. 모든 게 잘 풀릴 거니까요"라고 말해줬다. 나는 그 말에 이상하리만큼 위로를 받아 곧 편안해졌다. 이 정도로 신경 써줬는데 안 된다고 하면, 그땐 기꺼이 밖에서 자다가 얼어 죽어도 할 말이 없으리라.

하지만 마리야의 헌신적인 도움은 머잖아 열매를 맺어—

왔다 갔다 하는 택시비까지 그녀가 다 내주었다—나는 출입국등록증 사본을 재발급받을 수 있었다. 나는 "대체 어떻게 고맙다는 말을 해야 할지 모르겠다. 내가 할 수 있는 건 내 일지에 당신에 대한 이야기를 쓰는 것뿐이다"라고 번역 앱으로 써서 마리야에게 보여주었다. 마리야의 대답은 "아, 하라쇼(좋죠)"였다. 그게 다였다. 그리고 가버렸다. 과연 이것이 마더 러시아. 장총을 든 어머니…

오전에 보르쉬로 동양적 혀 감각에 눈이 뜨인 나는, 숙소 근처 가장 저렴하다는 일식집을 찾아가 저녁을 해결하기로 했다. 러시아인들은 일식을 정말 좋아하는 것 같다. 특히 초밥에 대한 사랑은 나 같은 이방인에게도 선명하게 보였다. 그렇지만 한국이나 일본에서 먹는 초밥과는 조금 다른 것이, 러시아 입맛으로 개조된 롤 타입의 스시를 많이 팔고 있었다. 내가 찾아간 '니야마'에서는 김말이 초밥에다 튀김옷을 입힌 뒤 사워크림이나 브라운소스를 발라 내왔다. 맛은 좋았지만 가격치고 양이 너무 많아서—나름 저렴한 세트를 시켰는데 큼직한 롤이 열여덟 개나 나왔다—배가 빵빵해졌다.

자기 전에 소화는 시켜야 하니 숙소까지 걸어가기로 했다. 아까는 춥고 배도 고파서 걷기 힘들었는데, 이제는 춥고 배가 불러서 걷기 힘들었다. 돌아가는 길에 작은 골목 가게를 발견했다. 몸도 녹일 겸 들어갔는데 뭔가 우유 같기도 하고 드링킹 요거트 같기도 한 음료 용기가 눈에 띄었다. '2.5%'라고 적혀있는 걸 보니 술 같기도 하고… 찾아보니 케피르라는 저 도수의 발효주로, 소젖이나 말젖 등을 숙성시켜 만든 일종의 우유 술이라는 듯했다.

우유 술이라니. 색도 뽀얗고 액도 걸쭉한 것이, 왜인지 달짝지근한 아침햇살 맛에 소화도 촉진시켜줄 것 같아 덜컥 한 팩을 사서 돌아왔다. 결과적으로 나의 예상은 반은 맞고 반은 틀렸다. 케피르는 '사물함에 넣어놨다가 까먹고 유통기한이 두 달 지난 급식 우유'와 정확히 똑같은 냄새와 맛을 가지고 있었다. 한국이라면 마땅히 폐기 처분했을 이 유제품을, 몽골 등지와 이 시베리아 인근 도시에선 유용한 식음료로 활용하고 있다니. 문화 차이라는 건 실감할수록 새로운 것들뿐이다… 돈이 아까워 끝까지 다 마시긴 했는데, 소화는 뭐라 말할 수가 없을 정도로 잘 됐다. 5분 만에 폭풍 설사로 변기를 터트릴 뻔했다. 나는 모처럼 텅 비어있는 기분으로 잠에 들었지만, 이따금 은은한 발효형 취기가 올라와 표정이 좋지 않았던 것 같다.

# 8

# 횡단철도

"신세 많이 졌어요. 마리야에게 꼭 고맙다고 전해주실래요?"

나는 체크인이 끝나고 나서 한 마디 덧붙였다.

"네. 그럴게요."

카운터 직원이 대답했다.

나는 따뜻한 숙소에서 나와 역까지 걸었다. 껍질이 하얀 가로수 사이로 먼지 같은 것이 일렁이고 있었다. 자세히 보니 먼지처럼 작은 눈이었다. 러시아는 알게 모르게 계속해서 눈이 내린다. 길에는 대부분 염화나트륨이 잔뜩 뿌려져 있었지만, 인적이 뜸한 길은 아스팔트 대신 얼음을 깔아놓은 것이 아닌가 싶을 정도로 미끈거렸다. 그런 곳에서는 신발보다 스케이트를 타고 다니는 게 더 안전할 것 같았다.

빙판길에 대한 염려는 일찌감치 한 터였다. 그래서 나름대로 접지력이 좋고 방수도 잘 되는 신발을 신고 왔지만, 미끄러짐을 100퍼센트 방지해주지는 않으므로 최대한 조심조심 걸음을 내디뎌야 했다. 현지에 사는 러시아인들조차 걷다 미끄러져 넘어질 뻔한 모습을 몇 번 봤기 때문이다.

그런 이유 때문인지 러시아인들은 길에서 뛰거나 서두르는 모습이 없다. 한국인들과 비교하면 좀 우스꽝스러울 만큼 느리게—나이가 지긋하신 분일수록 더욱—보폭을 좁혀 뒤뚱뒤뚱 걷는 사람이 대부분이다. 횡단보도 신호가 3, 4초쯤 남았을 땐 그냥 멈춰서 다음 파란불을 기다린다. 그런 경향은 여유로운 성격 덕택이라기보다, 주어진 환경에서 살아남는 지혜의 일종 같았다. 하기는, 이런 곳에서 뛰다 넘어졌다가는 무릎이든 손이든 엉덩이든 뼈가 깨질 게 뻔하고, 잘못해서 머리부터 처박으면 즉사하게 될지도 모른다. 사인이 '이렇다 할 이유 없이 좀 빨리 가겠다고 서두르다가 미끄러져 죽음'이었다가는 저승에 가서도 웃음거리가 될 것이고.

아무튼 그런 시베리아 보법(내 맘대로 지은 이름)을 구사하며 역까지 걸어가는데 바지가 자꾸만 흘러내리는 것이다. 살이 좀 빠졌나? 멀리 오긴 했어도 밥은 잘 먹고 다니는 편이었는데… 싸구려 벨트라도 하나 사서 동여맬까 했지만 관두기로 했다. 적어도 지금까지는 벨트가 없어서 곤란한 일도 없었고, 그런 물건들은 막상 사놓고 보면 자주 안 쓰게 돼서 곧 짐짝처럼 돼버리니까… 기왕 낭비한다면 다른 쪽에다 돈을 쓰는 것이 나았다.

치타에서 이르쿠츠크로 향하는 열차를 예약해뒀다. 오후 아홉 시에 출발해서 다음 날 오후 세 시에 도착하는 일정이었다. 예약 칸에 이등석밖에 나오지 않아서 그걸로 예매했다. 역까지 걸어가서 캐리어를 맡겼다. 웬 아주머니 한 명이 짐 보관함 근처에서 서성거리고 있길래, 이래저래 바디랭귀지를 써서 가방 넣는 걸 도와드렸다. 러시아에서는 줄곧 도움을 받기만 했었는데. 작게나마 도움을 주는 입장이 된 것이 조금 기뻤다.

역 건물에 딸린 편의점 같은 곳에서 고로케처럼 생긴 빵과 생수를 하나씩 샀다. 빵 안에는 커다란 고기 조각이 들어 있었다. 생수인 줄 알고 산 물에선 그윽한 사과 향이 났다. 그럭저럭 맛있게 먹었다. 음식을 우물거리면서 역 내부를 찬찬히 뜯어봤다. 대합실 분위기는 어딜가나 비슷하다. 휴대폰을 보는 사람, 걸쳐놓은 짐에 기대 졸고 있는 사람, 맨 앞에 놓인 중형 텔레비전과 거기서 나오는 드라마인지 영화를 시청하는 노인들. 모두 어디론가 향할 준비를 마치고 시간을 죽이고 있었다. 나는 어느 철도역에서나 가만히 앉아서, 멍한 표정으로 그런 모습을 지켜보곤 했다. 이런 무미건조한 관찰행위를 선호한다.

그렇지만 기차 탑승까지는 아직 반나절이 넘게 남아있었다. 기차역은 글을 쓰기에 적당한 장소도 아닌데 그렇다고 러시아씩이나 와서 역에 있는 사람들 얼굴만 구경하기도 왠지 멋쩍은 것이 사실이었다. 그러다 문득 "데카브리스트 박물관에 꼭 한 번 가봐. 나한테는 가장 인상 깊었던 곳이야"라고 하던 안드레이의 말이 생각나 발길을 옮기기로 했다.

러시아의 역사에 대해 그리 잘 알지는 못하지만, 안드레이에게 듣고 찾아본 것을 최대한 요약해 서술해보자면 이렇다. '데카브리스트декабристов'는 구 러시아 제국의 체제에 저항해 봉기를 일으켰던 청년 장교들을 일컫는 말인데, 극소

수의 기득권층—귀족과 왕족—이 대부분의 농노를 착취하고 있던 당시 정부를 뒤엎고 대대적인 개혁을 도모했으나, 차르의 군대에 막혀 잔혹하게 진압당한 뒤 머나먼 시베리아 땅으로 유배됐다고 한다.

"근데 왜 같은 나라 장교들이 반란을 일으켰지?" 나는 열차 구석에 기댄 상태로 안드레이에게 물었다.

"음, 거기에는 여러 가지 이유가 있는데…"

"혹시 월급을 안 줬나? 사실 한국 역사에도 그런 케이스가 있었거든. 군인들 봉급을 제대로 안 줘서 반란이 일어났다가 진압되는…"

"그런 건 아니고. 나폴레옹 전쟁을 치르면서 자유주의 영향을 받은 게 컸지(안드레이는 이 부분을 설명하면서 유독 힘들어했다)… 왜냐하면 그 당시 러시아의 농노제는 정말 야만적이었거든. 루크. 러시아 건물들을 보고 엄청 크다고 생각하지 않았어?"

"그렇지. 일기에도 썼어. 한국에도 큰 빌딩은 많지만… 러시아는 정말 웬만하면 다 큰 것 같더라고. 어떻게 다 저렇게 지었나 싶어."

"맞아. 건물들이 쓸데없이 크고 개성이랄 것도 없지. 왜냐

하면 대부분의 건물이 노예를 착취해서 세워진 것들이거든. 데카브리스트들은 그런 구조를 지속할 수 없다고 생각했기 때문에 반란을 일으킨 거야. 그렇지만 실패해서 시베리아로 쫓겨났는데… 그런데 오히려 그들 덕분에 지역 문화가 발달하는 계기가 된 것이 흥미롭지…"

"아하." 나는 대번에 이해가 됐다. 도시 전체에 그렇게 거대하고 장엄한 건물들이 늘어서있는 이유에 건축문화의 발전이나 근면·성실한 민족성 같은 것만으로 이룩했다기엔 이상한 점이 많았다. 처음에 '나라 자체가 커서 그렇겠지'나 '인구가 원체 많으니까' 하고 이해했지만, 갈수록 필요 이상으로 비대하고 압도적이라는 인상을 지울 수 없었다. 볼수록 군더더기투성이인 구조가 눈에 띄었다.

러시아의 건물들이 볼품없이 큼직큼직할 뿐이라는 얘기가 아니다. 자로 잰 듯이 평평한 지붕과 처마, 층 사이에 위치한 코니스에 갖가지 장식이 새겨져 있기도 했고, 작정하고 예술성을 과시하려는 듯한 부분도 있었다. 순수한 미적 관점으로 봤을 때 러시아 건축물들은 대체로 아름답고 고풍스러워서 바라보는 것만으로도 동화 속 세계나 테마파크에 있는 것 같은 기분을 자아냈다.

다만 내가 이해할 수 없었던 것은 그러한 장식성의 동기였다. 실용적이라기에는 비어있는 구석이 많은데, 반대로 멋을 부렸다고 보자니 뭐랄까 기계적이고 다소 성의 없어 보이는 느낌이 있었다. 사업가라면 비용을 최소화했어야 했고, 예술가라면 어딘가 집요하게 파고든 분위기가 있기 마련인데 러시아 건물들은 이도 저도 아닌 애매한 지점에 위치해 있다… 그 모든 것들이 그토록—기득권에 속했을 장교들마저 '이건 좀 아니다'라고 여겼을 만큼—야만적인 노예제로부터 나왔다면 많은 부분 납득이 간다. 무수히 많은 노예를 부려 만드는 것이라면 효율적일 필요가 없었을 테니까. 짓는 데 드는 수고로움보다는 충분한 예산과 자재가 있는지가 더 큰 문제가 아니었을까.

그렇게 생각하고 보니 러시아의 풍경이 사뭇 달라 보이기 시작했다. 설원 속 도시가 내뿜는 아름다움 속에, 그야말로 죽도록 일하다 사라진 이들의 그림자가 어려있는 것 같았다. 어쩌면 이런 것들은 모르고 살아가는 쪽이 나았을지도 모른다. 이 모든 것이 노동자의 피땀과 착취적인 사회구조로 만들어졌다니. 그런 건 나에게 있어 지나치게 혁명적인 발상 같았다.

데카브리스트 박물관은 치타 도심부와는 좀 떨어진 곳에 있었다. 주위 건물들과 달리 나무로 지어진 곳이라 비교적 눈에 잘 띄었다. 설명을 듣자 하니 1600년대에 교회 건물로 지었던 것을 지금은 박물관으로 개조해 쓰는 것 같았다. 외딴 위치 때문인지 방문자가 많은 것 같진 않았다. 약 한 시간쯤 둘러보다 나오는데, 처음부터 끝까지 관람객이라고는 나하나뿐이었다.

데카브리스트. 실패한 혁명가들. 거대한 제국에 저항하다 쫓겨난 자들. 핍박받는 자들을 대신해 목소리를 내고, 고향으로부터 수천 킬로미터 떨어진 곳까지 추방된 이들. 그런 인물들의 흔적이 이 작고 초라한 목조교회에 간직되어있었다. 어째서 안드레이가 무수히 많은 시내의 미술관들, 도서관들을 제쳐놓고 이곳을 가보라고 했는지 알 것 같았다.

관람을 마친 나는 화장실에서 볼일을 보고 나왔다. 변기에 뚜껑이며 커버 부분이 사라지고 없어서, 끝부분에 걸터앉아서 일을 처리해야 했다. 힘을 줄 땐 화가 났지만, 끝나고 나니 그럭저럭 해볼 만했다는 생각이 들었다.

그사이 카톡에는 편집자로부터의 연락이 와있었다. 마감기한을 초과했으니 당연한 수순이었다. 편집자는 마감이 더 늦어지는 것에 대해, 기한을 놓치면 마케팅팀에서 제재가 들어올지도 몰라요, 하고 난색을 보였다. 기껏 열심히 써서 책을 내놓았더니, 일정 착오로 홍보가 안 된다면 서로에게 곤란한 게 사실이니까. 나는 다가오는 주말에 이미 작업한 곳까지를 최대한 정리해서 보내주기로 약속했다. 편집자는 '아, 러시아에서 쓰고 계신 일기는 저도 잘 보고 있습니다'라고 덧붙였다.

난 혼자 찔려서 '일기 쓰느라 일을 못 하고 있는 건 아닙니다. 그건 그냥 기록일 뿐이에요' 하는 식으로 변명했다. 그랬더니 편집자는 '마감이 늦은 건 그냥 늦었다는 것뿐'이라며, 거기에 대해서는 그다지 개의치 않는다고 말해주었다. 그런 배려가 너무 고마워서 곧장 근처 카페를 찾아가 글을 쓰기 시작했다.

러시아에서 카페라고 하면 커피와 디저트만 파는 곳이 아닌, 적당히 퀄리티 있는 식사도 내오는 곳이 대부분이다. 식당까지 겸하는 곳에서 노트북으로 글을 쓰자니 민망한 느낌이 없지 않았지만 딱 한 차례만 깊게 집중하고 나면… 주위의 것들에 대해서는 그다지 신경 쓰지 않게 된다. 커피를 시켜놓고선 다 식을 때까지 손도 안 대고, 누가 부르는 소리도 못 들을 만큼 무감각해진다. 나는 한 꼭지의 글을 갈무리하고 난 후에야 내가 배가 고프다는 것을, 그리고 기차 시간이 임박해 저녁 먹을 시간도 여유롭지 않다는 사실을 깨달았다.

급히 택시를 타고 기차역으로 향했다. 운전사는 세르게이라는 이름의 청년이었다. 우즈베크에서 온 말 많고 잘 웃는 청년이었는데, 그 덕분에 신속하면서도 심심하지 않게 역까지 갈 수 있었다.

"다 스비다냐."

나는 친절한 세르게이에게 작별 인사를 한 다음 역에 들어가 짐을 찾았다. 보관 시간을 조금 초과해 추가 비용을 지불했지만, 어쨌거나 늦지 않게 기차에 탈 수 있었기에 다행한 일이었다. 이등석 객실에는 말 없고 덩치 큰 남자가 한 명, 등산복 차림에 무뚝뚝한 금발 여자가 한 명, 살집이 좀 있고 잘 웃으며 털털해 보이는 여자 한 명이 자리해 있었다. 나는 가능한 큰 소리를 내지 않으려고 노력하면서, 짐을 대강 정리한 뒤 침대에 누워 다시 글을 썼다.

이르쿠츠크로 가는 여정에는 특이하게도 기내식 같은 것이 딸려있었다. 카페에서 요기를 하고 왔기 때문에, 나는 받아 든 음식을 머리맡에 두고 내일 아침에 먹기로 했다. 승객들은 하나같이 피곤해 보이는 사람들로, 자정이 가까워져 오자 하나둘 이불을 덮고 잠들기 시작했다. 좁은 공간에 네 명이나 있는 것치고는 신기하리만큼 고요했다. 하긴 안드레 이처럼 영어도 잘하고 붙임성도 좋은 여행객이 매번 나타나 줄 리 없고, 이르쿠츠크까지는 열아홉 시간밖에 걸리지 않으니 애써 친근하게 굴 필요도 없다.

'그래도, 다들 자니까 키보드는 조용히 두드려야겠군…'

그날 밤 열차는 참으로 조용했다.

# 9

이르쿠츠크

이상한 꿈을 꾸는 바람에 새벽부터 잠이 깼다.

'뭔가 느낌이 이상한데.'

러시아에 오고 나서, 나는 열고 닫을 수 있는 바지 주머니에 여권이며 지갑 같은 중요한 것들을 넣고 다녔다. 노트북이나 충전기 같은 물건은 어쩔 수 없이 가방에 넣어야 하지만, 작고 잃어버리기 쉬운 물건은 항상 몸에 지니고 다니는 편이 나을 것 같아서였다.

아웃도어 브랜드 컬럼비아 Columbia에서 장거리 여행 및 등산용으로 내놓은 하의였다. 겉보기에는 그냥 갈색 면 재질의 카고바지 같지만, 원단이 튼튼한 데다가 안감에 방한 코

팅이 되어있어서 거의 항상 이 바지를 입고 다녔다. 그리고 웬만하면 횡단열차 안에서는 잘 때도 이 바지를 입은 상태로 자리에 누웠다. 가방을 훔쳐 가는 사람은 있을지 몰라도, 바지를 벗겨갈 일은 없을 테니까.

그래도 일어난 뒤에는 습관적으로 무릎 쪽 주머니를 툭툭 더듬었는데, 이때 왼쪽 주머니가 텅 비어있는 것이 느껴졌다. 여권을 넣어둔 주머니였다.

여권이란 무엇인가. 그것을 설명하는 건 매우 간단하다. 해외를 싸돌아다니면서 절대 잃어버리면 안 되는 물건 1순위… 휴대폰을 잃어버리면 길과 데이터를 잃고, 노트북을 잃어버리면 일자리를 잃겠지만, 여기서 여권을 잃어버리면 내 신분을 증명해줄 유일한 수단을 잃는다. 그냥 좆된 것이다…

'여권을 잃어버렸다'는 생각에 별안간 머리가 띵했다. 이제 다 끝났구나, 하면서 허겁지겁 가방이며 이부자리 근처를 샅샅이 뒤졌지만 나오지 않았다. 그나마 사람들이 나 말고 전부 중간 역에서 내리고 없어서 나는 별 물리적 방해 없이 객실 전체를 살펴볼 수 있었다. 그러나 여권은 나오지 않고…

가뜩이나 난방 때문에 더운 객실에서 난리를 피워댔더니 땀까지 뻘뻘 났다.

하는 수 없이 아래층 침대에 걸터앉아서 한숨을 돌렸다. 심호흡을 크게 몇 번 했다. 심박 소리가 귀 옆에서, 목젖 아래에서 쿵쿵 울려댔다. 막막했다. 흡연자는 아니지만 담배를 피우고 싶어졌다. 앞으로 어떻게 해야 할지를 생각해봤다. 여권이 없으니 더는 횡단열차를 타는 것도 끝이다. 도시에 남겨져봤자 제대로 된 숙박시설을 찾기도 어려울 것이고, 귀국행 비행기에 오르는 것도 불가능할지 모른다. 걸어서 돌아가는 수밖에 없나? 그렇지만 여기는 한반도에서 수천 킬로미터 떨어진 곳이고, 만일 도착하더라도 북한은 통과할 수가 없다… 이건 정말 생각할수록 무의미하다. 내가 할 수 있는 게 뭐가 있나? 남루한 코트를 덮어쓰고 열차 칸 사이로 나가 찬 바람 좀 쐬고 오는 것이 최선일 것이다.

여권은 코트 왼쪽 주머니에 들어있었다.


치타에서 이르쿠츠크로 향하는 길목에 울란우데라는 도시가 있다. 모르긴 몰라도 꽤 큰 도시라는 건 알고 있었는데, 같은 객실에 있던 사람들은 내가 자는 사이 거기에 하차한 것 같았다. 작지만 안락한 이등석 객실을 혼자 쓰려니 기분이 째졌다. 어디 출장 가는 비즈니스맨 느낌도 나고(전혀 아니지만). 아래 침대에는 콘센트도 있어서, 노트북을 충전하며 목적지에 도착할 때까지 글도 쓸 수 있었다. 도중에 허기가 져서 어제 차내식으로 받은 음식들, 열차 칸에서 파는 과자나 빵 등으로 대충 요기를 했다. 긴장이 풀리고 배가 부르니 졸음이 쏟아졌다. 한두 시간쯤 지났을까, 이내 강렬한 채광이 눈꺼풀을 찔러 다시 깼다. 크게 하품을 한 번 하고 밖을 내다봤다. 얼어붙은 바다가 차창 반절을 차지한 채 요지부동으로 거기 있었다.

'바다처럼 보이지만… 역시 호수겠지.'

안드레이가 말한 바이칼호였다. 수평선 너머까지 꽁꽁 얼어있는 표면 위에는 눈까지 한가득 쌓여있었다. 얼핏 보기엔 호수는커녕 평범하게 눈 덮인 초원 같았지만. 땅과 달리 얼어붙은 물 위에서는 풀이 자라지 않는다. 나무도 숲도 없다. 어떻게 걸어서 지나갈 순 있을지 몰라도 그곳은 육지와 본질적으로 다른 성격을 지닌 장소일 것이다. 실제로 러시아 내전 당시에는 얼어붙은 바이칼호를 행군해 지나다가 얼어 죽은 군사들도 있었다고 한다.

'큰 호수'와 '바다'를 구분하기란 쉬운 일이 아니다. 안드레이도 '여름에 거기 갔었는데 파도도 치고 해변도 있고 중간에 섬도 있어서 그냥 바다 같았어'라고 말했다. 바이칼호는 세계에서 가장 깊고 큰 담수호로 알려져 있었지만 내가 봐도 블라디보스토크 앞바다 같은 느낌이라, 천천히 짐을 챙기며 이르쿠츠크역에 내릴 준비를 했다.

역에서 내려 숙소까지 걷는 건 제법 유용한 습관이 됐다. 물론 역과 그리 멀지 않은 곳에 숙소를 마련했을 때나 가능한 일이지만… 걸어가는 중에 도시가 대충 어떻게 생겼는지도 알 수 있고, 근처에 어떤 편의시설이 있는지도 파악할 수 있다. 몸소 그 장소의 기후를 느낄 수 있다거나, 지나다니는 사람들의 표정이며 걸음걸이, 옷차림 등을 살펴보는 재미도 있다. 15분쯤 걸어서 '버드하우스BirdHouse'라는 이름의 호스텔에 도착할 수 있었다. 걸어오는 길은 대부분 자동차 전용도로로 쓰이고 있었고, 그나마도 걸을 수 있는 갓길에는 치운 눈이 쌓여있어서 가방을 끌고 가는 데 조금 애를 먹었다. 그렇지만 역에서 이렇게나 가까운 데다가, 하루 숙박료도 5,000원 남짓한 숙소니까. 어느 정도쯤의 고생은 소화를 겸해서 감수할 만한 것처럼 느껴졌다.

카운터엔 아주 어려 보이는—아직 스무 살도 안 된 것처럼 보이는—금발 소녀가 한 명 앉아있었다. 주인집 딸인지 아르바이트생인지 영어는 알아듣질 못해서 번역 앱으로 할 말을 주고받았다. 짧은 보폭으로 슬리퍼 뒤꿈치를 끌며 걷는 것이나, 늘 웃거나 찡그릴 준비를 하고 있는 듯 불안정한 표정 같은 것들이 영락없는 여고생 같았다. 어른처럼 보이기 위해 감정을 숨기는 연습을 하고 있지만, 생각처럼 잘 되지가 않는 눈치였다.

나는 그녀의 안내를 받아 공용 샤워실과 화장실, 커뮤니티 로비를 둘러본 뒤 침대에 누워 한 시간쯤 쉬었다. 열차에서 쓰던 글을 마저 쓰다가, 저녁이나 먹을까 해서 밖으로 나갔더니 날이 엄청나게 추워져 있었다.

이르쿠츠크는 큰 도시다. 여름에는 그 유명한 바이칼호를 볼 겸해서 직항으로 비행기를 타고 오는 한국 여행객도 많이 있다고 한다. 하지만 내가 있는 지금은 겨울이다. 내게는 얼음낚시며 언 수면에서 미끄럼을 타는 취미도 없었으므로, 그 커다란 호수를 구경하는 건 열차 내부에서 본 것만으로 충분할 것 같았다. 여하튼 휴양지로 이름이 꽤 알려진 덕분에, 블라디보스토크만큼은 아닐지언정 한식당이나 한인 민박 같은 것들도 곳곳에 있어서, 어쨌거나 토종 김치맨인 나는 김치가 들어간 음식을 먹으러 가장 가까운 한식당에 찾아갔다. '김치Kimchi'라는 이름의 가게였다. 이건 너무 대놓고 한식당 이름이어서 모르려야 모를 수가 없었다.

종업원이나 식당 직원들 중에 한국인이 없다는 것이 내겐 의외인 부분이었다. 또 현지 러시아인들에게는 상당히 인기가 있는 듯, 이른 저녁임에도 많은 손님이 들어차 있었다. 심지어 한식당이면서 입구부터 칵테일 바 같은 게 마련돼있기도 했다.

나는 350루블짜리 비빔밥 하나와 적당한 반주를 같이 주문했다. 기대는 별로 하지 않았다. 한식 간판을 걸고 파는 음식이기는 해도 러시아에서 먹는 한식이니까. 한국에서 먹는 것보다 어색한 게 당연하다. 가격도 5,000원 남짓인데, 그 돈 주고 아주 기똥찬 맛을 바라는 건 역시 무리가 아닌가.

그런데 30분쯤 지나 내 앞에 대령된 비빔밥은, 실로 나의 편협함을 반성하게 할 만큼 훌륭한 식사였다. 누군가는 '너무 오랜만에 한식을 먹었기 때문에 그렇게 느낀 것 아닐까' 싶을지 모르겠지만… 지금까지 내 일지를 열심히 읽어본 사람들이면 대충 알 것이다. 나는 러시아에 와서도 기회가 될 때마다 한국의 맛을 섭취해왔다는 것을… 그건 진짜 맛있는 비빔밥이었다. 지글지글 끓는 돌솥에 다양한 나물, 반숙으로 익힌 달걀프라이에 적당히 매콤한 고추장까지… 옥에 티라면 맨 처음에 숟가락 없이 포크만 갖다준 것 정도였는데, 큰 숟가락 같은 거 없냐고 정중하게 물었더니 후다닥 갖다줘서 큰 문제는 되지 않았다. 오히려 밥 비비는 데는 숟가락보다 포크가 더 편리한 구석이 있고.

잘게 썬 김치를 물에 씻어 고명에 포함시킨 것도 훌륭했다. 전통적인 고추장 테이스트에 큰 참견을 하지 않으면서도, 한식다운 식감과 조화로움을 구현해냈다. 나는 이렇게나 한식에 진심인 러시아 식당이 있다는 사실에 너무 감동한 나머지—솔직히 말하면 칵테일을 두 잔이나 마셔서 술기운도 좀 돌고 있었다— 계산하다 말고 번역 앱을 켜곤 '저 한국인인데 솔직히 우리나라에서 먹은 것보다 맛있었음' 하고 직원에게 건네 보였다. 허투루 하는 말이 아니라 진심이었다. 우리 동네 순댓국집에서 8,000원 주고 먹은 비빔밥보다 훨씬 맛있었다.

그랬더니 홀 관리를 맡고 있는 듯한 정장 차림의 여자가 말 그대로 입을 틀어막으며 크게 기뻐하는 것이다. 가게에 손님이 그렇게 많이 있었는데도 거의 "꺅" 하는 소리를 냈다. 나는 내가 또 술 먹고 실수를, 스투핏 김치맨이 괜한 오지랖을 부린 건 아닌가 싶어 조금 움츠러들었다. 하지만 알고 보니 그녀는 진심 전력으로 기뻐했던 것으로, 싱글벙글 웃으며 '당신이 그렇게 칭찬해준 내용을 사진으로 간직하고 싶다. 찍어놓아도 되겠냐'고 까지 말해왔다. 나는 그렇게 하도록 했다. 아마도 뭐 인스타그램 스토리 같은 곳에 올리지 않을까 싶었다. 그렇게까지 할 일이었나 싶기도 했지만, 반대로 한국에서 타코집을 운영하는 사람이 "와, 여기 타코가 멕시코보다 맛있음"이라고 말하는 멕시코 여행객을 만났다면 기쁘지 않았을 리가 없겠지.

그렇게 가게를 나와 다시 정처 없이 도시를 걸어 다니다가, 커피를 마시면서 일을 하고 싶다는 생각이 들어 적당한 카페를 찾기 시작했다. 그러다가 왠지 익숙한 간판을 발견하는데.

'트래블러스 커피'였다. 치타에서 들렀던 그 카페가 알고 보니 프랜차이즈였다. 우리나라로 치면 이디야 정도 되는 브랜드 정도로, 커피 맛도, 파는 메뉴도 비슷비슷했다. 내부

인테리어에서도 한국식 카페 같은 분위기가 있어서, 나는 몹시 편안한 기분으로 글을 쓰다가 숙소로 돌아왔다. 지나치게 싸돌아다녀선지 뒷머리가 당겨 일찌감치 누웠다.

아홉 시가 넘자 커뮤니티 로비에서 꺄르르 웃는 소리, 무언가 치지직 굽는 소리와 익은 고기 냄새가 풍겨 나오기 시작했다. 분위기로 가늠해보건대 호스트를 비롯해 손님 몇 명이 모여 술이라도 한잔하는 모양이었다. 그렇지. 역시 그런 게 여행의 묘미라는 것이겠지. 또 이렇게 다양한 사람들이 모이는 도미토리라면 더욱.

하지만 나는 러시아어도 못하고, 그런 자리에서 어울리는 재주도 없었기 때문에, 즐거운 자리에 방해가 되지 않고자 일찍 잠드는 쪽을 선택했다. 내일은 글을 좀 많이 써야 할 성싶었다.

**10**

# 이르쿠츠크

"으악!"

아침 식사로 숙소 로비에서 파는 즉석 샌드위치를 먹고 일어날 때였다. 나는 매우 단단한 붙박이 나무 선반에 머리를 처박고 고통에 휩싸였다.

"으아아…!"

옆에서 무슨 이상한 죽 같은 걸 먹고 있던 남자는 필사적으로 웃음을 참고 있는 것 같았다. 내가 머리를 부여잡고 있자, 씩 웃으며 뭐라뭐라 위로하는 듯한 말을 건네왔다. '그러게 조심 좀 하지 그랬어' 같은 내용이 아니었을까. '어휴, 병신~'이면 말이 좀 더 짧았을 테니까.

예산 초과를 방지할 생각으로 되도록이면 뽑아놓은 현금을 주로 사용했다. 잔돈이 생기면 생기는 대로 가방에 처박아뒀는데, 그러다 보니 못 보던 사이에 동전이 엄청나게 쌓여있었다. 잔돈을 찬찬히 모아 카운터에서 지폐로 바꿔왔다. 150루블이면 꽤 긴 거리의 택시를 한 번 탈 수 있는 금액이었다.

로비에서 글을 쓰다 보니 점심시간이 지났다. 밖은 햇볕이 따사로웠지만, 몹시 추웠다. 가로수길에 꽃가루 같은 것이 흩날리고 있었는데, 자세히 보니 눈발이었다. 입자가 너무 작아서 해가 잘 드는 곳에서만 보일 정도였다. 의외로 러시아에서 눈이 '펑펑' 내리는 일은 그리 많지 않았다. 강원도 산간지방처럼 '하룻밤 사이에' 몇십 밀리씩 펑펑 내리는 식이 아니고, 그냥 공기 중에 섞여 있는 게 일상적인 풍경이었다. 장마철 내내 여우비가 그치지 않고 내린다면 그런 느낌일 것이다. 눈과 달리 비는 쌓이지 않고 흘러가 버린다는 게 차이겠지만.

춥지만 날씨는 좋았다. 좀 더 걸어다니고 싶은 마음에 초콜릿과 포켓 사이즈 보드카를 하나씩 사서 챙겼다. 이르쿠츠크 도심에는 호수에서 뻗어 나온 강이 흐르고 있었다. 그

쪽을 향해 걷다 보면 크고 작은 교량이 보였다. 반절 이상 얼어있는 강줄기와 중간 크기의 광장이 차례로 나왔는데, 광장 중간에는 알렉산드르 3세의 동상이 서있었다. 러시아에는 도시 곳곳에 동상이 많다. 레닌이나 푸시킨 같은 인물은 가는 곳마다 보이는 편이고, 표트르 대제나 알렉산드르 3세도 그에 못지않게 보인다. 이건 크게 기념할 만한 일이 있어서, 위대한 인물의 훌륭한 업적을 기리기 위해서라는 의미도 있긴 하겠지만… 단지 그뿐이라기에는 수효가 많아 보였다. 아무래도 땅덩이부터가 큼직큼직해서일까? 도심부나 외곽을 가리지 않고 큰 공원이 많이 조성돼있었다. 그렇다면 역시 공원 중앙에는 동상 같은 기념물을 하나씩 세워줘야 하니까. 그 왜, 〈롤러코스터 타이쿤〉•을 할 때도 놀이공원에 놀고 있는 부지가 있으면 회전목마라도 하나 놔둬야 할 것 같은 기분이 들지 않는가. 누군가는 혈세 낭비를 운운할지도 모르겠지만, 허전함을 메우는 데 그럴싸한 이유를 따지기 시작하면 괴롭기만 하다.

• 크리스 소여가 제작한 놀이공원 경영 시뮬레이션 게임. 놀이공원을 멋지게 꾸며서 최대한 많은 수의 관람객들을 유치하는 것이 게임의 목적이다. 한 번 잡으면 시간 가는 줄 모르는 몰입도로 많은 마니아층을 만들었다.

공원 바로 옆에 있는 역사박물관에도 들렀다. 선사시대부터 소련 붕괴 이후까지의 지역사를 다양한 유물과 함께 전시해놓았다. 러시아 제국 시절에 사용되던 책상과 의자, 유목민들이 입었던 모피 복장에 묻어나는 세월의 흔적이 뭉클하게 다가왔다. 박물관에서 안내 일을 하던 한 아주머니는 내 러시아말을 몇 번 듣더니 발음을 고쳐주기도 했다.

"… 빠잘리스따?"

'빠잘리스따пожалуйста'는 영어로 치면 'Please' 정도가 되는데, 어째선지 '천만에요You're Welcome'를 대신해서 쓰이기도 하는 등 활용범위가 넓은 말이었다.

"니엣, 니엣. 빠좔ㄹ―스따." 아주머니가 말했다.

"빠좔―스따."

"니엣. 빠좔ㄹ―"

3분 정도 그러고 있었던 것 같다. 제대로 배우는 데는 시간이 든다.


적당한 카페를 찾아 글을 쓰다 숙소로 돌아갈 예정이었다. 하지만 이상하게 그 주변 카페는 다 문을 닫았거나 휴무여서, 나는 생각지도 못한 도보 탐험을 세 시간 넘게 지속해야 했다. 날도 춥고 바람도 불고, 인적이 뜸하다 싶은 데는 눈이 가득 쌓여 지나다니기도 쉽지 않았지만, 묘하게 '택시를 불러봐야 호출이 거절될 것 같은 길'만 연속되는 통에 별다른 선택지가 없었다. 그래도 시도는 해볼걸 그랬나.

결국 숙소가 있는 방향까지 계속 걸어서, 뉘엿뉘엿 해가 질 즈음에는 번화가 근처에 다다랐다. 도시 구경은 많이 했지만, 너무 많이 걸어버려 피곤하기도 하고 배도 고팠다. 지도에서 가장 가까운 중국 음식점을 찾아 들어갔다. 메뉴가 저렴한 대신 양이 적다는 후기가 하나 보였기 때문에, 야채볶음과 계란볶음밥 그리고 탕수육을 한 번에 주문했다. 나는 몇 시간이나 쉬지 않고 걸어온 탓에 허기가 극에 달했거니와 여기에 생맥주 한 잔을 추가하고도 만 원이 조금 넘는 가격이어서 '뭐 이 정도면 다 먹을 수 있거나 조금 남는 정도겠지' 하고 단순하게 생각한 터였다.

결과적으로는 절반이 좀 넘는 양밖에 먹지 못했다. 최선을 다하긴 했다. 평소 먹는 양의 두 배 가까이 먹어치운 것 같은데도 그랬다. 대체 뭐 하는 놈이 이걸 가지고 '양이 적다'는 후기를 남긴 거지. 나는 원래부터 음식 남기는 걸 좋아하는 편은 아니지만, 그렇게 맛있는 음식을 남기고 가는 건 왜인

이르쿠츠크

지 괜한 오해를 사는 것 같아 더 속상해졌다.

'걔는 누가 봐도 동양인이었는데, 음식을 반이나 남기고 갔잖아. 역시 우리 음식은 아직도 갈 길이 멀었어…' 하고 자책할지도 모를 일 아닌가. 만약 이르쿠츠크에 위치한 중식당 '하얼빈'의 관계자가 이 글을 보고 있다면 오해 말길 바란다. 나는 엄청 맛있게 먹었다. 단지 잘못된 리뷰를 보고 잘못된 양을 시켰을 뿐이다.

〈□□에 가면 반드시 가봐야 할 곳들〉 같은 표현을 좋아하지 않는다. 놓치면 아쉬울 정도로 훌륭한 명소인 것도 알겠고, 근처 여행을 준비하고 있는 관광객들에게 정보를 주는 것도 좋지만… 이런 말은 왠지 모르게 '□□에 갔는데 거기도 안 들르고 오면 헛걸음한 거나 마찬가지'라는 뉘앙스로 느껴지기 때문이다. 파리에 갔는데 루브르 박물관 견학을 하지 않고 돌아왔다면 진짜 파리 여행을 했다고 할 수 없다는 식이다. 뭐, 기왕 먼 길 떠난 김에 도시 구석구석을 살펴보고 오면 좋기야 할 것이다. 그렇지만 어떤 명소, 잘 알려진 관광지 몇 곳의 기억으로만 여행지를 정의한다면 맥이 탁 빠진다. 신림동 뒷골목이 코엑스몰보다 덜 한국적일 이유가

여로

148

뭐란 말인가. "난 그래도 거기서 볼 건 다 보고 왔어" 하고 지난 여정의 의미를 두둔하려는 게 아니라면 남들 다 가는 곳을 꼭 들러서 자전거 일주로처럼 인증용 사진을 찍어야 하는 건 아닐 것이다. 적어도 나는 그렇게 생각한다.

말이 좀 길어졌다. 내가 말하고 싶었던 건 '카잔 대성당'이 이르쿠츠크의 그런 명소로서 곧잘 꼽히는 곳인데, '꼭 들러야 할 곳'이라는 코멘트가 마음에 안 든 나머지 전혀 갈 생각을 않고 있다가, 이날 중식당에서의 폭식 때문에 적당하게 걸어갈 곳을 찾다 향한 사실이다. 지도 앱에서 사진만 보고 '헉 겁나 엄청나잖아. 이건 꼭 봐야 해!' 하고 헐레벌떡 달려간 것이 아니란 얘기다. 나는 여러분이 그 부분을 꼭 좀 알아줬으면 하는 바람이 있다.

그러나 러시아정교의 신님은 이리 배배 꼬인 여행자를 반기지 않는 모양이었다. 나는 해가 사라진 이르쿠츠크 시내를 걷고 걸어서, 콧잔등이 빨갛게 익고 손가락 마디마디에 감각이 사라질 때까지 버티며 카잔 대성당에 도착했다. 그러나 성당 정면의 철문은 굳게 닫혀있었고—엄청나게 큰 자물쇠가 걸려있었다—어렵사리 찾아낸 뒷문도 마찬가지였다. 담은 내가 넘기에 너무 높았다.

나는 어쩔 수 없이 문 밖에 바짝 붙어서서, 알록달록한 조명으로 장식된 성당의 파사드를 카메라에 담아가는 것으로 만족해야 했다. 그렇게 숙소에 돌아갔더니 '난 오늘 대체 뭘 한 거지…' 하는 죄책감이 몰려들어서, 자정이 넘을 때까지 호스텔 로비에서 글을 쓰다가 잠들었다.

# 11

# 횡단열차

열 시쯤 잠에서 깼다. 이젠 일어날 때 딱히 시계를 볼 필요가 없을 것 같다는 생각이 든다. 언제 잠들었는지는 기억도 못하면서. 몸이 유달리 찌뿌드드한 것이 시작부터 기분이 좋지는 않았다. 오전의 내 기분은 대개 그날그날의 컨디션에 따라 좌우되었다. 일관된 점도 없고, 장점도 없다.

체크아웃 시간에 맞춰 머리를 감고 몸을 씻었다. 사실 도미토리의 체크아웃은 절차라는 말을 갖다 붙이기도 애매했다. 그냥 카운터에 가서 "야, 나 나간다?"라고 말하고 문을 나서는 것뿐이다. 성의 있는 호스트라면 "오, 이제 가는 거야? 깜빡 잊고 놔두고 가는 건 없고?" 같은 말을 덧붙여주는 정도.

버드하우스의 반응은 이도저도 아니어서 혼란스러웠다. 거창한 것도 아니고 성의가 넘치는 것도 아니었다. 콕 집어 표현하자면 당황한 것 같았다. 어, 뭐야. 쟤 왜 벌써 가냐, 우리가 뭐 실수했나? 그렇게 생각하는 모양이었다. 아닌데. 이틀치 숙박료를 냈고 이틀이 지났으니까 가는 것뿐인데. 슬슬 역으로 가려고 현관에서 신발을 신고 있을 때였다.

"헤이."

"아! 깜짝이야."

나는 며칠 동안 대화다운 대화를 하지 못했기 때문에, 그렇게 키 크고 잘생긴 외국인이 말을 걸어오는 데 놀랄 수밖에 없는 상태였다. 검은색 비니를 쓴 남자였다. 나와 비슷하게 짧은 영어로 "다 괜찮은 거야?"라고 물어왔다. 다짜고짜 나한테 '다 괜찮냐'고 물으면… 그야 당연히 그렇지 않다. 빚은 늘었고 마감은 밀렸으며, 앞으로 어떻게 살아갈지도 좀 막막하다. 거기에 전 세계가 전염병으로 신음하고 있는 판인데 누가 이걸 괜찮다고 말할 수 있을까.

"그럼, 물론이지"라고 나는 대답했다. "괜찮지 않은 게 없는데. 왜?"

"이제 이르쿠츠크를 떠나는 거야?"

"어. 기차역으로 가려고."

"어디까지 가? 모스크바?"

"일단은, 크라스노야르스크?"

"오. 우리도 오늘 그 기차 탈 예정인데."

'이건 또 뭔 소리야'라고 나는 생각했다. 남자는 자신을 아르투르라고 소개하며 악수를 건네더니, "우리는 네가 여길 나가는 이유가, 영어를 할 줄 아는 사람이 아무도 없어서 그런 줄 알았어. 그래서 다들 조금 걱정하고 있었어"라고 말했다.

"뭐? 그런 거 아니야."

이윽고 나는 이 상황이 좀 수치스러워졌다. 이건 완전히 그것 아닌가? 대학교에서 과 MT 같은 걸 가면 꼭 한 명씩 말도 안 하고 겉도는 애가 있는데, 거기에 은근한 책임감을 느낀 과대가 마지못해 와서 말을 걸고 있는 느낌이다. '사실은 저 녀석, 어울리고 싶은데 선뜻 말을 못 꺼내는 건지도 몰라. 나라도 가서 말을 걸어줘야 해!'라고 생각한 것 같았다.

물론 그런 경우가 없었던 건 아니지만—사실 학창시절 내내 비슷한 경험이 있긴 했다—타국에 와서 돈 내고 묵는 숙소에서까지 그런 오해를 사다니, 딱히 내 잘못은 아닌데도 부끄러웠다. 나는 내가 한국에서 온 작가 양반이며, 마감이 밀려서 거의 노트북만 쳐다봐야 하는 상황이었음을 해명해야 했다. 한국말로 해도 떨떠름할 내용을, 잘하지도 못하는 영어로 하자니 애가 타들어갔다.

다행히 아르투르는 내 얘기를 잘 알아들은 듯, 오해를 풀고 "그럼 크라스노야르스크에서 시간 되면 커피나 한잔하자." 같은 아무래도 좋은 약속을 하며 인사했다. 아르투르… 생긴 것도 그렇고 하는 말도 그렇고 정말 과 대표 느낌이었다. 대학에 다니고 있다면 진짜로 과대일 가능성도 있다.

'수염이 덥수룩해서 그렇지. 나이도 나보다 어릴지 몰라…'

대충 작별 인사를 마치고 숙소 밖으로 나왔다. 그새 역으로 가는 길에 눈이 깔려있었다. 캐리어를 역에 보관한 다음, 근처에서 무난해 보이는 카페를 찾아 샐러드와 커피를 먹었다. 좀 덥긴 했지만, 작업하기는 좋은 환경 같아서 글이나 쓰고 갈까 하다가 와이파이가 안 된다길래 포기했다. 손님용 와이파이가 없는 카페라니, 공유기 살 돈이 아까워서라기보단 회전율을 중요하게 여기는 탓이겠지. 역까지 걸어가면서 피아노 소나타를 몇 곡 들었다. 도착할 때쯤 에어팟을 빼서 집어넣으려고 했더니 케이스가 없었다.

'그럼, 내 인생이라는 게 이렇지.'

이쯤 되니 그리 놀랍지도 않다. 침착하게 생각해보면 누가 훔쳐 갈 틈 같은 건 없었다. 아까 꺼낼 때 좀 길게 잡아뺐던 것이 걸어오던 중에 떨어지든가 했겠지. 또 한 번 운 좋게, 잃어버린 줄 알았던 물건이 가방에서 발견되는 그런 행운을 기대해보기도 했으나 허사였다. 어쨌거나 에어팟은 잃어버릴 운명이었구나 싶었다. 한국에 돌아가면 케이스만 다시 사는 걸 고려해보든가 해야겠다. 출시된 지 꽤 지난 세대라 재고가 있을지는 모르겠지만. 아마 없을 것이다. 내 인생은 대체로 그런 식이니까.

이르쿠츠크역 로비에 앉아 그동안 썼던 글들을 정리하기로 했다. 기차역은 사람의 발길이 잦은 곳이라, 인터넷도 잘 터지고 무료 와이파이도 마련돼있는 경우가 일반적이다. 하지만 이날은 이런 쪽에서 일반적이지 않기로 작정이나 한 건지, 둘 다 제대로 터지지 않아서 글을 올리는 데만 한 시간이 넘게 걸렸다. 브런치* 웹 버전은 접속이 그냥 안 됐다. 여러 가지로 시도해 보았지만, 인터넷 상태의 문제는 아닌 듯

---

* 카카오에서 운영 중인 온라인 글쓰기 플랫폼. 브런치 북이라는 공모전에서 나를 떨어트린 적이 있다. 그때 떨어졌던 원고는 다른 출판사와 계약해 출간했는데, 꽤 선전했다.

했다. 해외 서비스를 아예 안 하는 건가? 막을 거면 모바일 앱도 다 막아놓지. PC로 쓴 글을 모바일로 정리해 올리는 것만큼 귀찮은 일이 또 없다.

오후 네 시가 돼서 열차 플랫폼으로 향했다. 삼등석 1번 칸으로 향하고 있는데, 플랫폼 중앙에 떡하니 서서 담배를 피우고 있는 남자가 보였다. 나는 한 5초 정도, 그것이 아르투르의 환영인 줄 알고 다시 혼란에 빠졌다.

"헤이, 루크."

그러나 그건 진짜 아르투르였다. 뭐야 너 왜 나 따라다녀…라고 말하려다가, 생각해보니 같은 기차를 탄다고 했던 게 기억이 나서 그렇게까진 이야기하지 않았다. 아르투르와 같이 다니는 듯한 친구와 인사를 나누고 각자 열차 칸에 올라갔다. 윗자리 예약이 없는 삼등석 아래 칸은 좋은 선택이었다. 마주 앉은 사람이 점잖기만 하면 식탁도, 콘센트도 부담 없이 이용할 수 있었다. 내 맞은편 아저씨는 일이 많아 보이는 중년 남성이었다. 나처럼 노트북을 꺼내 일을 하기도 하고, 자는 도중에 걸려온 전화에 헐레벌떡 일어나기도 했다. 띄엄띄엄이기는 해도 몇 가지 영단어로 대화를 주고받기도 했다.

대부분은 "─굿?"이라고 묻고 "…굿!"이라고 대답하는 것뿐이었지만. 이제 보니 사람들이 대화할 때 그리 많은 어휘를 쓰진 않는 것 같다. 똑같은 내용에 적당한 변주를 주며 놀음할 뿐이다. 도구가 변변찮을 때는 손톱깍이로도 캔을 따게 되는 법이다.

날이 저물었다. 창밖을 보는 재미조차 사라지자, 가방에 넣어놨던 보드카 작은 병을 꺼내 꿀꺽꿀꺽 마셨다. 취기를 빌려 글을 쓰다가, 잘 안 써지면 한 모금씩 더 마시기를 반복했다. 그러다 열 시쯤 되니 오타가 너무 많이 났다. 노트북을 닫고 자리에 드러누웠다. 머리맡 창가 쪽에서 시베리아의 외풍이 느껴졌다. 달궈진 이마를 차 벽에 들이받고 식혔다. 일에 지쳐 서쪽으로, 태양이 지는 서쪽으로 도망하는 러시아 농부에 대해 생각하고 있었다.

# 12

# 크라스노야르스크

승무원이 잠을 깨우러 왔을 때. 나는 부끄럽게도 "헉!" 같은 소리를 내며 일어났다. 악몽을 꾼 건 아니었다. 옛날 우리 집에 있던 컴퓨터는 너무 오래된 물건이었다. 갑자기 전원을 켜면 본체에서 정체불명의 소음이 났다. 나는 내가 왜 동작하는지도 모르면서, 일단 전원이 켜졌으니 움직이는 컴퓨터처럼 짐을 싸기 시작했다. 여권, 있고. 지갑, 있고. 휴대폰, 있고. 좋아. 가볼까.

열차는 오전 아홉 시 반이 돼서 크라스노야르스크역에 도착했다. 나탈리야라는 이름의 호스트가 문자를 보내 나를 역까지 데리러 오겠다고 했다. 나는 '데리러 올 필요까진 없을 것 같은데'라고 생각하면서도, 혼자 에어비앤비 숙소를 찾아 헤맸던 모험을 떠올리며 순순히 제안에 응했다.

'사자 조각상' 앞에 있겠다고 말한 나탈리야는 대번에 날 알아보고 인사를 건넸다. 짧게 친 머리에 눈이 크고, 어른스 럽게 단단한 체격의 중년 여성이었다.

"사자 조각상 앞에 있겠다고 했죠." 그녀가 말했다.

"솔직히 말하면, 저는 사자가 어딨는지 발견도 못 했어요."

나탈리야는 내 말을 듣고 내 눈을 빤히 바라보더니, 손을 들어 내가 앉은 조수석 방향의 창가를 가리켰다. 나는 그녀 가 말한 사자상이 커다란 기둥 위에 있다는 것을 뒤늦게 알 았다.

"자세히 봐요. 사자가 삽과 낫을 들고 있죠?"

"그러네요."

"사자는 용기를 상징해요. 삽을 들고 있는 건 여기가 광산 도시였기 때문이고요."

"낫은요?"

"낫은, 음…"

"아니에요. 대충 알 것 같아요. 멍청한 질문이었네요." 내 가 말했다.

나탈리야는 투싼 조수석에 나를 태우고 숙소로 향했다. 그녀의 직업은 여행가이드였다. 영어로 말하는 데 능숙하면서 말이 많았다. 또 설명하길 좋아하는 것으로 보아 그보다 더 적절한 직업이 없을 것같이 보였다. 표정도 제스처도 영 러시아스럽지가 않았다. 그저 영어를 잘하는 러시아인이라기보다는, 농담하기 좋아하는 미국인에게 우연히 러시아어 능력이 발현된 것 같은 인상을 줬다.

　　"건물이 엄청 크죠?" 내가 창밖을 빤히 보고 있자, 나탈리야는 차를 멈추고 내게 말을 건넸다. "거기에는 이유가 있어요. 들어볼래요?"

　　"그럼요." 나는 이 주제에 대해서 안드레이와 이야기했던 기억이 났지만, 나탈리야의 이야기도 들어보고 싶어졌다.

　　"옛날에 스탈린이라는 사람이 있었죠."

　　"아, 들어본 것 같아요." 나는 갑작스러운 스탈린 오프닝에 웃음을 참기 어려웠다.

　　"하하. 그렇게 얼굴 굳을 필요 없어요. 그냥 하는 이야기니까… 한번은 스탈린이 이런 생각을 했던 거예요. '모든 러시아인은 궁전 같은 집에서 살아야 한다'고요."

　　"와우." 듣고 보니 정말 스탈린다운 발상이었다.

"결과적으로는 전혀 그러지 못했지만… 그때 지어진 건물들을 보면 그런 특징이 있죠. 궁전을 연상케 하는 장식, 큼직큼직한 건물 크기… 뭐, 그렇단 얘기예요."

나탈리야는 확실히 말이 많았다. 뭔가 말하는 것 자체를 즐기는 것 같았다. 나를 숙소에 데려다주고 나서 병원에 가야 한다더니, 갑자기 차를 돌려 즉석에서 도시를 드라이브하기 시작했다.

"저건 크라스노야르스크의 빅벤이에요." 나탈리야가 운전대에 손을 올려둔 채로, 턱으로 창 바깥쪽을 가리키며 말했다.

"빅벤이라고요?" 확실히 커다란 시계탑처럼 생긴 게 있기는 했다. "오. 진짜네. 진짜 빅벤이 있네…"

"그럼 여기서 알 수 있는 건 뭘까요?"

그게 뭔데요, 라는 눈빛으로 나탈리야를 쳐다보자, 그녀는.

"저걸 보기 위해서 런던까지 갈 필요가 없다는 거죠."

"하하하!"

나탈리야는 조금 더 외곽으로 차를 몰아 '붉은 광장'을 보여주기도 했다. 내가 그걸 보고 "이걸 보니 모스크바에 갈 필요도 없겠는데요"라고 말하자 나탈리야도 "하하하!" 하고 웃었다.

숙소는 남향으로 큰 창이 나있는, 그리 크지는 않은 아담한 크기의 아파트였다. 러시아에서는 욕실과 화장실이 분리된 구조가 일반적인 모양이었다. 나탈리야는 그 아파트에서 남편과 함께 살고 있었는데, 안 쓰는 방 하나를 숙박용으로 구분해 손님을 받는 것 같았다. 나는 안내해준 방에 들어가 짐을 풀고 거실로 나왔다. 나탈리야가 간단한 아침식사를 준비해줬다.

"이건 호박이 들어간 수프예요. 러시아에서는 꽤 자주 먹는 음식인데…"

"아, 이거… 한국에선 죽이라고 해요."

"죽?"

"네. 호박죽이라고." 나는 수프를 한 숟가락 떠먹고 맛을 보았다. "아 그게 아니네요. 이건 단호박죽이네요."

나탈리야는 나를 무척 재미있어하는 것 같았다. 내 직업을 듣고 나서는 더욱 그랬다. 내가 가방에서 푸시킨 시집을 꺼내왔을 땐 적잖이 충격을 받은 듯, 실로 그녀답지 않은 러시아식 감탄사를 연발하며 책을 살펴보기 시작했다. 그 책에는 러시아 원문과 한역본이 같이 적혀있어서, 글자를 비교해보는 것만으로도 꽤 재미있는 느낌이 있었다. 나탈리야는 그중에 한 페이지를 펴서 가리켰다. 'K…'라는 제목—번역판 제목은 '…에게'이다—의 시였다. 나는 한국말로 시 앞부분을 읽어주었다.

> 나 경이의 순간을 기억하오.
> 내 앞에 그대가 나타났었소.
> 스쳐가는 환영처럼
> 순수한 미의 영처럼.

나탈리야는 푸시킨의 글 중에서도 이 시의 첫 구절을 가장 좋아한다면서도, 제목의 'K'가 푸시킨이 바람핀 여자의 이니셜이라는 사실을 덧붙여 알려줬다. 그런 거, 별로 알고 싶지 않았는데…

"아, 그러고 보니까 상트페테르부르크에 간다고 했죠? 거기 가면 넵스키 거리의 푸시킨 카페도 가봐요. 그렇게 안 비싸니까."

"푸시킨이 카페도 운영했었나요?" 내가 물었다.

크라스노야르스크

"아뇨. 그건 아니고, 푸시킨이 결투로 죽은 건 알고 있죠? 그 결투에 가기 전에 들렀던 카페라고 해요. 죽기 전에 마지막 식사를 한 곳이었던 셈이죠."

나는 거기 도착해서 기억이 나면 가보겠다고 대답하고 방에 들어갔다. 땀에 절은 옷을 갈아입고, 조금 쉬다가 밖으로 나갔다. 크라스노야르스크는 시베리아 한복판에 세워진 도시였지만, 이날은 해도 잘 들고 기온도 영하 14도밖에 안 돼서 엄청 따뜻했다. 하지만 걸어 다니기에는 영 좋지 않았는데, 곳곳에 눈 섞인 얼음이 얼어있어 몇 번이나 넘어질 뻔했기 때문이다. 마감도 해야 하고 하니 적당히 싸돌아다니다가, 작은 쇼핑몰에 들러 거기 있는 가장 저렴한 블루투스 이어폰을 샀다. 5만 원짜리 이어폰이 에어팟보다 좋은 소리를 낼 리는 만무하지만 일단은 뭐라도 귀에 꽂고 들을 수 있다는 것에 의미를 두기로 했다.

널찍한 공간에 조명이 어두운 카페를 한 곳 찾아 들어갔다. 거기서 간단한 식사와 커피를 시켜놓고 글을 미친 듯이 쓴 다음 저녁이 돼서 밖으로 나왔다. 마감에 한 발짝 가까워진 기분이 들어 마음이 들떴다. 이리저리 마구 걷다가, 산 너머에 교회 종탑 같은 게 보이길래 그쪽으로 계속 걷다가 신호등이 없어 포기했다.

해가 지자 길이 더 미끄러워졌다. 그대로 교회가 보이는 오르막까지 쭉 걸어갔다간 크게 넘어져 다쳤을지도 모르겠다는 생각이 들었다. 이건 스탈린도 뛰다가 넘어져서 엉덩방아를 찧을 길이었다. 그렇게 생각하다가 숙소 근처에서 '포 비에트 Pho Viet'라는 베트남 음식점을 발견해 식사를 했다. 정말이지 이곳의 작명 센스란 놀라울 때가 가끔 있다. 무슨 필수요소 같은 건가.

내가 돌아갔을 때 나탈리야는 남편과 식사를 하고 있었다. 라파엘은 머리가 조금 벗겨진 중년 남자였는데, 나탈리야와 달리 도시적인 인상은 아니고 순박한 농부 같은 분위기를 풍기는 사람이었다. 그는 아내처럼 영어를 잘하진 못하지만—나탈리야의 말에 의하면—내가 푸시킨 시집을 들고 다닌다는 것에 큰 충격을 받은 듯 "이틀로는 부족해. 며칠 더 있으라고 해"라고 말했다고 한다. 푸시킨 시집 한역본을 사진으로 찍어놓고 싶다기에 그렇게 하도록 해줬다.

나는 그걸 보면서 '러시아인의 푸시킨 사랑은 정말 대단하구나' 싶다가도, 한편으로는 나라도 웬 러시아인이 윤동주 시집을 러시아판으로 들고 다닌다고 하면 마음에 안 들

크라스노야르스크

165

수가 없을 것 같아 금방 납득이 됐다.

"쓸데없이 많이 걸어서 피곤하네요. 오늘은 금방 자야겠어요." 하고 방으로 들어가려는데, 나탈리야가 나를 붙잡고 말했다. "루크, 혹시 내일 우리를 따라오지 않을래요? 가이드 일이 있는데 루크도 같이 갔다 오면 좋을 것 같아서요." 하고 의향을 물었다. 나는 곰곰이 생각해보았다. 나탈리야가 가이드를 한다면 당연히 재미있는 여정이 될 것이다. 하지만 나는 속 좋게 관광이나 하러 온 것은 아니지 않은가. 그럴 생각이 전혀 없는 것도 아니긴 하지만, 마감이 끝나기 전까지는 맘 편히 구경할 여유가 없을 것 같아서 정중히 거절했다.

"저런. 너무 아쉬운데요. 글을 최대한 빨리 쓸 수 없어요?"

"그러게요. 저도 그게 궁금해요…" 나는 그렇게 대답하고 방에 들어와 문을 닫았다. 그래요, 나탈리야. 한국에서도 다들 그런 걸 궁금해하더라고요. 좀 더 빨리 쓸 수는 없는 거냐. 그런 건 빨리 해치워버리고, 이쯤에서 즐겁게 지내며 살 수는 없는 거냐고.

# 13

# 크라스노야르스크

늦은 시간 눈 쌓인 도시를 들쑤시고 다닌 탓일까. 일어나자
마자 온몸이 찌뿌드드했다. 근육통이 너무 심했다. 하긴 집
에 있을 땐 산책도 잘 안 나가던 주제에, 러시아까지 왔다고
어쭙잖게 몸을 혹사시키다니. 몸 상태가 그러다 보니 만사
가 귀찮아졌다. 그래서 '그냥 오늘은 누워만 있을까…'라고
생각도 해봤지만, 전날 나탈리야에게 마감이 있다느니 어쩼
다느니 하며 거절을 놓았던 기억이 났다. 그렇게까지 말해
놓고 침대에 뻗어있기만 했다간 OECD 평균 근로 시간 2위
에 빛나는 한국인의 체면이 말이 아니기에, 어찌어찌 몸을
펴고 일어나 화장실로 향했다.

집은 비어있었다. 나탈리야도 라파엘도 일을 하러 가고 없었다. 내겐 이 순간이야말로 에어비앤비 숙박의 묘미였다. 러시아 가정의 합법적 침입자가 되어 집을 누비는 느낌… 가구며 살림살이가 단출해서 무슨 비밀을 캐낼 수 있을 것 같지는 않지만, 정확히 말해 나는 그 조용한 느낌을 즐기는 것이라 상관은 없었다. 그렇게 볼일을 보고 나오는데 화장실 문짝에 웬 메모가 한 장 붙어있었다. 전날엔 분명 이런 게 없었던 것 같은데.

Electricity is treasure. We always switch it off with pleasure! :-)

보물treasure와 기쁨pleasure으로 각운을 맞춰놓은, 시 형태를 한 경고문이었다. 글씨에서 느껴지는 바이브나, 평범하게 경고해주지 않는 방법이나, 이래저래 나탈리야가 써놓은 것이 확실했다.

'새벽에 볼일 보러 나왔다가 불을 안 <u>끄고</u> 들어갔나 보다…'

그나저나 '불 좀 <u>끄고</u> 다녀라'고 말해주는 것 치곤 꽤 참신한 방법이라는 생각이 들었다. 시를 좋아하는 사람이라면 시로 전달하는 것이 가장 좋을 거로 생각한 걸까. 나탈리야는 성숙함 못지않게 통통 튀는 감수성이 있었다. 임신한 지 정확히 몇 개월 차인지는 물어보지 않았지만, 그녀라면 꽤 좋은 엄마가 될 수 있을 것 같았다.

늦게 일어나는 통에 점심때가 가까워져왔다. 밥이나 먹을 겸 밖으로 나갔는데, 시내인데도 불구하고 마땅한 식당이 보이지 않았다. 그렇게 30분쯤 걸어 다녔을까? 우연히 '바실리 수리코프• 미술관' 옆을 지나가다가 호기심이 동해 안으로 들어갔다. 나는 러시아 미술에 대해서는 거의 아는 게 없었다. 땅이 워낙 넓어서 '이것이 러시아 회화다'라고 잡히는 이미지가 없는 탓도 있었지만, 아무래도 문학이나 음악에서만큼 널리 알려진 인물이 많지 않은 느낌이다. 이름을 대라면 마르크 샤갈, 칸딘스키, 도스토옙스키의 초상화를 그린 바실리 페로프쯤이나 될까. 수리코프는 이름이 특이해서 들어본 적만 있는 정도였다. 그래서 별 기대 없이—사실은 식당을 찾지 못해서—들어간 곳이었는데.

---

• Vasily Ivanovich Surikov, 1848~1916. 러시아의 사실주의 역사화가. 수리코프가 그린 역사화들은 교과서에 많이 인용돼 러시아 사람들에게 친숙하다고 한다.

크라스노야르스크

'뭐야, 생각보다 너무 좋은데…'

수리코프가 예전에 가족과 함께 살았던 목조주택을 미술관으로 꾸민 것이었는데, 오래된 나무집 특유의 느낌에, 오두막 지붕이며 아담한 정원에 새하얗게 눈까지 쌓여있는 걸 보자니 그 자체로 한 폭의 그림 같은 분위기가 있었다.

모스크바, 상트페테르부르크 그리고 크라스노야르스크를 오가며 그림을 그렸던 수리코프는, 이곳 고향집에서 소박한 느낌의 풍경화와 초상화를 많이 남겼다. 주된 그림 소재는 그의 어머니, 형제를 비롯한 가족들, 도심을 스쳐 흐르는 예니세이 강줄기 그리고 서민들의 생활 모습이었다. 러시아 제국의 마지막 황제, 니콜라이 2세에게 팔린 역사 기록화로도 잘 알려져 있다고 했지만, 그림의 면면들을 보고 있자면 자기 주변의 평범한 일상을 그가 얼마나 아끼고 사랑했었는지를 느낄 수 있다. 붓으로 그린 그림에서 애정 어린 시선이 느껴질 때 나는 그 재주가 주변 사람들에게 얼마나 마술 같았을지 상상하게 된다.


"끼이이" 하고 미술관의 커다란 나무 대문이 닫혔다. 나는 길 건너편에 꽤 괜찮아 보이는 식당이 있는 걸 그때 알았다.

'얀 그리무스'라는 뜻 모를 이름의 레스토랑이었다. 더는 돌아다닐 힘도 없고 해서 곧장 들어가 점심 메뉴를 주문했다.

청어 샐러드와 수프, 감자를 곁들인 치킨커틀릿이 차례로 나오는 코스요리였다. 예상에 비해 맛이며 퀄리티가 너무 좋아서, 잘 먹고도 계산대 앞에 서는 것이 겁이 났다. 한국에서라면 2, 3만 원은 족히 할 것 같은 구성이었다. 그런데 영수증에 찍힌 금액은… 350루블!

"볼쇼여 쓰빠씨바(정말 고마워요)"라고 말하고 밖으로 나왔다. 우리 돈 5,000원 돈으로 이런 식사를 할 수 있다니 그야말로 놀랄 노 자다. 맘 같아선 팁이라도 주고 나오고 싶었는데 방법을 몰라 그냥 정가로 계산하고 나왔다.

숙소로 돌아오는 길에는 식료품점에서 작게 장을 봤다. '크바스'라는 술은 문학 작품에서 몇 번 보고 한 번쯤 마셔보고 싶다고 생각했었다. 현지에선 호밀과 보리를 발효시켜 만드는 저알코올 음료쯤으로 인식되고 있다는데, 우리나라로 치면 단술쯤 될까 싶다. 다만 전통술에 대한 환상 자체는 케피르의 놀라운 맛으로 산산조각이 났기 때문에, 별 기대는 안 하고 '그냥 맛만 보자'는 느낌으로 사왔다.

아파트에 도착해 숨도 돌릴 겸 마셔보았는데, 맥콜에서

맥주 비율을 높인 듯한 그럭저럭 익숙한 맛이었다. 해가 잘 드는 거실에 노트북을 펴놓고, 마감을 하면서 홀짝홀짝 마시다 보니 금방 한 병을 다 비워버렸다.

'그렇게 맛이 있진 않았는데.'

그래도 그런 맛이 있다. 특출나게 맛있지도 않고, 음미할 건덕지도 딱히 없는데, 그냥 습관적으로 손이 가고 입에 대는 것들. 이를테면 담배와 술 같은 것들. 하긴 크바스는 엄연히 알코올 도수가 있는 술이기도 하니. 맘 같아선 이런 건 한국에 몇 병 싸 들고 가고 싶었다. 비행기에 타기도 전에 다 뺏겨버리겠지만. 그러고 보니 그렇게 뺏은 물건들이며 술 같은 것들은 다 어디로 가는 걸까? 공항 직원들이 적당히 빼돌려서 집에 갖고 가나? 다 버리기에는 너무 아까운데.

하루치 원고를 작업하고 나니까 기분이 좋아졌다. 뻐근했던 몸 상태도 익숙해진건지 어쨌는지 많이 괜찮아졌고. 뭣보다 그 작은 아파트가 마음에 들기 시작했다. 햇살도 잘 들고, 인터넷도 잘 터지고, 호스트도 친절하고, 역이랑도 그리 멀지 않다.

'가만 보자, 어차피 열차를 타든 어쨌든 원고작업은 해야

하니까…'

   며칠 더 머무르면서 원고를 완성한 다음에 떠나는 것도 그리 나쁘지 않은 선택 같았다.

   이날 저녁 나탈리야, 라파엘과 함께 다시 한번 포 비에트를 찾아 베트남 음식을 함께 먹으며 이런저런 대화를 나눴다. 나탈리야와 라파엘은 눈에 보이는 나이에 비해 비교적 최근에 결혼했다. 라파엘은 우즈베크 출신으로 한국의 '국수'라는 음식을 알고 있었다.

   "오, 설마 '후루룩' 하는 소리랑 비슷해서 '국수'인 거예요?" 나탈리야가 물었다.

   "아, 뭐 그런 셈이죠"라고 나는 대답했다. 사실 아닐 것 같지만. 소리도 그다지 안 비슷하지만. 왠지 그쪽은 발음이 비슷하다고 여기는 것 같아서, 그냥 그런대로 대답해주는 쪽이 더 재밌을 것 같아서 그렇게 말해버렸다.


   "아, 맞아. 나탈리야. 물어볼 게 있는데요."

   "뭐요?"

   "혹시 여기서 이틀 정도 더 머물 수 있을까요? 제 생각에 여긴 인터넷도 잘 되고, 조용하고, 일하기가 좋은 곳 같아서…"

"아, 그럼요! 라파엘이 좋아하겠네요. 정말 잘 됐어요."

"저, 그럼 비용은…"

"내일 현금으로 저한테 직접 계산해요."

"아, 그러죠."

너무 빠르게 이야기가 끝나버렸다. 내겐 꽤 긴 고민이 필요한 이야기였는데. 말하는 걸 들어보니 '당연히 되지. 왜 지금 얘기했어?' 같은 느낌마저 들었다. 같은 곳에 며칠이나 계속해서 머문다는 것이, 그 별 볼 일 없는 결정이 내게는 얼마나 버겁고 힘겨운 것이었는지.

조금 허탈한 와중에 나탈리야가 느닷없이 "아, 루크는 곰고기 먹어본 적 있어요?" 하고 물어서 그쪽으로 대화 주제가 홀러덩 넘어가버렸다.

"곰고기요? 당연히 없죠."

"아, 그래요? 나중에 한번 먹여야겠네…"

"러시아 사람들은 곰을 먹나요?"

"가끔요? 적당한 곳에 가면 팔아요. 사슴고기, 곰고기 같은 거. 왜요?"

"아, 아니. 조금 놀라서…"

"뭐가요? 곰을 먹는 게?"

"아니, 그것보다는… 저는 친구라고 생각했거든요." 나는 얼떨떨한 표정으로, 다소간 머무적거리면서 대꾸했다. "곰이랑 러시아 사람들…"

"아하하하하!!" 나탈리야가 웃음을 터트렸다. 그러고는 차에서 내려서, '뭔 소리를 하나 했네' 하는 눈빛으로 나를 쳐다보며 말했다. "그럴 리가 없잖아요. 친구 아니에요."

"네…"

나는 방에 돌아와 침대에 누웠다. 그리고 이런 곳이라면, 하루 이틀보다 좀 더 오래 머물러도 나쁘지 않겠다는 생각을 했다. 분명 크라스노야르스크는 좋은 도시였다. 그렇지만 나는, 이곳에 그렇게 오래 있게 될 거라고는 미처 생각지 못하고 있었던 것이다.

# 14

# 크라스노야르스크

눈을 감고 있는데 시야가 번쩍거렸다.

　잠에서 깰 때 나는 발가락 끝 쪽에서부터 감각을 되찾는다. 어디가 먼저 가려워져서 거길 긁으며 일어나거나, 촉각이 회복되기도 전에 눈을 먼저 뜨게 되는 일도 있다. 그렇지만 이날처럼 편도 깊은 곳에서부터… 목 뒷부분과 후두부 부근을 도려내는 것 같은 아픔과 함께 몸을 일으켰을 때는, 설령 바보라고 해도 '무언가 몸에 이상이 있다'는 것쯤은 알게 된다.

　목이 엄청나게 부어서 침을 삼킬 때마다 따끔거렸다. 이마에 손을 대자 화—한 느낌과 함께 열감이 돌았다. 사지에 근육통이 일렁거리는데, 운동처럼 건전하고 정상적인 경로로부터 온 통증이 아님을 실감할 수 있었다. 이런 시기에 이런 증상들이 동시에 일어났다면 확인해야 할 사항은 정확히 하나로 좁혀진다. 이젠 그것 이외에 아무것도 생각할 수 없다.

근처에 있는 약국 세 곳을 돌며 자가검진키트와 종합감기약을 한 개씩 사왔다. 러시아의 약국 물가는 슈퍼마켓처럼 획기적이지 않았다. 그 두 품목을 사는 데만 2,000루블 가까이 썼다. 이틀 치 숙박료와 맞먹는 돈이다. 상황이 상황이니만큼 어쩔 수 없긴 해도, 이런 와중에 돈 걱정을 하고 자빠진 스스로가 한심스러워 머리가 더욱 아팠다.

숙소로 돌아와 문을 닫고, 감기약을 한 알 삼키고, 조심스럽게 검진키트를 뜯어 열었다. 영어로 된 설명서는 들어있지 않았다. 나는 인터넷도 검색해보고 박스 뒷면에 인쇄된 그림도 참고해가면서, 지하철 탑승권 모양의 판별 보드에 검사용액을 떨어트렸다.

내심 아무런 일이 벌어지지 않길 바랐다. '이 병변은 분명 심상찮은 것이다'라고 확신에 가깝게 생각하는 한편, 그냥 조금 심한 몸살감기에 걸렸을 뿐이길 간절히 희망하고 있었다. 최신유행 애물단지 바이러스의 발현이 아니라… 그저 한 박자 늦게 러시아의 추위를 실감한 신체가 한바탕 크게 투덜대는 것쯤으로 끝나면 얼마나 좋을까.

하지만 그럴 리가 없지.

"으… 흑, 헉, 아니야… 아닐 거야."

나는 침대 프레임 밑에 쭈그려 앉아서, 괴로운 숨소리와 번갈아 가며 그런 혼잣말을 했다. 아니라고. 이건 두 줄이 아니라고. 그냥 처음에는 다 희미하게 표시되다가, 시간이 갈수록 옅어지는 거라고 믿고 싶었다. 그러나 시간이 갈수록 더욱, 더더욱 또렷하게 표시되는 빨간 선. 두 줄…

양성이었다.

색약이 심한 사람도 구분할 수 있을 만큼 또렷한, 아무리 제 좋을 대로 보고 싶어도 하나로 합쳐지지 않는, 새빨간 세로 선 한 쌍이 까마득한 간격을 사이에 놓고 평행을 이루고 있었다.


말이 안 통하는 타국 한복판에서, 가장 가까운 영사관조차 1,000킬로미터가 넘게 떨어진 도시에서, 전염성이 상당한 질병에 걸린 것이 거의 확실해졌을 때 나는 한순간 '그냥 모른 척해버리면 안 될까'라는 강렬하고 설득력 있는 유혹에 휩싸였다. 어차피 내가 말을 안 하면 아무도 모르는 거잖아. 어차피 러시아는 마스크도 안 쓰고 다니는 사람 천지고, 내가 아니더라도 하루에 수십만 명씩 감염자가 속출하고 있는데… 하필 그따위 생각을 할 때 지금은 출근하고 없는 말 많은 나탈리야와 무뚝뚝한 라파엘 부부의 얼굴이 떠올랐다. 뒤이어 나탈리야 배 속에 있을, 부르기로 보아 몇 개월 뒤에는 세상에 나올 아기의 존재도 떠올렸다. 코로나바이러스가 임신부에게 미치는 영향은 정확하게 알려진 바 없지만… 이런 허접한 궤변으로 넘기기에는 상황이 좋지 않다… 상황이 안 좋아도 너무 안 좋다!

"─으악! 씨, 발!! 씨이,이, 발!! 이런 씨, 발!!"

나는 아무도 없는 아파트가 다 떠나가도록, 현기증으로 울렁대는 머리가 곧 터져나가도록 크게 소리쳤다. 자가검진 키트를 벽 쪽으로 집어 던졌다. 열인지 죄책감인지 모를 통증으로, 팔로 머리를 부여잡은 채 바닥에 엎드려 벌레처럼 꿈틀거렸다.

**크라스노야르스크**

'우리 병원에서는 검사를 하지 않아요.'

간호사가 건넨 번역 앱에는 그렇게 쓰여있었다. 나는 마스크와 넥워머로 코와 입을 꽁꽁 감싼 채 병원을 빠져나왔다. 그 병원 응급실은 내가 본 중에서 가장 응급한 기미가 없는 장소였다. 나는 가능한 한 가까운 곳 중에, 가장 큰 병원에 찾아간 참이었다. 한국에서는 큰 병원이나 보건소에 선별진료소가 차려져 있으니까, 대충 러시아도 그럴 거로 생각한 것이다. 그러나 눈발이 흩뿌리는 영하 10도의 날씨, 뇌의 명령을 맹렬히 거부하는 몸뚱아리를 이끌고 가서 알게 된 것이라고는, 러시아 병원에서는 PCR 검사를 하지 않는다는 한 가지 사실뿐이었다.

나는 말 한마디 안 통하는 러시아 도시의 한가운데에 가만히 서있었다. 자포자기한 심정으로 이르쿠츠크에 있는 총영사관에 긴급전화를 걸었다. 꽤 오랫동안 전화 연결음이 들렸다. 젊은 남자직원이 받았다.

"안녕하세요. 이르쿠츠크 총영사관입니다. 무엇을 도와드릴까요."

"저, 저, 저저, 안녕, 안녕하세요…"

"네. 안녕하세요. 무슨 일이세요?"

"그, 그게… 제가, 제가…" 나는 눈물도 안 나오는데, 자꾸만 우는 사람처럼 말을 더듬게 되는 게 싫었다. 그 순간 내게는 누군가 '무슨 일이냐'라고 한국말로 물어봐주는 것이, 나처럼 더럽고 추잡한 존재에게 버려지기에 너무 아까운 종류의 친절같이 느껴졌다. "아, 아침부터 목이 너무 따가워서요. 약국에 가서 자가검진키트를 샀는데… 두 줄이 나와버려서… 병원에 와서 보이는 사람마다 붙잡고 물어봤는데…"

두서없는 상황설명을 잠자코 듣던 영사관 직원이 "저, 선생님. 일단 진정하시고요…" 하고 운을 뗐다.

"지금 크라스노야르스크라고 하시면… 사실 여기랑은 거리가 굉장히 떨어진 곳이라, 실질적으로 도와드릴 방법이 없기는 합니다. 혹시 그곳에 혼자 계시나요?"

"네."

"가족이나 친척, 아는 사람도 없고요?"

"네."

"그럼 지금은 어디 묵고 계세요?"

"…에어비앤비로 예약한 아파트에서 개인실을 쓰고 있어요."

"개인실이라고요. 아파트의?"

"네… 지금은 출근을 하고 없지만, 괜히 피해를 끼칠까 봐… 일단은 검사를 받으려고 밖에 나왔는데…"

영사관 직원은 내게 일단은 숙소로 돌아갈 것을 권했다. 그리고 공공기관에서 선별진료를 담당하는 우리나라와 달리 러시아는 도시 곳곳에 위치한 사설검사소에서 돈을 주고 테스트를 받아야 한다는 것, 원한다면 언제든 가서 검사를 받을 수 있는 게 아니라 사전에 전화로 예약을 하고 가야 한다는 것을 차례로 이야기해주었다.

"다행히 그 부분은 제가 도와드릴 수 있을 것 같아요. 크라스노야르스크에 있는 검사소를 몇 개 알아보고, 예약이 가능한지 제가 전화를 해본 다음 말씀드릴게요. 그때까지는 쉬고 계세요. 약은 있으신가요?"

"코로나 약인지는 모르겠는데, 일단 종합감기약을 사서 먹긴 했어요… 저, 근데 러시아는 PCR 검사 비용이 어느 정도 되나요…?"

"대충 2,000루블 정도 선이에요."

"그렇군요… 만약 검사를 했는데요. 양성이 나오면 어떻게 되나요? 병원에 입원해야 하는 건가요?"

"아뇨." 직원은 그 점에 있어서는 명확히 할 필요가 있다는 듯이, 단호한 어투로 잘라 말했다. "러시아에는 이미 코로나 환자가 많아서, 위중증 환자가 아닌 이상은 병원에 입원하지 않아요. 사실 입원을 한다고 해도 시설이 열악한 편이기도 하고요. 보셨다시피 러시아는 마스크도 잘 안 쓰고 다니고, 코로나에 대한 인식 자체가… 좀 그렇습니다. 그래도 선생님의 경우에는 젊으신 데다가 접종도 2차까지 맞으셨으니까 며칠 정도 잘 먹고 잘 쉬다 보면 금방 회복이 될 테니 너무 걱정 마세요. 아무래도 숙소는 혼자 사용하시는 곳으로 옮겨야겠지만요."

나는 직원의 말대로 아파트에 돌아와 쉬었다. 한 시간쯤 지나자 미리 교환해둔 카톡으로 연락이 와서, 오후 몇 시에 어디로 가면 검사를 받을 수 있도록 예약을 해두었으니 꼭 여권을 챙겨가시라는 안내를 받았다. 나는 이런 상황에 도와주셔서 정말 감사하다고 말씀드린 다음, 시간에 맞춰 검사소에 가서 PCR 검사를 받았다.

검사소는 작은 규모의 동네 치과 같은 분위기였다. 나 말고는 검사받으러 온 사람이 없어 로비가 휑했고, 간호사들은 역시 영어를 하지 못해서 의사소통에 번역 앱을 활용하는 수밖에 없었다. 접수 과정에 있어선 영사관 직원의 말과는 조금 차이가 있었다. 다짜고짜 여권을 내밀었을 때 눈을 휘둥그레 뜨고 '뭐 어쩌라는 거지' 하는 태도를 보이다가, 이민 카드를 내밀었더니 "아아~" 하고 바로 서류 몇 장을 내밀며 서명할 곳을 짚어주었다.

검사 자체는 일 분도 안 돼 끝났다. 간호사가 '투모로우' '투피엠'이라고 말하는 걸 들었다. 아마 내일 오후 두 시에 검사 결과가 나온다는 얘기 같았다. 나는 짧게 인사를 하고 검사소를 나와 아파트로 되돌아갔다.


불과 어제까지만 해도 같이 밥을—정확하게는 포 비에트에서 쌀'국수'를—먹었던 나탈리야에게 '오늘 아침부터 내가 졸라게 아팠던 나머지 자가검사키트를 돌려봤더니 양성반응이 나왔으며, 영사관의 도움을 받아 PCR 검사까지 받고 왔는데 내 느낌이나 몸 상태로 미뤄봤을 때 거기서도 양성 뜰 것 같다. 일단 오늘 밤까지는 이 방을 쓰다가 내일 당장 혼자 쓰는 아파트로 옮길 예정이다'라는 문자를 보내는 데는 약간의 용기와… 나름대로의 결단이 필요했다. 내게 그렇게 잘해준 사람들과 헤어지고 싶지도, 미움받고 싶지도 않은 동시에, 아무것도 속이고 싶지 않고 피해도 주고 싶지 않다는 마음이 혼재했다.

'그냥 돈만 놔두고 나가면 될걸, 괜히 쓸데없는 말을 꺼냈다가 스트레스만 주는 건 아닐까' 생각하면서, 결국은 '옳은 일을 하자'는 생각으로 솔직하게 메시지를 보내기로 했다.

「나탈리야. 저는 아마 양성이 나올 것 같아요. 몸이 많이 아프고 앞으로의 여행도 걱정이지만, 당신과 라파엘 그리고 배 속의 아기가 저 때문에 위험해지지는 않을지 너무 무서워요. 테스트 결과는 내일 나온다고 해요. 격리 생활을 위해 며칠간 혼자서 쓸 수 있는 아파트를 예약해두었어요. 하지만 내일까지는 이 방 말고는 갈 곳이 없어요. 그러니 안전을 위해 저와 제가 있는 방 근처로는 오지 마시고, 내일 당신들이 출근하고 난 뒤에 짐을 싸서 더 이상의 접촉 없이 여길 떠날게요.」

그렇게 중요한 내용을 길게, 형편없는 영어 실력을 활용해가며 보내놓고 나니 극심한 현기증과 함께 뇌리가 활활 타서 녹아내리는 듯한 두통이 몰려왔다. 헐레벌떡 약 두 알을 빼먹은 다음 쓰러지듯 침대에 누워 잠들었다.

정신을 차렸을 때는 오후 여덟 시가 넘은 시간이었다. 그 사이 문밖에서는 인기척이, 일터에서 돌아온 나탈리야와 라파엘이 무어라 심각한 내용의 대화를 주고받는 소리가 들려왔다. 지금쯤 뭘 이야기하고 있을지는 자명했다. 앞으로 나를 어떻게 해야 할지, 어떤 방식으로 대하고 처리해야 할지 저들끼리 합의를 보고 있는 중일 것이다…

'적어도 오늘 밤만큼은 여기 있도록 해줬으면 좋겠는데… 설마 이 시간에 쫓아내거나 하진 않겠지?'

사서 하는 근심, 몸 구석구석을 꼬집는 듯한 통증에 뒤섞여 몸부림치고 있을 즈음.

띵! 하고 문자메시지가 수신되는 소리가 들렸다.

'마침내. 올 게 왔구나' 하고 수신함을 열어 메시지를 확인했다.

「루크. 세상에, 걱정 말아요. 전 완전히 이해했으니까요. 당신은 정말 책임감 있는 사람이에요. 우리는 둘 다 백신을 맞았지만, 일단은 약을 두 알 먹었어요. 그리고 우리는 전혀 당신을 탓하지 않아요. 루크, 당신만 괜찮다면 일요일

여로

186

까지 여기 머물러도 괜찮아요. 그리고 라파엘과 이야기해 봤는데, 당신이 원할 경우에 격리기간 동안 지금 비어있는 아파트를 열어줄 수도 있어요. 거긴 도심과는 멀리 떨어진 곳에 있고, 좀 허름한 곳이긴 하지만 생활하는 데 큰 문제는 없을 거예요. 그곳에서라면 당신이 원하는 만큼 계속 있을 수 있고, 필요한 약이나 음식은 우리가 가져다줄 수도 있어요. 비용은 필요 없어요. 원한다면 언제든 이야기해요.」

문자를 읽으며 거의 울기 직전인 상태로 접어들었을 때, 잠가둔 방문 바로 너머로 뭔가 부스럭거리는 소리가 들렸다. 그리고 똑똑… 조심스러운 노크 소리. 이 초간의 정적. 나탈리야의 목소리가 순서대로 이어져 울렸다.

"루크. 거기 있죠? 내 말 들려요?"

"…네, 들려요…" 나는 힘없이 대답했다. 최대한 아무렇지 않게, 명랑하게 대답해보려고 했지만 목에 힘이 들어가지 않았다. "방금 보내준 문자 읽었어요."

"그래요. 우리는 지금 괜찮아요. 마스크도 쓰고 있고요. 그냥 당신이 아픈 게 걱정될 뿐이에요."

"걱정해줘서 고마워요. 약을 먹고 자고 있었어요. 그리고 문자도…"

"문 앞에 따뜻한 물과 크랜베리즙을 놔둘게요. 감기에 걸리면 먹는 러시아 전통 음료니까요. 틈틈이 챙겨 마시고, 필요한 게 있으면 얼마든지 얘기해줘요."

"고마, 고마워요."

"푹 쉬어요"라는 말에도 나는 푹 쉬지 못할 것 같았다. 소리를 죽여 방문을 열었다. 문 앞에 크고 작은 보온병 두 개가 놓여있었다. 때마침 부엌 방향 통로에 서있던 라파엘과 눈이 마주쳤다. 내가 염려한 것과 달리 그는 전혀 화나 있지도, 골치 아파 보이지도 않았다. 그저 세상 겸허한 눈빛으로─뭇 신사들이 벗어든 중절모를 가슴에 올려 보이는─정중한 배려와 경의로 가득 찬 동작을 한 차례 하고 안방으로 사라질 따름이었다.

목덜미 아래쪽이 울먹, 하고 부풀어 오르는 것을 느꼈다. 어떻게든 울지 않으려고, 적어도 그런 소리는 내지 않으려고, 나는 끝까지 발악해야 했다. 보온병에 담긴 크랜베리즙을 쪼로록 따라 마셨다. 정체 모를 기이한 냄새가 방 안 가득 퍼졌다.

'완전 맛없어…'

나는 그렇게 맛없는 액체를 '그렇게 기쁜 마음으로' 끝까지 다 마셔보는 경험을 언제 다시 할 수 있을지를 가늠해보았다. 그러다 노트북을 켜서 글을 쓰기 시작했다. 열이 펄펄 끓고 몸은 죽어가는데 뭐라도 쓰다가 잠들어야겠다는 미신적 집착이 새벽 내내 질리지도 않고 계속해서 찾아들었다.

**크라스노야르스크**

# 15

# 격리 1일차

꽤나 감동적이었던 결말에도 불구하고, 전날 밤의 나는 '잠들 수조차 없을 만큼 극심한 고통'이 어떤 것인지를 절실히 느꼈다. 그러잖아도 불면증 때문에 약 없이는 제때 잠들 수 없는 처지인데 몸에 붙은 살덩이들을 단칼로 찌르고 후벼 파는 것 같은 통증이 이어지자 새벽 서너 시가 되도록 의식을 놓지 못했다.

일어난 시간은 오전 열한 시. 여느 몸살 환자들의 다음 날처럼 전신이 땀에 흠뻑 젖어있었다. 티셔츠는 얼마나 푹 절었는지, 입고 있던 걸 벗어 던지자 '철퍽' 하며 방바닥에 눌어붙을 정도였다. 수영복이 아닌 평범한 면 티셔츠에서 그런 소리가 나는 건 처음 들어봤다. 힘이 남아있었다면 꽉 쥐어 짜서 물방울이 떨어지는지 확인해봤을 텐데.

몸 상태는 어제보단 나아졌지만, 그것은 어제가 워낙 최악 이었던 탓이지 이제 좀 살 만하다고 설칠 정도는 못됐다. 방 을 나가 사람이 없는 걸 확인하는 데에도 몸이 말을 안 들어 고생스러웠다. 주방 탁자 위에는 나탈리야가 사놓은 음식과 약이 놓여있었다. 출근하기 전에 미리 준비해뒀던 걸까. 직 사각형의 플라스틱 용기에 고기와 볶음밥 같은 것이 같이 포 장돼있었는데, 메뉴나 모양새를 보아하니 소비에트… 아니 지. 포 비에트에서 사온 듯한 음식 같았다. 쌀이 포함된 걸 보 니 어쨌거나 내 입맛을 고려해준 것이 틀림없었다. 약은 테 라플루랑 비슷한 제형의 감기약으로 묘한 레몬 맛 가루를 따뜻한 물에 타 먹는 물건이었다. 밥도 약도 돈이 꽤 들었을 텐데… 이래서야 내가 낸 숙박료보다 배꼽이 더 큰 것 아닌 지… 고마움 반, 미안함 반으로 전부 먹어치웠다.

나탈리야의 아파트에서 나가는 길에, 나는 묵기로 약속했 던 이틀 치의 숙박료와 영어로 쓴 짧은 엽서 한 장, 그리고 부 부가 유달리 좋아하던 푸시킨의 시집을 선물로 남기고 나왔 다. 내가 누군가에게 '온전히' 줄 수 있는 거라곤 이런 것뿐이다. 좋아하고 아끼는 마음. 그런 마음을 남긴 기록들. 내게 소중한 글이나 책…

이메일로 전달된 PCR 검사 결과는, 역시 양성이었다. 확정적인 양성이 나온 만큼 조금의 지체 없이 숙소를 옮겨야 했다. 나는 택시를 타고 예약해둔 단독 아파트로 이동했다. 시내와는 꽤 떨어진 곳에 있는, 비교적 꽤 최근에 지은 듯한 아파트 단지였다. 근처에 도착하자 알렉세이라는 이름의 젊은 남자가 나와서 아파트 키를 주고, 내부 구조를 짧게 안내해준 다음 떠났다. 방 두 개에 바람이 드는 작은 테라스와 부엌을 합쳐 열댓 평쯤 되는 곳이었다. 깔끔한 만큼 텅 비어있는 듯한 느낌을 주는 공간. 책상과 침대, 부엌의 탁자와 의자 등 거의 모든 가구가 이케아에서 나온 물건이었다.

건물 11층에 있는 아파트 창문으로 단지 주변을 둘러보았다. 간혹가다 건물 몇 채와 오래된 교량이 눈에 띌 뿐, 대체로는 아무것도 없는 평지에 가까웠다. 어쩌면 알렉세이도 우리나라 사람들처럼 투자용으로 경기도 교외의 아파트 같은 걸 샀다가 수익성이 안 나와 숙박용 레지던스로 개조한 건 아닐까 싶었다. 하루에 만 몇천 원 하는 돈으로 그만한 넓이의 아파트를 빌릴 수 있다는 것이 지금의 내게는 행운이지만.

그나마도 다른 예약이 있는지 3박 이상은 묵을 수 없었다. 당장은 인터넷도 잘 되고 널찍한 작업용 책상도 있으니, 증상이 가라앉을 때까지만이라도 여기서 격리 요양을 하기로 했다. 다행히 아파트 단지 내에는 크지 않은 식료품점과 약국이 상가로 붙어있었다. 나는 최대한 사람이 없을법한 시간대를 골라서, 마스크와 장갑으로 중무장을 한 뒤 먹을거리, 마실 물, 이부프로펜 한 상자를 사서 돌아왔다.

약을 먹자 일시적으로 열이 가라앉았다. 이러다가 언제 다시 증상이 심해질지 모를 일이니, 조금이라도 괜찮을 때 일을 해두자 싶어 노트북을 폈다. 안 그래도 마감이 늦어져 편집자에게 쓴소리를 들은 시점이었다.

"제가 급하다고 말씀드릴 때는, 진짜로 급한 겁니다. 작가님… 부탁이니 서둘러주세요."

"네"라고 대답은 했지만 며칠 만에 수만 자 분량의 원고를 쓰는 건 쉬운 일이 아니었다. 시간도 충분치 않은데 병중이기까지 하니 여러 가지로 한계를 시험받는 기분이 들었다. 하지만 어쩌겠는가. 시간이 있을 때, 충분히 건강할 때 일을 끝내지 못한 건 내 잘못이다. 나중의 내가 하는 수밖에 없다.

속 좋게 불평하는 것도 겨를이 있을 때나 할 만한 것이지 지금은 그렇지도 않은 것이다. 쓴다 했으면 써야지.

신기한 건 그렇게나 아팠으면서도, 쓰는 일에 정신을 집중하고 있자니 평소와 그리 다른 상황처럼 느껴지지 않는 것이었다. 아픔이 느껴지지 않는 건 아니지만, 일하다 말고 좀이 쑤시고 허리가 아픈 느낌과 비슷했다. 스트레칭을 하는 대신 간단한 음식과 약을 챙겨 먹어야 하는 차이는 있다.

영사관 측으로부터 검사는 잘 받았는지, 결과는 어떻게 됐는지 확인차 연락이 왔다. 나는 PCR 검사 결과 양성이 나왔고, 몸 상태는 어제보단 나아졌지만, 여전히 거동이 쉽지 않으며, 지금은 혼자 쓰는 아파트로 옮겨 쉬고 있다고 솔직히 말했다. 더 솔직히 말하자면 온전히 쉬는 건 아니고 일을 하고 있었지만… 그런 얘기까지 했다간 '뭐야 몸조리해야 할 환자가 왜 일을 하고 있지' 하는 걱정을 사거나, '뭐야 이 새끼 코로나라는데 별로 안 아픈가 보네'라는 오해를 사거나 둘 중 하나일 테니까 적당히 중립적인 대답을 하는 쪽이 나을 듯했다. 다행히 별다른 특이점은 느끼지 못한 모양이었다.

밤이 깊어지자 더는 일을 이어갈 수 없을 정도로 증상이 심해졌다. '도저히 안 되겠다, 좀 쉬었다가 다시 써야지' 하고 누웠는데, 어째 아픈 게 더 해지기만 하는 것 같아서 약을 더 먹기로 했다. 그런데 약을 먹으려면 밥을 먹어야 하니까… 부엌으로 비틀비틀 걸어가서 아까 사왔던 빵과 주스를 꺼내 먹었다.

그렇게 약을 더 먹고 침대에 누웠다. 자정이 넘어가자 열은 내려갔는데 잠은 오지 않았다. 계속 깨어있다 보니 배도 고파져서, 썰어놓은 돼지고기도 사왔던 것이 기억나 숙소 프라이팬에 구워 먹기로 했다.

인덕션 화력이 애매해서 끝까지 다 굽는 데 시간이 걸렸다. 조미료로는 소금과 후추가 구비돼있었지만, 대체 어느 부위의 돼지고기인지 비린내가 잡히지 않았다. 이런 데는 맛술을 좀 넣으면 딱인데… 어차피 맛으로 먹는다기보다는 영양실조를 면하고 수면제를 먹기 위함이니까 그러려니 하고 먹었다. 이에 고기 조각이 끼는 건 변변찮은 저녁을 먹을수록 심해지는 증상이어서, 이런 날에는 잇몸에서 피가 날 때까지 양치를 하고 잠에 들어야 했다.

# 16

# 격리 2일차

약 기운이 만연한데 오한이 느껴졌다. 춥지도 않은데 몸이 벌벌 떨리고, 충분히 덮고 있는 이불을 껴안듯이 파고들고, 땀이 삐질삐질 나서 창문을 살짝 열면 얼어 죽을 것 같았다. 온도를 감지하고 유지하는 장치가 고장 난 것 같았다.

'그래도 계속 땀을 내는 건 좋은 징조야' 하고 스스로를 달랬다. 이마가 뜨거운지 확인하려고 손을 갖다 댔는데 몸이 바들바들 진동하고 있었다. 적당히 끼니를 때우고 항우울제를 먹는데 알약이 얼마 안 남았다는 것 때문에 우울해졌다. 항우울제라는 건 병적인 우울함을 덜고자 먹는 약인데 되려 그게 떨어져서 더 우울해진다는 사실은 아이러니하다. 모르는 사람은 '그럼 약을 끊으면 되잖아' 같은 말을 하겠지만 난 그런 오지랖이 정말 몰라서 하는 말이라고, 안경을 잃어버린 사람한테 '기왕 이렇게 된 거 안경에 의존하는 버릇을 고쳐 보는 게 어때?' 따위의 말은 꺼내지 않을 거라고 믿고 싶다.

진통제를 두 알 더 삼켰다. 곧장 뭔가 쓸 수는 없을 것 같아서 침대에 누웠다가, 멍청하게 누워만 있는 게 싫어서 읽던 책을 펼쳤다. 《밤은 부드러워라》는 한국에서 가져온 마지막 책이었는데—다른 책들은 짐도 비울 겸 다 읽은 장소에 놔 두고 오거나 선물로 줘버렸다—마침 읽던 부분이 피츠제럴 드가 작정하고 묘사를 조지는 대목이어서 좀체 눈에 들어오 질 않았다. 나는 분명 피츠제럴드 소설의 그런 면을 좋아하 지만, 그곳은 문장 하나하나를 충분하게 씹고 삼킬 에너지 가 있는 상태에서 읽어야 제대로 된 맛이 나는 대목들이다. 긴장을 풀고 쉬면서 읽기엔 벅찬 단어들의 조합이었다. 무 엇보다 귀 뒤쪽이 너무 당기듯이 아팠기 때문에, 나는 책을 내팽개치고 침대 협탁 쪽에 눈두덩이를 처박았다.

"쿨럭, 쿨럭, 컬럭…"

누워서 좀 쉴라치면 목 깊은 곳이 간질간질해지고 곧 기 침이 나왔다. 콧물 때문에 큰 재채기라도 하면 머리통이 쪼개지듯 아파왔다. 양심적으로 너무 짜증 나게 아픈 게 아닌가. 이쯤 되니 정신을 차리는 것이 어떤 의미가 있을까 하는 생각이 들면서, 어떻게 생겼는지는 몰라도, 코로나바이러스는 인간을 괴롭히다 죽이는 것을 진심으로 좋아하는 씨발놈 같아서 패고 싶어졌다. 아마 지금 상태로 싸운다면 백 번 붙어 백 번 다 쳐발리겠지만. 아니, 애초에 이렇게 약해진 것도 너 때문이잖아. 이딴 거 개불공평하다고. 눈에 보이지도 않는 크기로 숨어가지고서는. 비겁하다.

　상태가 메롱이니 섬세한 작업이 필요한 일은 할 수 없었다. 그렇다면 아무 생각 없이 할 수 있는 일, 빨리할 필요도 없고 잘할 필요도 없는, 소위 무지성으로 할 만한 것들을 찾아야 했다. 나는 속옷과 수건 빨래를 돌리고, 최대한 날이 밝고 따뜻할 때 장을 보고 오기로 했다. 탈수가 심해 마실 것이 더 필요했다. 이온 음료가 있으면 좋겠다 싶었는데 이상하게 러시아 슈퍼마켓에는 포카리도 게토레이도 파워에이드도 보이지 않았다. 별수 없이 큰 생수통과 컵라면, 빵과 계란, 방울토마토를 사서 돌아왔다.

　평소라면 그리 많게 느껴지지도 않았을 짐이 납덩이처럼 무겁게 느껴졌다. 그사이 눈이 쌓여서 돌아가는 길이 보이지 않는가 하면, 얼음을 잘못 밟아 크게 넘어질 뻔하기도 했다. '누군가 돌봐줄 사람이라도 한 명 있었으면…'이라고 생각하는 건 오래전에 졸업한 줄 알았는데. 타지에서 혼자 이 고생을 하고 있으려니까 별의별 푸념이 다 쏟아졌다. 너무 아파. 열도 나고 몸이 벌벌 떨려. 음식도 볼일도 전부 혼자서 해결해야 해. 해야 할 일도 쌓여있어. 맘 놓고 쉬기도 힘들어. 슬퍼서 울컥울컥해도 아파트가 건조해서 눈물이 안 나와. 솔직히 이렇게 무모하게 떠난 게 후회되기도 해… 가장 슬픈 건 이 모든 걸 맘 놓고 이야기할 사람이 없다는 거였다. 가족으로 인해 받는 스트레스가 '이런 시기에 덜 외로울 수 있는' 보험 같은 거라면, 나는 실비보험 없이 뼈가 부러진 수전노가 된 셈이었다. 그런 곳에 아까운 돈과 시간을 쓰다니. 다들 정말 바보들이라니까. 바보, 바보들…

아야! 악! 아악! 젠장! 나도 하나쯤 있었음 좋았을 텐데!

…하기는 그런 보험이 내게 제대로 주어진 적이나 있었나? 나는 '귀하는 가입조건이 안 된다'는 말만 줄기차게 들었을 뿐이다.


"…어떤 사람은 치유된 흉터를 피부에 생기는 병에 느슨하게 비유하지만, 개인의 삶에 그런 것은 없다. 열린 상처가 있을 뿐이다. 때로는 바늘로 찌른 점 크기로 움츠러들지만 그래도 여전히 상처다. 그 고통의 자국은 손가락이나 한쪽 눈의 시력을 잃은 것에 비유하는 편이 더 적당하다. 일 년에 일분조차 아쉬워하지 않을 수도 있지만, 막상 아쉬워하게 될 경우에는 도무지 어쩔 도리가 없는 것이다."

- 《밤은 부드러워라》, 스콧 피츠제럴드

글쓰기밖에 없었다. 이럴 때의 나는 글을 쓰는 것밖에 할 수 없다. 가장 초라한 모습의 내가, 가장 의미 없는 고통으로 골머리를 앓고 몸서리를 칠 때 결국 나는 일이 아니었더라도 글을 쓸 수밖에 없는 것이다. 그조차 하지 않았다가는 온몸이 터져 죽을 테니까. 이럴 때 글쓰기밖에 할 수 없는 게 너무 슬프다,라는 내용도 글로는 쓸 수 있다. 내게 어떤 식으로 되돌아오는 게 있다면 전부 글을 통해서였다.

'그런 감정을 글로 표현할 수 있다는 건 정말 대단한 거예요' '작가님에게는 남다른 재능이 있고 저는 그게 부러워요…'

재능! 그놈의 재능… 내가 부럽다고! 천만의 말씀. 이렇게 터무니없는 외로움도 재능이라고 한다면, 그야 나도 재능이 있는 거겠지! 그렇지만 내게는 세련된 문구를 줄줄이 쏟아내거나, 별 노력 없이 대단한 글을 펑펑 써내는 그런 재능은… 나한테 없다! 이것이 사실이다! 섣부른 겸양이나 기만이 아닌, 명백하게 객관적인 결론이다…!

'비참하군. 정말 비참해.'

꼴사나운 자기연민. 메타인지의 역설적 자기파멸성. 주제 파악이라는 이름의 비극.

이케아 작업 책상에 고개를 처박으면, 이마에 닿은 곳이 후끈후끈 달아올라서 다시금 땀이 흘렀다. 나는 잠들기 전까지 평소 작업하던 양의 세 배를 썼다.

# 17

# 격리 3일차

열 시 반쯤에 일어났다. 열은 잦아들었지만, 자글자글한 근육통은 여전했다. 상체를 일으켜 침대 머리에 몸을 기대 눕혔다. 어떤 자세로, 어떻게 앉아도 몸이 편치 않았다. 쉬는 게 쉬는 것 같지가 않았다. 힘들더라도 일어나서 뭔가 해야지. 뭔가 하려면 입맛이 없어도 뭘 먹어야지. 인간을 작동시키는 건 번거로운 일이다.

전날 사온 베이컨, 계란, 방울토마토를 구워 우유와 함께 먹었다. 집에 있을 때도 심심찮게 해 먹었던 아침 식사다. 맛으로 먹는다기보단 살아야 하니까, 영양을 보충해 조금이라도 몸에 힘을 보태야 하니까 먹었던 것 같다. 밥 먹은 흔적을 대충 치워놓고 책상 앞에 앉았다. 오늘이 일요일이니까 내일은 월요일이고, 영업일이 새로 시작되는 만큼 편집자에게서도 연락이 올 것이었다. 다행히도 어제는 작업을 많이 해놓고 잤다. 만약 오늘도 어제만큼… 아니지, 어제보다 조금만 더 쓸 수 있다면, 실질적으로 초고를 마감하는 것도 무리가 아니다.

나는 끝이 보이면 무리할 정도로 스퍼트를 내는 편이다. 이런 작업 스타일과 맞물려 마감 후반에 압박감이 축적돼가는 점은 좋지 않지만, 내가 믿는 구석은 그렇게 나온 결과물들이 결코 나쁘지 않았다는 점이다. 오히려 평소라면 하지 않았을, 일일이 쓰긴 좀 귀찮게 느껴졌을 표현들이 튀어나오기도 하고, 괜히 이래저래 늘리다 힘이 빠졌을 부분이 한두 문장으로 깔끔하게 매듭지어지기도 한다. 복잡한 판단이 단순하게 풀리고, 보다 본질적인 요소들에 대해 고민할 시간이 생긴다. 축구선수로 치면 전반에는 '어떻게 컨셉을 잡고 해야 할지' 생각하느라 볼 터치도 제대로 못 하던 놈이, 후반 끝 무렵에 몸이 풀려서 뜬금없이 중거리 때리고 턴까지 돌리는 유형이라고 할 수 있다. 내가 알기로 이런 타입의 선수들은 몇 경기에서 반짝 스타가 될 수는 있어도, 마지막에 보면 일류라고 할 수 없는 커리어를 남기고 떠나는 경우가 대부분이지만. 나는 이삼류조차 아니어도 좋으니 먹고사는 데만 지장이 없으면 좋겠다. 그저 계속해서 글을 쓸 수 있을 정도만이라도.

아, 그러고 보니 정말로 그런 생각을 하면서 살았던 적이 있다. 나는 너랑 '반드시' 결혼할 거라고, 네가 아닌 다른 사람은 상상조차 할 수 없다고. 따라서 내가 글쓰기로 성공하는 것이나, 결혼에 적합할 만큼 번듯한 남자가 되는 것이 이미 결정된 운명 같았던 시절이 있었다. 그렇지. 그때는 분명 네가 있었는데. 내가 방금 쓴 모든 글들을 처음으로 읽고, 내가 경험한 모든 일들을 최초로 보고받았던. 네가 떠난 뒤로는 제대로 된 인간관계를 가진 적이 없다.

2년간 함께 살았던 당시, 나는 동거하는 커플들이 으레 하던 착각을 하며 살았다. '우리'는 이미 가족이 됐다는 착각. 매일 둘이서 밥을 먹고, 대화를 하고, 새로 나온 영화를 보고, 여행을 떠나고, 같은 집으로 돌아와서 함께 잠들었다. 나는 '언제 결혼할까'라는 이야기를 아무렇지 않게 할 수 있다는 것만으로, 이미 결혼한 것이나 다름없다는 생각을 했다. 이제는 어떻게 앞으로 향할지, 확신할 수 있는 미래를 쟁취할 수 있을지만 고민하면 될 것 같았다. 나만 잘할 수 있으면, 뭔가 해낼 수 있으면 된다…

진짜 가족이 될 수 있는 자격. 떳떳하게 인정받을 수 있는 인간이 되기 위해, 창업 실패 이후 끊었던 약을 다시 먹기 시작했다. 항우울제는 지나치게 감정적인 상태가 되거나 충동적인 선택을 하지 않도록 해줬다. 메틸페니데이트는 여러 곳에 한눈파는 습관을 죽이고 한 가지 일에 집중할 수 있게끔 해줬다…

이 약만 먹으면 나는 진취적이고 목적 지향적인 인간이 됐다. 무기력감을 느낄 때조차 일을 하지 않으면 안 되는 인간. 주어진 시간을 효율적이고 생산적인 방식으로 보내야 하는 인간. 매일같이 어떤 식으로든 발전한 모습을 보여야 하는 인간.

심장이 미칠 듯이 뛰었고, 식욕과 성욕과 수면욕이 눈에 띄게 줄어들었다. 난 그저 내가 정상적으로 기능하는 인간이라는 것을 확인하기 위해 밥을 먹었다. 성 기능이 멀쩡하다는 점을 증명하기 위해 관계나 자위를 하고, 하루하루의

효율성을 유지하기 위해 정해진 시간에 약을 먹고 잠에 들었다. 그럼에도 도달되지 않는 일상에는 어떤 착오가 존재했는가?

몇 년간 이어진 투약 생활 끝에, 난 내게 최소 두 개 이상의 인격이 존재한다고 확신했다. 목적 없는 일들로부터 인격이 쪼개지기 시작했다. 난 넋두리나 다름없는 친구들과의 대화에 짜증이 났다. 돈 쓸 일뿐인 데이트와 여행을 조르는 여자친구가 거추장스러웠다. 나는 항상 글을 써야 했다. 뭔가 대단한 글을 써서 위대한 작가로 인정받거나, 몇 만 부가 팔리는 베스트셀러를 내서 유망한 신랑감으로 거듭나길 원했다. 쓸 거리가 전혀 없을 때도, 그럴 마음이 하나도 들지 않을 때도 책상 앞에 앉아 머리를 쥐어뜯었다.

한편 해가 지고 약 기운이 다 떨어지면 나는 극도로 짜증스럽거나 상냥한 인간이 됐다. 주변 사람들은 내 그런 양면성에 당황하며 힘들어했다. 내가 하고 싶은 말이 있을 때만 대화에 끼어들었다. 그저 좋은 사람처럼 보이기 위해, 뒤에서 흉 보여지는 인간이 되지 않기 위해 억지로 웃고 괜한 농담을 흘리고 던졌다.

나는 외로워졌다. 누가 옆에 있을 때에도, 누가 계속해서 나를 바라보고 있을 때에도. 뭔가 더 해내지 못하면 모두가 내 곁을 떠나고 말 거라는 공포를 느꼈다. 마침내 '가족이었고' '가족이 될 줄 알았던' 사람들이 원래 속해있던 차원으로 돌아가버렸을 때 스스로를 변호할 필요성을 느꼈다. 나는 외로우며 고독한, 안목 없는 세상과 투쟁하는 작가가 되어야 했다. 가장 독립적인 개체로 행세해야 했다. 이 사실은 실로 역설적이다. 나는 그 누구보다도 믿고 의지할 대상을 필요로 했는데도.

지금 와서 하는 말이지만, 나는 네가 정말 우습다. 매일 아침 먹는 몇 알의 약으로 다른 사람이 된 것마냥 굴더니. 또렷하고 흔들림 없는 정신으로, 네게 주어진 모든 일을 체계적이고 계획적인 방식으로 해낼 것처럼 생각하더니 아이러니하게도 가장 많은 단어를 쓰고 있는 건 네가 아닌 나구나. 가장 효율적인 공간이라고 자부하던 집에서는, 매일매일 약을 먹고도 지지부진했던 문장들인데. 말 한마디 제대로 못 나누는 타지에 와서, 느려터진 인터넷과 낡은 노트북으로 이 모든 글을 쓰고 있잖아. 열병이 도져서 몸도 제대로 못 가누는 지금, 가장 비효율적이라고 생각했던 내가 튀어나와 못다 한 숙제를 처리해주고 있구나. 주체되지 않는, 감정적이고 충동적인, 예측도 없고 대책도 없는 내가 말이야…

마감 직전 약을 먹지 않고 보냈던 하루는 이날뿐이었다. 진통제와 섞여 무슨 부작용이 일어날지 모르기 때문이었다. 그 판단이 유효했는지 밤이 됐을 때는 열도 통증도 크게 가라앉아서, 당장은 걷거나 뛰는 데 지장이 없는 정도로까지 회복할 수 있었다.

상황은 더없이 특수했다. 특수한 장소에서 특수한 병에 걸렸고, 글쓰기 말고는 다른 할 일도 없는 특수한 궁지에 몰려있었다. 어쨌든 나는 밤늦게까지 계속 글을 썼고, 체크아웃을 열두 시간 앞둔 한밤중에 목표한 분량을 마감할 수 있었다. 분량과는 별개로 나는 그날 내가 쓴 글이 '내가 쓸 수 있다고 생각한 것보다 더 괜찮게 쓰였다'는 점에 크게 놀랐다. 분량적인 측면에서는 출판사의 생각과 늘 간극이 있었기 때문에, 많이 쓴 내용이 잘리거나 부족한 내용을 보완해달라는 요청이 있을지 모르지만.

일단은 끝났다. 고통도 마감도 일시적인 소강상태에 다다랐다. 체크아웃은 다음 날 오전 열한 시였다.

나는 다른 숙소를 알아볼까 생각하다가, 이제 그만 나탈리야에게 의지하기로 했다. 그녀에게 '먼젓번에 말했던 아파트에 묵을 수 있을까요? 증상이 많이 괜찮아졌고 다음 검사를 받을 때까지 머무를 곳이 필요해서요'라고 문자를 보냈다. 나탈리야는 흔쾌히 수락했다. 답장을 보내 아파트 주소를 알려주고, 다음 날 체크아웃을 하는 대로 찾아가면 라파엘이 나와 키를 줄 거라고 했다.

'검사가 끝나도 원하는 만큼 계속 있어도 돼요. 돈은 필요 없으니까 편하게 사용하도록 해요. 우리는 당신을 묵게 하는 데 전혀 부담을 느끼지 않으니까요.'

늦은 밤 나는 냉장고에 못다 먹은 식재료를 털어 간단한 저녁식사를 차려 먹었다. 설거지감이 많아졌는데 '체크아웃할 때 어디까지 치워야 하는지'가 좀 애매했다.

'내일 아침에 일찍 일어나서 알렉세이한테 물어봐야겠네… 안 할 수 있었으면 좋겠는데…'

일단은 이런저런 쓰레기들만 한데 모아 버리기 좋게 놔뒀다. 러시아는 분리수거에 별 신경을 안 쓰는 것 같았다. 아파트 단지에 있는 대형쓰레기통도 한 군데뿐이고. 자원이 많아서 재활용할 필요를 못 느끼는 걸까. 한국에서 오래 살아 분리수거에 익숙해진 내겐 마냥 편하지도 않았다. 뭔가 찜 찜했다.

몸 상태를 점검할 겸 팔굽혀펴기를 몇 개 해봤다. 힘들긴 해도 아예 못 할 정도는 아니었다. 아침이었다면 한 개도 못 했을 텐데. 하루도 안 돼서 이렇게 상태가 좋아지다니 놀라 웠다. 그래도 무리는 하지 말아야지, 하면서도 그날 쓴 글을 한두 차례 돌려보다가 수면제 반 알을 먹었다. 창문을 열었 지만 바람은 불지 않았다. 아래층 어딘가에서 개 짖는 소리 가 두어 번 들려오다 말았다.

**18**

## 격리 4일차

열 시 반쯤 일어났다. 복사 붙여넣기 한 것 같은 문장이지만 전부 일일이 쓴 것임을 알려둔다. 당연히 사실이기도 하다. 몸 상태는 확실히 최악의 고비는 넘긴 것처럼 보였다. 일어 났는데 TV 전원이 제멋대로 켜져 있어서 약간 무서웠다. 자 면서 실수로 리모컨을 누르기라도 했겠지, 싶었는데 리모컨 이 침실 문 바깥에 있는 걸 발견했다. 나는 러시아정교의 하 나님에게, 안 그래도 힘에 부치는 상황이니까 이상한 장난 좀 치지 말라고 했다. 사과 같은 건 듣고 싶지 않다. 이런 건 재발 방지가 중요하다.

　남은 식재료를 입에 때려 박다시피 하고 짐을 싸기 시작했다. 알렉세이는 체크아웃 시간 10분 전에 도착했다. 같이 온 사람은 여자친구나 함께 일하는 동료 같았는데, 집을 같이 정리할 사람인 듯했다. 나는 일단 '설거지 못 해서 미안해'라는 말을 손짓·발짓으로 전했다. 그랬더니 '아, 이런 건 괜찮아'라는 표정으로 따봉을 해 보였다. 그런 상황에서는 따봉만큼 마음 편해지는 제스처는 없었다. 또 내게 번역 앱을 써서 '있는 동안 편하게 지냈어?'라고 묻길래, 나는 쌍따봉을 치켜세웠다. 알렉세이는 크게 좋아하는 내색을 했다. 나는 보증금을 돌려받고, 짧은 작별 인사를 하고, 키를 돌려준 다음 밖으로 나왔다. 앱으로 부른 택시는 내가 있는 위치를 찾는 데 애를 먹고 있는 것 같았다. 러시아에는 일방통행 도로가 많다.

나탈리야가 알려준 주소를 앱에 정확히 입력했지만, 나는 도착하고 나서도 '진짜 여기가 맞나' 싶어서 긴가민가했다. '와르르 맨션' 같은 느낌의 건물들이 'ㅁ' 자 모양으로 배치돼 있었고, 그 중간에 눈 덮인 공터와 이파리 없고 키가 큰 나무들 몇 그루, 그 옆에 어린이용 놀이터가 장식처럼 끼어든 모습이었다.

라파엘은 내가 오길 기다리고 있었던 것 같았다. 도착했다는 문자를 보내기 무섭게 전화가 왔지만, 통화품질이 좋지 않아 나도 라파엘도 서로가 하는 말을 이해하지 못했다. 건물 한 바퀴를 빙빙 돌다 우연히 마주친 것은 다행이었다.

건물에는 엘리베이터가 없었다. 라파엘이 내 캐리어 가방을 들고, 보디가드처럼 앞장서서 맨 꼭대기 층에 있는 아파트 입구까지 안내해줬다. 이건 숙박료를 따로 주는 것도 아닌데. 말은 안 통할지언정 진심으로 내 몸 상태를 신경 써준다는 느낌이었다. 부처 같은 표정에 말도 많지 않지만, 라파엘에게는 그만의 표현 방법이 있었다. 무뚝뚝한 우즈베크 아저씨. 나탈리야가 그의 어떤 부분에 매력을 느꼈는지 조금 알 것 같았다.

나탈리야가 '남는 아파트가 있다'라고 이야기했었기 때문에, 나는 내심 '또 하나의 숙박용 부동산'으로 마련해둔 것은 아닐까 하고 생각하기도 했다. 하지만 나는 그 아파트의 위치로 보나 겉보기로 보나 '여행객들을 묵게 해주고 돈을 받는다'라는 발상이 불가능한 곳임을 깨달았다.

아파트는 도심과 꽤 떨어진 위치에 있었다. 주위에 높고 화려한 건물은 찾아볼 수 없었다. 어제까지 있던 곳이 개발하다 손을 놓은 신도시 분위기였다면, 이곳은 내가 유년시절을 보냈던 주공임대아파트와 더 비슷한 느낌이었다. 말이 '주택공사' 관할이지, 그곳에 살던 사람들은 누구나 조금쯤 버려진 듯한 기분을 갖고 살았다. 지어진 지 40년이 다 됐지만, 재개발은 고사하고 그곳에서 살아남는 것 자체가 일종의 투쟁이었던 곳. 등하굣길에 있는 담벼락에는 락카로 '섹스'라고 쓰여 있고, 사람이 살지 않는 줄 알았던 호수에 어느 날 문득 구급대원들이 찾아와 사체를 싣고 나가는, 녹이 슬은 놀이기구에 다친 아이가, 보기 흉한 자국과 함께 돌아와 같은 놀이터에서 뛰어야 했던 곳.

하여간 그곳은 일반 여행객들이 오지 않는, 정말 대다수에 속하는 러시아 사람들이 살아가는 구역 같았다. 그런 데에서 나 같은 인간이 며칠을 버틸 수 있을지… 뭐, 해낼 수밖에 없다. 호의를 베풀어달라고 부탁해놓고, 이제 와서 '저, 여기는 침대도 없고, 인터넷도 안 되고, 책상도 없고, 뭣보다 너무 낡았는데… 그냥 다른 데서 지낼래요' 하고 말을 바꾸는 것도 엄청난 결례 아닌가. 당장은 무료로 눈붙일 곳이 생긴 것만으로도 감사해야 한다. 일찌감치 음성이 나오지 않는 이상, 최소 한 주 동안은 격리 생활을 해야 할 텐데. 숙박

비라는 게 한두 푼 나가는 것도 아닌 데다가, PCR 검사에도 1,600루블이 든다. 요컨대 여기서는 최대한 비용을 줄이면서 격리 생활을 버텨나가는 것이 가장 슬기로운 옵션인 것이다.

좋은 점도 없지는 않았다. 우선 창문이 커서 해가 잘 들었다. 중앙난방으로 덥혀진 공기 덕분에 춥지도 않았고, 수건이 없어서 그렇지―안 쓰는 아파트라고 했으니 당연한 거지만―온수도 잘 나오는 편이었다. 블루투스 스피커도 있었다. 예전에 쓰던 보스 사운드링크…랑 똑같은 디자인에 무명 브랜드의 저가 제품이었다. 사운드 자체는 신통치 않지만 귀에 꽂지 않고도 음악을 틀어놓을 수 있는 건 큰 장점이었다. 나는 비틀스의 〈애비 로드〉 앨범을 틀어놓고, 'Something'을 따라 불렀다. 병이 잦아들어서인지 기분도 훨씬 좋아졌다.

거실 바닥에 헤링본 무늬가 깔려있었다. 처음 봤을 때는 나무인 줄 알았는데, 그냥 장판이었다. 꽃무늬 천으로 표면을 덧댄 소파가 좌우로 놓여있었고, 침대가 없으니 그중에서 가장 길고 옆구리가 터져 솜이 보이는 소파 위에서 잠을 자야 할 것이었다. 거실 정면으로는 좌우로 넓은 대신 앞뒤가 좁은 발코니가 있었다. 정남향으로 창이 나있어 볕이 엄청나게 잘 들었다. 대낮에 그 옆에서 TV를 보고 있으면 살이 다 탈 것만 같았다.

발코니 창살은 목재로 돼있었다. 비바람을 많이 맞은 것 같은 낡은 나무 재질이었는데, 나로선 그것이 이 아파트의 '전근대적 분위기'에 절대적 영향을 미치는 것같이 보였다. 아무래도 우리나라에서는 아무리 못사는 집이라고 해도 창살은 금속으로 해놓는 것이 일반적이니까… 글쎄. 좀 위험하지 않나? 쇠망치 같은 걸로 두드리면 퍽 하고 부서질 것 같은데. 현관문 잠금은 3중, 5중으로 철통—심지어 진짜 철문이다—같이 해놓으면서 창살은 나무로 해놓는다니… 밸런스가 좀 안 맞는 것 아닌가? 아무래도 비용 문제일까? 그런 건 미리미리 생각 좀 해놓으라고.


나는 사실상 '마감을 했다'라고 이야기할 수 있는 분량을 뽑아낸 상태였기 때문에, 조금은 홀가분한 마음으로 편집자에게 연락을 했다. 글도 잘 뽑혔기 때문에 나름 자신만만한 느낌도 있었는데, 그게 편집자 뇌리의 무언가를 잘못 건드린 건지 "아무래도 한 편 정도 작업을 더 해주시면 좋겠습니다"라는 말을 들었다.

'나를 괴롭히는 걸 좋아하는 건가…?'

다만 편집자가 어떤 이유로 책 전체의 밸런스를 이야기할 때는, 나도 모르게 '그러게 한 편 정도 더 쓰면 좋긴 하겠다' 하고 수긍이 가버렸기 때문에 결국 나는 한 꼭지를 더 써서 주기로 했다. 최종적으로는 더 좋은 책을 내기 위한 과정이 니까. 내가 쓰는 글과 그 글이 실릴 책의 완성도에 대해, 이만 큼이나 신경을 써준다는 건 좋으면 좋았지, 결코 나쁜 현상 은 아닌 것이다. 문제는 내게 그럴만한 기력이 남아있는가 의 여부이지만.

라파엘의 아파트에는 작은 부엌과 테이블이 있었다. 꾸며 진 모습이라고는 없이 자연스러운 가정집 주방이었다. 지금 당장 근처에 있는 아무 러시아 가정집에 콱 침입해도 그 비 슷한 광경이 나올 것 같았다. 나탈리야는 '음식이나 약같이 필요한 게 있으면 연락하라'고 했지만, 그녀나 라파엘이나 엄연히 자기 업무가 있는 사람이었다. 지금 사는 아파트에 서 여기까지 왔다 갔다 하게 만드는 것도 미안한 일이고 해 서, 나는 가장 가까운 식료품점을 찾아 간단히 장을 봐왔다.

간단히 조리해 먹을 수 있는 햄과 컵라면, 2리터짜리 생수와 주스, 빵 같은 것들을 봉투에 싸 돌아오면서, 나는 '러시아에서 장 보는 것도 좀 익숙해졌네'라고 생각했다. 상황이 이렇게 굴러가다 보니 어쩔 수 없는 것이긴 하지만 이런 타지에서 장보기 스킬이 상승하는 것은 또 새로운 기분이었다.

장을 보고 와서 컵라면을 하나 먹어 치웠다. 세수와 양치를 하고 소파에 누워 한숨 돌리다 보니 깜빡하고 잠이 들었다. 정신을 차렸을 땐 이미 해가 지고 없었다. 발코니 밖으로는 눈 쌓인 풍경과 빛바랜 가로등 불빛이 단지 중심을 비추는 모습이 슬그머니 보였다.

'으으… 뭐지? 이 자괴감은.'

그러고 보니 오늘은 생존하는 것 이외의 일을 전혀 하지 않았다. 몸이 그렇게 아픈 것도 아니고, 어디로 열심히 이동하지도 않았는데. 그냥 이곳에 자리를 잡는 일만으로 하루를 다 소비해버렸다는 것이 개탄스러웠다. 나는 블루투스 스피커를 켜서, 내 휴대용 디바이스에 저장되어있는 음악 중 가장 웅장한 것을 틀어놓았다. 이윽고 베토벤의 9번 교향곡이 라파엘의 아파트 거실을 가득 채웠다.

'이제 좀 낫네.'

새벽까지 글을 쓰다가 약을 먹고 잠들었다.

여로

# 19

# 격리 5일차

해가 일찌감치 중천에 떴다. 커튼이 얇은 건지 볕이 너무 잘 드는 건지. 자다가 눈살을 찌푸리며 소파에서 굴렀다. 나는 그대로 방바닥에 엉덩이를 대고 앉아서, 뒤통수를 벅벅 긁으면서 내가 처한 상황을 하나둘 기억해내기 시작했다. '그렇지. 나는 러시아에 있었어' 같은 큰 정보부터 '시베리아 한복판에 있는 도시에서 코로나에 걸려서' '묵고 있던 숙소 호스트가 빌려준 낡은 아파트에 신세를 지는 중이었지'까지.

… 역시 암울하다. 아무래도 뭔가를 먹어야겠다는 생각이 들었다.

러시아에서 가스레인지를 사용해보는 건 처음이었다. 다

른 집도 이런 건지 라파엘이 구식을 좋아하는 건지는 모르겠는데, 이곳 가스레인지에는 정말 '가스만' 나왔다. 불은 옆에 있는 성냥으로 그어다가 수동으로 붙여야 했다. 그런데 이걸 잘못했다가 손에 불이 옮겨붙어서, 진짜 '파이어 펀치'가 돼버리면 어떡하지… 왠지 겁이 나서 멀쩡한 성냥을 세 개나 낭비해버렸다. 미안해요, 라파엘. 물론 라파엘은 쿨한 상남자이기 때문에, 성냥 몇 개 없어진 것쯤은 신경도 안 쓰겠지만.

장 볼 때 사왔던 소시지를 몇 개 구워서 주스와 함께 먹었다. 어째 이상하게 탄다 싶어서 들춰보았더니, 하나하나 종이 비닐이 씌워져 있어서 황급히 벗겨내야 했다. 소시지 자체는 육즙이 풍부해 가격치고 맛이 괜찮았다. 마지막 하나를 집어 입에 물고 있을 때 나는 무심결에 휴대폰 잠금을 풀어봤다가 캘린더 알림이 뜬 걸 보았다… 어. 뭐야. 오늘 일정 같은 게 있었나? 화면을 가까이 당겨서 보니 '실업급여 신청일'이라는 일곱 글자가 떡 하니 적혀있었다.

'아차!'

나는 소시지 토막이 목에 걸려 하마터면 질식사할 뻔했다.


내가 어째서 실업급여를 받고 있는지를 설명하자면 쓸데

없이 긴 이야기가 된다. 오래전에 책 계약은 되어있었지만 출판이 되지 않아서, 지난 몇 달간은 실제로 실업 상태이기도 했기 때문에 고용보험 가입 이력 자체는 생활에 큰 도움이 됐다.

　문제는 이 실업급여라는 것이 한 번 신청해놓으면 고용상태로 돌아갈 때까지 돈이 따박따박 나오는 것이 아니라, 한 달에 한 번씩 온오프라인으로 실업 신고라는 행정절차를 해야 지급된다는 점이다. 취직한 사실을 속이고 실업급여를 받아가는 짓을 방지하기 위해서라나. 혹시나 해서 예전에 맺은 출판사와의 계약도 고용으로 치느냐고 전화로 물어보았더니, '아, 그건 상관없어요. 실업급여 기간 중에만 노동으로 소득이 발생하지 않으면 됩니다'라는 답변을 받았다.

　하기야 프리랜서 작가는 웬만해서 어디 고용되었다고 할 수 있는 입장이 아니다. 러시아 소설처럼 단어 수대로 고료를 받는 것도 아니고 책이 나오면 팔리는 만큼 인세를 받을 따름이다. 적어도 그때까지는 '일은 하지만 소득은 없는' 노동형 실업자 신세로 역설적인 시기를 보내야 한다. 어쩌면 이걸 구직기간이라고 봐도 괜찮지 않을까? 그 공백 기간에 고용보험의 혜택을 받아보자는 것이 몇 달 전 나의 아이디

어였고, 한 달 하고 반 정도 급여를 받으며 (당장은 무급인) 원고에 집중할 수 있었다.

하나 이 점에 대해서 나는 여러 가지 오산을 했다. 일단 러시아에 이렇게 오래 있게 될 줄 몰랐고, 일정이 불확실하기는 해도 적당히 현지에서 인터넷 연결만 되면 처리할 수 있을 줄 알았던 것이다. 실업급여 악용 방지를 위해 해외에서 접속을 못 하도록 해놓았을 줄은… 꿈에도 몰랐다. 휴대폰 유심까지 바꿔 끼워가며 별의별 짓거리를 하고 나서야 겨우 알아낸 사실이었다.

'그럼 이렇게 내 실업급여가 날아가는 건가? 돌아가자마자 택시라도 몰아야 할 판인걸…'

다행히 신청일로부터 14일 내로 센터를 방문하면 날짜 변경이 가능하다는 정보를 찾았다. 한 달 치 실업급여라고 하면 돈이 한두 푼이 아니다. 러시아에서 자살하고 갈 게 아니라면—물론 자살하고 나면 갈 필요가 없겠지만—2주 이내에 돌아가서 행정절차를 밟는 수밖에는 없다. 공교롭게도 이날로부터 14일이 지난 그 날짜는 3월 8일이었고, 내가 임시로 예약해둔 귀국행 비행기 도착 당일이었다. 현지 시각 기준.

'어떻게든 쫓기게 되어있구나. 내 인생이라는 것은…'

이렇게 쪼들리는 상황 자체는 익숙했다. 다만 익숙하다고 해서 아무 감정이 샘솟지 않는 것은 아니다. 뭐든 적당히 풀려줄 생각이 없는 삶에 넌더리가 났다. 진짜 염병하고 환장할 지경이다.

앞으로의 일정이 어떻게 될지 모른다는 점 때문에, 나는 일도 휴식도 편히 할 수 없는 처지가 돼있었다. 그때 영사관 직원에게서 문자가 왔다.

'몸 상태는 좀 어떠세요. 한 번 더 검사를 받고 싶으면 말씀하세요. 전화로 다시 예약해드릴게요.'

생각해보니 그렇다! PCR 검사에서 도로 음성이 나오기만 하면, 일주일이고 열흘이고 계속 격리돼있을 필요도 없지 않나? 나는 정말로 몸 상태가 많이 좋아진 참이었다. '이 정도면 바이러스 같은 건 없어진 지 오래겠지'라는 판단이 서서, 조금 이르긴 하지만 곧바로 검사를 받아보기로 했다. 직원 분은 흔쾌히 예약을 다시 잡아주었고, 나는 예약 시간인 오후 세 시 30분에 맞춰 한 번 더 검사소를 찾았다.

검사소는 여전히 인적이 뜸했다. 러시아에서는 돈 주고 PCR 검사 따위를 받는 게 이상한 일인가, 여기선 내가 유난을 떠는 건가 싶은 마음이 생겨 태도가 쭈그러들었다. 검사 자체는 역시 금방 끝났고, 결과는 다음 날 오후에 나온다는 말을 듣고 돌아 나왔다.

돌아가는 택시를 잡으려고 지도 앱을 켰더니, 도보로 5분 거리에 맥도날드 지점이 있는 것이 보였다. 실업급여 문제를 알아보느라 점심도 걸러서 마침 배도 고팠다. 뚜벅뚜벅 걸어가니 익숙한 아웃테리어가 보였다. 키릴 문자로 쓰인 맥도날드Макдоналдс도 낯이 익었다. 햄버거 가격은 우리나라와 비교해 엄청 저렴했다. 점심시간도 아니었는데 빅맥 단품이 130루블… 우리 돈으로 이천몇백 원밖에 하지 않았다. 나는 세트를 주문했다. 호출한 택시가 도착할 때까지 테라스 자리에서 감자튀김을 몇 개 집어먹었다.

아파트에 돌아와 식사를 마치고 잠들었다. 식곤증과 불면증이 공존 가능하다는 점은 꽤 흥미롭고 짜증스럽다. 오후 일곱 시에 일어나면 영 하루가 하루 같지 않다. 또 한 번 쫓기는 마음으로 노트북을 펴서, 추가 마감 원고를 작업하고 밀린 일지를 쓰다 새벽을 맞았다. 골이 아프면 손가락 관절을 세워 관자놀이를 찔러 눌렀다.

**20**

# 격리 6일차

열한 시 반쯤 일어났다. 아침은 대충 챙겨 먹었다. 남아서 굴러다니는 쿠키 두어 개와 우유 한 잔을 먹었을 뿐이다.

'좋아. 이제 오후 두 시에 음성판정이 나오길 기다리기만 하면 되는 거겠지.'

입이 텁텁해 양치를 하고 나서, 소파에 누워 딱 그렇게 생각하고 있을 무렵에 결과 메일이 왔다. 역시 '다음 날 오후 두 시'라는 건 습관처럼 하는 말이었다. 실제로는 정오에 온다. 나는 또다시 양성판정을 받았다. 러시아어는 못 하지만 대번에 알 수 있었다. PDF 파일 중간에 'ОБНАРУЖЕНА(발견됨)'이라는 글자가 처음 검사했을 때와 똑같이 출력돼있었다.

바뀐 건 아무것도 없었다. 나는 계속 격리되어있어야 했다.


'다시 양성 판정을 받았어요. 알아보니 이거, 완치가 되어도 양성이 나올 수 있다고도 하던데… 러시아에는 다른 격리해제 기준이 없나요?'

'없어요'라는 영사관 직원의 대답이 돌아왔다. 이동이 자유로워지려면 음성을 받는 수밖에 없다는 것이다.


"—아, 씨발! 오-우, 우어어! 씨!! 발!!! 씨이-이—발!!"

나는 라파엘의 집에서, 이미 낡아서 속이 터진 소파에다가 주먹을 내지르며 소리쳤다. 누가 잘못한 건 없었다. 굳이 잘잘못을 따지자면, 몸 상태가 좀 괜찮아졌다고 해서, 영사관의 연락을 받고 괜히 '오늘쯤 검사를 해보면 좋을 것 같다'고 말한 내 쪽에 있었다. 성급한 판단이었다. 아무리 백신을 맞았다고 해도, 신체 건강한 이십 대 남자라고 해도 닷새 만에 바이러스가 자취를 감춰줄 리 없었다. 직원분으로서는 내가 자신있게 이야기하니 예약을 잡아줬을 뿐이고, 검사소는 검사를 해달라고 하니 검사를 해줬을 뿐이다.

그렇지만 이건 부조리하다. 정말로 이건 부조리하다. 검사를 받을 때마다 내야 하는 1,600루블은 그렇다 치자. 왔다 갔다 하는 데 드는 돈과 시간도 그렇다 치자고. 하지만 다 나아도 양성이 나올 수 있다는 것은, 이 여행지에서의 답답한 구금 생활이 대체 언제까지 계속될지 알 수 없다는 이야기였다. 최악인 건 그 가운데 내가 할 수 있는 게 없다는 것이다. 잘 먹고 잘 쉬는 것? 그건 이 이상으로 할 수가 없다. 꼬박꼬박 검사소에 가서 코를 후벼 파고 돈을 내는 것? 그것도 이미 하고 있는 짓거리다. 아마도 다음 날쯤, 다다음 날 쯤에 또다시 검사를 받고, 또다시 '여길 빠져나갈 수 있다'는 희망에 가득 차 그 다음 날 정오가 되면, 또다시 양성이 확인되었다는 서류를 받고 이러한 좌절을 할 것이다. 자기 존재를 버텨보고자 한계의 한계까지 부풀렸던 기대감과 이내 폭력적인 단어 몇 개로 쓸모없어진 잔해들을 치우며 나락으로 침잠할 것이다.

인생이 이런 식으로 나를 골탕 먹이는 데 진절머리가 났다. 내가 겪어야 했던 불행은 대체로 모호하고 추상적인 것들이어서, 나는 내 상황을 설명하기 위해 탁월한 표현력을, 나를 부지해줄 동정과 연민을 이끌어 내기 위해 끈질긴 인내심을 동원해야 했다. 예컨대 나는 고아로 태어나지 않았지만, 고아나 다름없이 살고 있다는 것을 설명하기 위해 아버지의 이른 죽음이나 어머니와의 절연을, 족보가 꼬인 친척들은 남이나 마찬가지라는 사실 따위를 늘어놓아야 한다. 차라리 천애 고아로 태어나버린다든가 하는, 누가 봐도 명백하고 뚜렷한 불행은 내게 주어지지 않았다.

아마도 나는 암에 걸리지 않을 것이다. 왜냐하면 암은 너무도 알아보기 쉬운 확실한 불행이기 때문이다. 만약 머리 어딘가에 암인지 뭔지 모르는 종양이 발견되었고, 그 크기가 너무 애매해서 검사를 받을 수 있는 병원이 몇백 킬로미터 멀리에 있는데, 막상 가보면 진료를 볼 수 있는 의사가 부재중이어서 돌아올 때까지 근처 민박을 알아보아야 하는, 옆에는 도와줄 사람도 없고 몸 상태도 좋지 않지만, 또 도저히 걸어 다닐 수 없을 정도는 아닌 그런 모호한 부류의 불행들이 연달아 일어나고…

따라서 내가 겪은 어려움에 대해서 상세히 설명하는 것은, 이건 뭐라 말할 수 없이 짜증스러운 일이고, 나 자신조차 '사실은 내가 불행한 게 아니라 유독 불평불만이 많은 인간일 뿐인 게 아닌지' 의심하게 되는 절차라고 볼 수 있다. 나는 전부 관두고 화장실에 갔다. 혼탁한 전등 아래에 작은 거울이 보였다. 내 머리카락은 정확히 사람을 거슬리게 만드는 길이로 자라있었다. 타일에다가 머리를 몇 번 처박았다. 이마가 깨질 것같이 아팠지만 피가 날 정도는 아니었다. 항상 그런 식이다.

식재료가 전부 떨어져 근처 슈퍼마켓에 들렀다. 커다란 생수와 과일주스, 햄, 빵과 컵라면 같은 것들을 샀다. 신선식품 매대에 '김치'라고 쓰인 것이 있어서 헐레벌떡 주워 담았다. 김치보다는 양배추절임에 가까운 것이긴 했지만, 그만해도 반찬으로는 훌륭하게 느껴졌다. 아파트로 돌아와서 사온 음식들을 되는대로 입에 욱여넣고 소파에 누워 잠들었다.

오후 여덟 시가 돼서 일어났는데, 정신없이 잤지만 개운한 느낌은 전혀 없었다. 머리는 더 이상 아프지 않았는데 이제는 몸이 부대꼈다. 방 안 공기가 답답해 문을 열자 10초 만에 추워졌다. 금방 살갗이 따갑게 느껴질 정도였다. 하지만 그렇게라도 신선한 바람을 쐬지 않으면. 그렇지 않았다가는.

'정말 개좆 같은 하루구만… 긍정적으로 볼 구석이 하나도 없어.'

많은 일들이 일어난 것 같지만 그렇지도 않았다. 나는 오늘도 격리돼있었고, 아무것도 하지 못했다. 이미 지나간 시간을 더듬으며 추억에 빠지는, 힘들긴 했지만, 보람은 있었던 그런 하루들이 먼 과거의 일인 양 느껴졌다.

# 21

격리 7일차

수면제를 먹지 못해 새벽 다섯 시 반까지 잠을 설쳤다. 이젠 남은 분량이 얼마 안 되는 책과 실시간 콜드브루처럼 짜 먹는 인터넷 서핑을 모두 관두고 소파 팔걸이에 머리를 기댔다. 누워서 꺼져있는 전등 속을 바라봤다. 꺼트린 지 몇 시간이 지났는데도 빛의 잔상 같은 것이 남아있었다. 나는 그것이 꼭 달처럼 보이기도 하고, 이른 아침 첫눈이 소복이 쌓인 맨홀 뚜껑 같아 보이기도 한다는 생각을 하며 의식을 잃었다.

　역시 열한 시 반쯤 일어났다. 꿈속에서의 나는 왠지 한국에 있는 집 거실에 앉아서 선거 개표 방송을 보고 있었다. 숫자가 비등비등했던 것은 기억이 나지만 끝내 결과는 보지 못했다. 꿈속에서의 일이기는 해도 왠지 긴장이 돼서, 잠을 깰 땐 이마에 땀이 맺혀있을 정도였다. 왜 이런 꿈을 꾼 것일까. 나는 선거에 그렇게 관심이 있는 편도 아닌데.

사실 이건 조금 부끄러운 말일지 모르겠다. 요즘 들어서는 선거야말로 민주주의의 꽃이며, 이 작은 나라에서 일어나는 온갖 정치적 소재에 관심을 기울이고 제 나름의 신념을 관철하는 것이 민주시민의 의무라고들 하니까. 하지만 나는 대통령 선거같이 큰 이벤트에는 관심이 없다. 아는 것도 많지 않다. 듣기 싫어도 들리는 이야기들이나 인터넷 기사 몇 개를 읽은 것이 전부다. 정치적 무관심이라고까지는 할 수 없을지 모르겠지만, 누군가 나더러 '당신은 신념도 의지도 없는 무기력한 대중이다'라고 말한다면 반박할 건덕지가 없다. 정말이지 무기력한 것이 사실이다.

내게 정치적인 문제 같은 것들은 너무도 멀게 느껴졌다. 물론 그런 문제들이 실제로는 나의 삶과 그리 먼 곳에 있지 않으며, 당장에 정권이 바뀌거나 정부 시책에 변화가 생기거나 했을 때는 내게도 크고 작은 영향을 미쳐올 것이다. 아무리 나라도 그 정도는 알고 있다.

그러나 나는 그런 것들보다는, 사람들이 기껏해야 두세

부류의 인종으로 나뉘어 서로 신경을 곤두세우는 모습이 훨씬 가깝게 느껴지는 것이다. 선거의 결과로써 누가 당선이 되고 하는 건 두렵지 않다. 승자와 패자의 사상이 구분되는 것, 거기에 뒤따라올 무조건적인 반목과 냉소가 두렵다. 지금도 인간은 이렇게나 슬픈데. 하루하루를 견디는 마음으로 살아야 할 만큼 외로운 존재인데. 다가올 사건들이라곤 하나같이 선을 긋고 구별하는 일들뿐이다. 나는 그런 일에 대해 일련의 판단을 하는 데 무진장 서투른 인간인 것이다. 주체할 수 없을 만큼의 슬픔을 느낄 때, 나는 속으로 눈물을 닦느라 생각하기를 멈춰버린다.

공교롭게도 이날 아침에는 러시아가 우크라이나를 침공했다는 기사를 읽었다. 나는 햇빛을 확인하고자 커튼을 치고, 베란다 문을 열어 공기에 화약 냄새가 섞여 있지는 않은지 확인해봤다. 놀라울 정도로 별다를 것 없는 공기. 그렇지만 놀랄 일도 아니었다. 우크라이나의 수도 키이우는 이곳에서 수천 킬로미터나 떨어진 곳에 있었다. 내가 있는 시베리아, 크라스노야르스크에는 이따금 눈이 날리고, 새들이 다세대 주택 건물 사이를 날아다니며 지저귀며, 작은 놀이터에서 핑크색 패딩을 입은 꼬마아이들이 술래잡기를 한다.

그리고 나는 라파엘이 내준 낡은 아파트에서, 언제 끝날지 모르는 격리 생활을 이어 나가고 있었다. 비극의 크기는 절대적일 수 있어도, 거리는 상대적일 수밖에 없는 것이다. 그런 가운데 나는 내게 주어진 의무며 권리 같은 단어들을 나열할 능력이 없다.

아침부터 몸 상태가 무척 좋았다. 이제는 목도 전혀 따갑지 않았고, 코도 원래 비염이 있던 정도를 빼면 정상적으로 돌아왔다. 안 아픈 걸 넘어 최고조의 컨디션이었다. 지금이라면 120킬로미터의 직구도 거뜬히 뿌릴 수 있을 것 같았다.

나는 영사관 직원분에게 세 번째 PCR 검사를 예약해주실 수 있겠느냐고 정중히 부탁했다. 조금 이른 감이 없잖아 있었지만, 어차피 검사 결과가 나오는 데는 꼬박 하루가 걸린다. 미리 받아두어서 나쁜 거라면 매번 돈이 든다는 것인데… 세 번째 검사 비용까지 다 합쳐도 한국에서 한 번 검사받는 비용보다는 저렴하니까, 그리 억울하다고까지 할 일은 아니었다. 다만 내일이면 이동이 자유로워질지 모른다는 기대를 품었다가 또 좌절하는 것이 두려울 뿐이었다.

직원분은 흔쾌히 다시 예약을 잡아주었다. 나는 몸을 씻고,

양치를 하고, 혹시나 비강에 남아있는 바이러스 찌꺼기인지 뭔지로 양성이 나오는 건 아닐까 싶어 코 세척까지 했다. 코 세척 용기와 식염수는 아파트 옆 건물에서 살 수 있었다.

'나는 다 나았어. 이제 하나도 아프지 않아. 검사가 정확하게만 이루어진다면 음성이 나올 거야…'

그런 생각을 하며 또다시 같은 길을 지나, 예약 시간에 맞춰 검사소로 향했다. 이제는 익숙한 'ABV' 간판이 보였다. 한국말은 물론 영어도 못 하는 간호사들조차 내 얼굴을 알아보고 인사를 건넸다.

"즈드라스부이쩨(안녕하세요)"

"즈드라스―"

하긴 같은 검사소에 PCR 검사를 세 번씩이나, 그것도 외국인이 받으러 오는 경우는 흔치 않을 것이다. 이번에도 똑같은 간호사가 내 코에 들어갈 면봉을 준비했다.

"트리에(벌써 세 번째예요)"라고 나는 말했다. 그리고 두 손을 모으고 기도하는 시늉을 했다. 간호사가 빙긋 웃었다. 그리고 모든 게 잘될 거라는 듯, 장갑을 낀 손으로 어깨를 툭툭 치고는 마스크를 내려보라는 손짓을 했다. 세 번째 검사가 끝났다. 결과는 늘 그랬듯, 내일 오후 두 시에 나온다고 했지

격리 7일차

235

만, 사실은 정오 무렵에 도착할 것이다.

　돌아가는 길, 먼젓번처럼 맥도날드에 가는 건 좀 지루할 것 같아서, 몇 분 더 걸어 KFC 매장까지 가 작은 치킨박스를 사왔다. 이것으로 할 수 있는 것은 다 했다. 남은 건 내일까지 하기로 돼있는 원고 편집본 검토와 일부 고쳐 써야 할 글들을 수정하는 것. 숙소로 돌아와 일을 하다가 잠들었고, 다시 일어나서 일을 하다 보니 해가 저물고 밤이 돼있었다.

　그러나 한 가지 해야 할 일이 더 남아있었다. 이렇게나 갑갑한 상황 속에서도, 나는 내 나름대로 의연하게 대처했다는 것을 적어두어야 한다. 검사소 앞 택시에서 막 내렸을 때, 비염으로 코를 훌쩍거리고 있었을 때, 나는 다시 한번 코에다 식염수 통을 꽂아 넣고 비강을 씻어냈다. 그 밖에 내가 어쩔 수 없는 결과에 대해서는, 실망하지 않을 수야 없겠으나. 하다못해 불평만큼은 내일로 미뤄두기로 하자.

# 22

## 탈출

세 번째 검사 결과에서 음성이 나왔더라면 나는 이 도시를 후련한 마음으로 떠날 수 있었을 것이다. 일주일간의 격리는 권고사항일 뿐이다. 어디 가서 '저는 확진 판정을 받고 일주일간 자가격리를 한 다음 몸 상태가 완전해진 상태로 복귀했어요'라고 이야기하는 것보다는 'PCR 음성 나왔어요. 됐습니까?' 하고 뻗댈 수 있는 쪽이 좋으니까.

어쨌든 나는 25일을 기해 크라스노야르스크를 떠날 작정이었다. '완치된 이후에도 한두 달간은 양성반응이 나올 수 있다'는 몇몇 보도가 거짓이길 바라며 격리 마지막 날짜에 결과가 나오게끔 코를 쑤셨지만, 결과적으로 '확실한 통행 증명서' 없이 도시를 떠나야 하는 상황이 됐다. 모스크바와 상트페테르부르크를 거쳐 무사히 귀국하려는 일정에 범죄적인 분위기가 도사리기 시작했으나, 어쩔 수 없다. 푹 쉬어 지나칠 정도로 건강해진 내 몸 상태를 믿고 가는 수밖에. 러시아에서조차 도망치는 기분으로 떠나야 하는 것이 참 '내 인생스럽다'는 생각이 들었다.

밤사이 나탈리야에게 연락이 와있었다. 내일 근처에 장 보러 갈 건데 필요한 게 있으면 사다 주겠다는 내용이었다. 나는 괜찮다고, 귀국 일정을 맞추기 위해 오늘부로 크라스노야르스크를 떠날 작정이라고 답장했다. 그동안 정말 신세를 많이 졌다,는 말은 이미 많이 했지만 또 했다. 당신 덕분에 그나마 버틸 수 있었고, 이 도시도 나름대로 좋은 기억으로 남을 거라는 말과 함께. 이젠 정말 안녕이다.

핵심은 '최대한 접촉을 최소화하며' 다른 도시로 옮겨가는 것이다. 처음에는 차로 이동하는 것을 생각했다. 가장 저렴한 옵션은 현대 솔라리스를 빌려 열 시간 동안 달려 노보시비르스크에 반환하는 것이었다. 눈길 운전이 만만찮겠지만 다른 차들을 잘 따라가다 보면 큰 문제는 없지 않을까. 노보시비르스크는 크라스노야르스크보다 더 큰 도시이고(그쪽도 여전히 시베리아이긴 하지만) 여차하면 인천으로 가는 직항 비행기를 탈 수도 있었다. 일단은 거기 도착해서, 상황을 지켜보다 모스크바 방향으로 더 이동할지 아니면 이대로 여정을 끝낼지 결정하면 될 일이었다.

그렇게 큰 방향은 결정되었지만, 자동차를 빌려서 간다는 아이디어 자체는 현실적인 이유들로 인해 좌절되었다. '다른 도시에서 반납' 옵션을 적용했을 시에 자동차 대여 비용에 무려 2만 루블(!)이 추가된다는 것을 뒤늦게 알았고, 무엇보다 영사관 직원이 내 얘기를 듣자마자 식겁하면서 점잖게 뜯어말렸기 때문이다.

'겁주려고 하는 말은 아니고, 정말 러시아에서 운전하다가 강도 만나서 다 털렸다는 신고가 엄청 들어와요. 진짜 조심하셔야 해요…'

강도… 그러고 보니 강도는 생각하지 못했다. 짧은 거리도 아니고 그렇게 긴 거리를 운전하는 중에 강도 같은 걸 만났다가는… 꼼짝없이 시베리아 벌판에서 얼어 죽을 운명에 처할 것이다. 역시 차를 빌리는 건 관두자,라고 결정하고 나니 남은 선택지는 하나밖에 없다. 이젠 횡단열차뿐이다. 고속버스 같은 걸 알아볼 수도 있겠지만, 그건 어디로 보나 '접촉을 최소화하며 움직이는 방법'은 아니다. 칸칸이 구분된 열차보다 못하면 못했지 더 나은 교통수단은 못되는 것이다. 나는 결국 노보시비르스크로 가는 당일 열차를 찾아 예매하기로 했다.

—하지만 그렇게는 안 됐다.

그전까지만 해도 잘만 작동되던 횡단열차 예약 앱이 먹통이 된 것이다. 정확히 말하면 시간대는 볼 수 있는데 결제가 되지 않았다. 여정도 확정하고, 여행자 정보도 입력하고, 카드번호 확인까지 전에 하던 그대로 했는데…

몇 번을 시도해도 'Payments was declined'라는 안내창이 떴다.

'뭐지 이게… 설마 확진자는 철도편 예약도 못 하게 막아놓은 건가? 아니면 전쟁 물자를 옮기느라 민간인 이동은 차단된 건가?'

그게 사실이라면 러시아 정부는 정말 무시무시하다고밖에 할 수 없다. 그러나 나는 번역 앱과 철도청 앱을 수십 번 왔다 갔다 하면서 온라인 고객센터에 문의해보았고, 그 결과 철도예약에서 '우리는 그렇게까지는 안 하며' '예매 앱 자체가 자주 먹통이 되니까 전화나 현장에서 예매하면 될 것 같다'는 답변을 받았다. 러시아말을 못하니 전화 예약은 논외이고, 결국은 직접 가서 승부를 보는 수밖에 없다⋯

역까지 갔는데 표를 못 사서 다시 돌아올 여지도 없지 않지만, 그래도 일단은 짐을 꼼꼼히 싸고, 방과 부엌에 있는 잡동사니들을 한데 모아 쓰레기봉투에 집어넣었다. 지금 보니 며칠이나 지낸 것치곤 꽤 깔끔하게 산 것 같았다. 소파는 원래부터 터져있었다.

라파엘의 집과 작별하는 것은 의외로 어렵지 않았다. 괜한 감상에 빠져 쓸쓸해지는 순간도 없었다. 오갈 데 없는 나를 재워준 고마운 집이기는 하지만 숙박용이 아니라 말 그대로 짐을 빼놓은 빈 아파트라―이건 진즉에 전해 들은 이야기였다―침대도 수건도 인터넷도 책상도 없었다. 격리 생활에 이골이 난 건 그 공간이 주는 암담함 때문이기도 했다. 공짜로 쓰는 처지니 불평하기도 뭣했고. 하여간 무조건적인 호의에는 그런 빈틈이 있다. 철판을 깔지 않는 이상 꼭 필요한 것조차 요구하기가 쑥스러워진다. 나는 그런 교착상태에 매우 취약했다.

크라스노야르스크 철도역까지 택시를 타고 20분간 이동했다. 이곳이 지긋지긋해지지 않았다고 하면 거짓말이다.

**탈출**

도시 자체는 나쁘지 않았고, 만난 사람들 역시 좋았지만, 어쩔 수 없는 상황 때문에 발이 묶이고 말았으니까. 다행히 지금의 나는 어떤 시간을 가져다가 '좋은 기억' 아니면 '나쁜 기억'으로 이분해 생각하는 버릇은 없다. 좋은 건 좋았고 싫은 건 싫었다. 나탈리야와 라파엘, 수리코프와 포 비에트는 좋았지만 코로나와 PCR 검사는 싫었다. 그뿐이다.

철도역에 도착했지만 표를 예매하는 데는 애를 먹었다. 매표 창구 직원 중에는 영어를 할 줄 아는 사람이 한 명도 없었다. 구글 번역 앱을 사용해 어찌저찌 '오늘 밤에 떠나는 노보시비르스크행 기차표를 사려고 한다'는 의사를 전달하는 데만 20분이 걸렸다. 그마저도 철도경찰 한 명이 나서서 도와주지 않았더라면 훨씬 곤란한 상황이 됐을 것이다. 말귀를 못 알아먹어 벙쪄있던 낯선 외국인의 매표를 도와주고, 역 건물 안에 있는 식당까지 안내해준 이름 모를 여경분에게 감사의 인사를 적어두기로 한다.

짐 보관소에 캐리어를 맡긴 뒤, 건물을 빠져나가서 조금 걷다가 밤 아홉 시쯤 돌아왔다. 26분에 출발하는 열차는 3번 플랫폼에서 대기 중이었다. 나는 마지막의 마지막까지, 검표원이 내 여권을 체크하고 열차에 들여보내 줄 때까지도 긴장을 풀지 못했다. 뭐가 언제 들통이 나서 '당신은 열차 같은 거 못 타니까 돌아가세요'라고 말해올지 모른다는 생각에서였다. 내 돈 주고 타는 열차에서 쫓겨날까 봐 무서워하다니. 무슨 베를린 탈출을 기도하는 유대인이냐. 쉰들러 리스트냐고…

다행히도 열차는 정해진 시간에 역을 출발했고, 나는 아래 침대에 걸터앉아서 노트북을 펴놓고 이 글을 쓰고 있다. 똑같은 여권에 똑같은 전화번호로, 현장에서 현금으로 결제하는 데는 문제가 없었던 걸로 미루어보면, 카드 결제가 안 된 것은 확진 경험이나 전쟁 발발 여부와는 전혀 관계가 없는 것처럼 보인다. 그렇다면 대체 뭐 때문이었을까. 어쩌면 우크라이나 침공 직후 루블화 가격이 폭락한 것이 영향이 미쳤을지도 모른다. 환율이 급변한 나머지 해외 카드 결제가 먹통이 된 것일지도. 그게 사실이라면 나는 최악의 타이밍을 찾는 데 초월적인 재능을 가지고 있다고 해도 좋을 것이다.

아무튼, 이렇게 크라스노야르스크를 떠났다. 이 긴 여정 중에서도 유달리 길었던, 정말이지 길고 긴 여정이었다. 나는 다시 도망치기 시작했다.

**탈출**

# 23

# 노보시비르스크

나는 러시아에 올 준비를 거의 하지 않았다. 기껏해야 항공권과 입고 갈 옷가지 정도일까. 그것 말고는 키릴문자 읽는 법 정도나 알아둔 것이 준비라고 할 만한 것의 전부였다. 어차피 뭘 계획하든 망가지고 어그러질 테니까. 착오 없이 완벽한 여행을 다녀오겠다는 의지도 없었다. 뭐가 있는지 모르는 곳(러시아)에, 뭘 해야 할지 모르는 인간(나)을 가져다 놓으면 무슨 일이든지 일어나겠지. 무슨 일이 일어나면 또 어떻게든 살아가겠지. 모든 일들이 엉망으로 작동할 것이었다. 여기선 엉망이 아니라 작동에 방점을 찍는다.

나는 움직이는 것이 필요했다. 나라는 존재가 잡초나 돌멍이 같은 정체된 무언가가 아니라, 심장이 뛰고 피가 흐르며 처절한 생존 의지와 자유로운 운동성을 지닌 유기체임을 확인해야 했다. 하지만 나는 그런 여정 중에서조차 일부러 의식을 끊는 수면제에 의존했다. 해가 떠 있을 때 눈을 뜨고 저물었을 때 눈을 감는다는, 최소한의 생활 규칙을 유지하기 위해.

한편 나는 러시아에 오기 전에 구체적인 계획을 세우는 대신 몇 가지 추상적인 추측을 했다. '말이 안 통해서 많이 힘들 거야'라거나 '아무래도 엄청 춥겠지' 같은 것들. 그런 추측들 중에는 '분명 중간에 약이 떨어진다'는 것도 있었다.

나는 알고 있었다. 러시아에서의 나는 어느 시점부터 눈앞이 캄캄해지리라는 것을. 모든 사람들이 자기 자리에 누워 눈을 감고, 편히 숨 쉬며 의식을 내려놓고 있을 때 나 홀로 불 꺼진 천장을 응시하며 밤을 지새워야 할 것을 알았다.

수면제는 이제 단 한 알하고 반 남았다. 난 그 하나 남은 약을 지금 먹지 않고, 더 중요한 시기를 위해 아껴두고 싶었다… 잠깐, 내가 '더 중요한 시기'라고 썼나? 아니다. 전혀 그렇지 않다. 그 시기 자체는 하나도 중요하지 않다. 하등의 가치도 의미도 없어서, 어떤 방법으로든 그 시간을 피해 달아

나는 것이 중요하다. 그러니까… 나는 두렵다. 아무것도 할 수 없고 볼 수도 없는 그 시간이, 내 불우한 의식을 꽉 붙잡고 서는 약으로마저 도망칠 수 없게 만드는 것이 두렵다! 불면 증이야말로 내 인생 최대의 적이다! 그 병이 내 젊음을 갉아 먹고, 환하게 밝아 귀중한 시간을 기력 없이 낭비하게 만든 다…

그렇지만 이렇게 긴 밤에는 생각조차 나를 배신한다. 정말 그런가? 정말로 그렇게 생각하나?

사실은 그렇지 않을지도 몰라. 너는 그저, 네가 누릴 자격이 안 되는 인생을 꿈꾸고 있는 주제에 거기에 다다르지 못하는 자신을 위해 변명거리를 늘어놓는 것뿐이야. 할 줄 아는 거라곤 바코드 찍는 것뿐인 편의점 알바생이, 잘나가는 연예인 인스타그램을 보면서 '나도 돈과 기회만 있었더라면 이렇게 될 수 있었을 텐데'라고 생각하는 것처럼.


무의미한 착상들이 텅 빈 마을버스 정류장처럼 스쳐 지나가고, 나는 해가 떠오르는 아침 무렵—아마도 일곱 시에서 여덟 시 사이였을 것이다—에나 정신을 잃을 수 있었다. 깨어났을 땐 아홉 시였다. 충분히 자지 못해 눈빛은 퀭하고, 기름으로 떡진 머리에 몸 구석구석이 찝찝했다.

같은 역에 내리지만 각자 저들이 더 바쁘다고 생각하는 동승객들 때문에, 나는 겉옷을 꺼내 입는 데만 10분을 넘게 기다려야 했다. 열차는 아홉 시 30분 정각에 노보시비르스크역에 도착했다. 내가 캐리어 가방을 역 내부 통로로 끌고 들어갔을 때는, 대부분의 승객이 먼저 가고 없어 나 혼자 길을 찾아야 했다. 하기야 그중에 내가 제일 바쁘지 않은 건 엄연한 사실이었다. 역에서 내려 숙소로 가는 택시를 잡아탔지만, 체크인은 오후 두 시부터 가능하도록 돼있어 무거운 짐만 맡겨둔 뒤 시내로 나왔다.

뜬 눈으로 밤새는 일이 최악인 이유는 '누워 잠든 채로 체력을 회복해야하는 시간임에도 신진대사가 계속 움직이며 에너지를 소모하기 때문'이다. 그렇게 밤을 지새운 뒤 피로에 지쳐, 아예 안 자느니만 못한 새우잠을 자다 깨면 완전히 다른 하루가 시작돼있다.

이건 〈록맨〉● 같은 게임에서 체력을 아주 조금만 남기고 탄을 깼는데, 다음 스테이지가 시작되고 보니 회복은커녕

● 일본의 게임개발사 캡콤이 출시한 2D 횡 스크롤 플랫포머 게임. 북미 출시명은 〈메가 맨〉이다.

있던 에너지마저 한 칸으로 줄어있는 듯한 기분이었다. 차라리 게임이었다면 '어차피 끝까지 깰 가망이 없으니까' 죽고 나서 다시 시작하면 그만인데. 알다시피 인생에는 그런 게 없다. 죽이 되든 밥이 되든 끝까지 가는 수밖에 없다. 죽으면 모든 게 끝이기 때문이다. 삶이라는 이름의 이 광활한 게임. 우리는 단 한 번의 목숨과 기회로 일체의 반복 없이 스테이지를 클리어해야 한다.

일주일 만에 새로운 도시에 도달했음에도 불구하고, 나는 이 날 대부분을 비몽사몽간에 보냈다. 날이 밝은 동안은 제대로 자려야 잘 수가 없다. 피로에 지쳐 누워도 '뭔가 해야 할 것 같은 기분'을 이길 수 없기 때문이다.

일단은 밥이나 먹자는 생각으로 시내에 있는 식당들을 뒤졌다. 지도를 보고 찾아가니 영업 시간이 아니라서 문이 닫혀있었고, 그래서 영업 시간을 확인하고 가니까 가게가 사라져 있는 등의 해프닝이 있었지만, 어떻게 잘 찾아 들어가 자리를 잡을 수 있었다.

아침때도 점심때도 아닌 애매한 시간이라서인지—아니면 그냥 장사가 안되는 곳인지—몰라도 손님은 나 하나밖에 없었다. 하기는 생긴 것부터 식당보다는 호프집에 더 가깝게 느껴지는 곳이었다. 다행스럽게도 식사 메뉴가 전혀 없는 것은 아니라, 나는 작은 사이즈의 파스타 하나와 샤슬릭—러시아식 꼬치구이—을 한 접시, 에델바이스 생맥주 한 잔을 주문해서 전부 먹어 치웠다. 음식들은 어디 특출난 데 없는 평범한 맛이었다. 먹을 땐 꽤 맛있어서 와구와구 먹어 치우는데, 가게를 나가서 계단을 내려가는 동안 '배가 찼다'는 느낌 빼고 다 잊히는 그런 맛… 이제는 가게 이름도 잊어 버렸다.

맥주 한 잔은 취기가 느껴지기보다는 오히려 힘이 좀 나는 정도이다. 그걸 연료 삼아 향토박물관을, '시베리아 스토리'라는 이름의 카페에서 라테를, 그다음 엔진으로 노보시비르스크 국립미술관을 차례로 방문했다. 향토박물관은 넓었고, 미술관에는 그림이 많았다. 미술관 초입부터 뭔가 익숙한 화풍의 그림이 보였다. 러시아 이동파의 대가 일리야 레핀의 작품이었다.

'레핀이면 러시아 화가 중에서도 최상위 티어인데 왜 이런 곳에…'

전시의 수준이 아니라, 걸려있는 위치가 다소 의아했다. 그리 넓지도 않은 통로에, 관심 없는 사람이라면 그냥 휙 지나가 버릴 것 같은 벽에다가 띡 갖다놓은 것이… 미술관을 쭉 둘러보는데 대체로 그런 느낌이었다. 그림 한 점 한 점은 훌륭하고, 개중엔 이름 있는 화가들―바실리 페로프, 수리코프, 니콜라스 레리히, 드미트리 레비츠키―의 작품도 많이 있었는데, 그런 소장품이 너무 많아서 되는대로 마구 걸어놓았다는 인상이었다. 심지어 루벤스 그림도 한 점 있었는데, 그런 거장의 작품이 뭐랄지 너무 뜬금없고 하찮기까지 한 방식으로 튀어나와서 '이거 진짜가 아닐지도 몰라' 같은 생각이 들 정도였다.

한편 한국의 무슨 특별전, 기획전 같은 곳에 가보면, 걸려 있는 작품은 별로 없고 벽면의 절반 이상이 그 몇 안 되는 작품이나 예술가에 대한 설명으로 채워진 경우가 많았다. 아무래도 해외 미술관들의 소장품을 대여해오는 것이다 보니, 절대적으로 많은 수의 작품을 수급하기가 어려웠던 탓이겠지.

그런데 이곳은 그런 전시관의 대척점이라고 할 만한 곳이었다. 설명은 거의 없고, 보이는 방과 복도마다 그림으로 벽을 도배해놓다시피 해놨다. 덕분에 그림은 질리도록 많이 볼 수 있지만, 누가 어떤 방식으로 멋진 그림을 그려놓았는지는 관객들 스스로 찾아야 했다. 레핀이 누구고, 루벤스가 누군지 모르면 '서양의 흔한 화가 1' '서양의 흔한 화가 2'쯤으로 여기고 놓칠 공산이 크다. 어쩌면 이것도 러시아다운 방식이라고 할 수 있을까. 러시아에는 러시아다운 것들이 얼마나 있고 얼마나 없을까.

관람을 마친 뒤 숙소로 잠깐 복귀했다가, 입고 있던 팬티 뒷면이 보기 흉하게 찢어진 것을 뒤늦게 알아차렸다.

'어째 불편하다 싶더라니'

생각해보니 이것도 오래 입기는 했다. 언제 샀는지 정확하게 기억나진 않지만, 최소한 3년은 넘게 입었다. 팬티 같은 건 한 번 찢어지기 시작하면 다시 꿰매놓아도 금방 터져버린다. 맘 편하게 버리고 적당히 새것을 사는 게 낫겠다 싶어서, 밥도 먹을 겸 가장 가까운 쇼핑몰에 갔다.

쇼핑몰은 우리나라랑 완전히 똑같이 돼있었다. 1층은 명품 샵과 패스트 패션 옷 가게, 2층은 가전제품과 전자기기, 3층에는 생활용품과 장난감 가게가 있고, 4층에는 푸드코트였다. 분위기나 구조나 눈에 보이는 러시아어들만 적당히 한글로 바꿔놓으면 해외에 있다는 것도 못 알아차릴 듯했다.

다만 옷 가격도 우리나라보다는 저렴한 편이고, 그 큰 쇼핑몰까지 가서 팬티 한 장만 덜렁 사오는 게 어딘지 변태 같은 느낌도 들어서, 갈아입을 셔츠 한 벌과 열차 안에서 입을 파자마 바지도 같이 샀다. 무더운 열차나 숙소 건물 내부에서까지 두꺼운 바지를 입고 지내야 한다는 것이 어지간히도 답답했던지라 기왕이면 돌아가서도 입을 수 있는 물건들로 사고 싶었다. 응? 방금 뭐라고 생각했지? 돌아간다고?

세상에. 이런 내게 돌아갈 곳이 있다니. 이제 보니 집에 돌아간 내 모습이란 게 상상이 안 된다. 밥 먹고 싶을 때 밥 먹고, 씻고 싶을 때 씻고, 갈아입고 싶을 때 갈아입고, 밖에 나갈 때는 무거운 노트북이나 캐리어 가방 없이 외투만 걸치고 훌쩍 나갔다 볼일이 있으면 차를 운전해서 갔다, 언어적 장벽을 느끼지 않고 사람들과 대화를 나누고… 그렇게 안 온한 하루하루를 보냈다는 것이 거짓말처럼 느껴졌다. '이런 걸 집에 있을 땐 어떻게 했었더라' 하는 느낌이 들면, 그땐 정말 멀리까지 떠나온 것이다.

숙소까지 돌아가는 택시를 잡는 데 어려움을 겪었다. 첫 번째 택시는 내가 서있는 곳을 지나서 사라져버렸고, 두 번째 택시는 호출한 곳에서 너무 멀리 있었던 나머지 오는 데 15분이나 걸렸다. 아무튼 나는 돌아갔다. 돌아가기 위해 돌아갔다. 떠나기 위해 떠났던 것이 여행의 전반부였다면, 지금의 내 여정은 분명한 후반부에 접어들었다고 할 수 있었다.

이날 쇼핑몰에서 얻은 최고의 전리품은 새 속옷도 셔츠도 아닌 컵라면이었다. 꽤 큰 쇼핑몰이었던 만큼 2층인가 3층 인가에 세계 각국의 잡화를 모아놓은 상점이 한 곳 있었는데, 거기서 무려 '김치면'과 '새우탕' 그리고 '참깨라면'을 하나씩 구할 수 있었던 것이다. 이건 이동 중에, 먼 길을 가는 열차 안에서 특히 귀중한 식량이 될 것이었다. 한국의 맛이 너무 그리웠던 나는 당장 하나를 까서 먹을까 생각했지만, 푸드코트의 쿵포Kung Pho라는—몹시 귀여운 몽골계 소녀 한 명이 주방에서 일하고 있던—식당에서 아시아식 저녁을 먹고 왔기 때문에 오늘은 참고 자기로 했다. 이젠 정말 한계까지 지치기도 했고… 그 상태에서 따뜻한 물에 몸을 씻고 나니 곧장 기절할 듯이 의식이 물렁물렁해졌다.

나는 안전을 위해, 최소한의 보장을 위해 쪼개진 수면제 반 알을 삼키고 침대에 누웠다. 그리고 '내일 아침 곧장 모스크바로 가는 열차를 타야겠다'고 생각했다.

# 24

# 횡단열차

컵라면은 좋다. 하지만 컵라면 세 개를 위해 가방에 빈자리를 만들어야 하는 건 좋지 않다.

나는 찢어진 팬티를 버렸다. 땀에 절어 잔뜩 구겨진 셔츠도 버렸다. 고민 끝에 만 원짜리 휴대용 드라이기도 버리기로 했다. 이건 라파엘의 아파트에 머물 때만 몇 번 썼지, 사실 헤어드라이어라는 건 웬만한 숙박업소—심지어 도미토리 호스텔에도—에 기본으로 마련돼있는 것이어서 굳이 휴대하고 다닐 필요가 없었다. 알고는 있었지만 '먼 길 가는데 헤어드라이기가 없으면 좀 불편할지도 몰라'라는 괜한 느낌 때문에 챙겼던 건데.

열 개나 챙겨왔지만 하나도 안 쓴 핫팩도 다 빼다 버렸다. 다 읽은 피츠제럴드의 책은 버리려다가 그냥 놔뒀다. 대신 책갈피를 버렸다. 이음쇠 부분이 헐렁해졌고, 쇠줄도 엉켜서 묶여버렸기 때문이다. 아무튼 나는 최대한 짐을 비우고 출발했다. 컵라면을 다 먹고 나면 그만큼 자리가 텅 비겠지만. 러시아에 온 지 3주가 지난 지금은 잘 알고 있다. 챙겨오지 않아서 곤란한 것보다는, 이미 꽉 차서 아무것도 받아들일 수 없을 때 더 기분이 좋지 않다.

이날 모스크바로 가는 마지막 열차는 오전 열 시 30분에 출발하기로 돼있었다. 그 뒤 시간 열차는 전부 매진이거나, 여객이 아닌 화물 운송용으로 편성된 것이라 나는 탈 수 없었다. 미리 예약하려는 시도는 어젯밤부터 해보았지만, 염병할 모바일 카드 결제가 뒤져도 통과되지 않아서 현장 발권에 모든 걸 걸어야 했다.

아홉 시까지 짐 정리를 끝낸 나는 숙소에서 주는 조식을 허겁지겁 먹었다. 카샤―오트밀로 만든 죽 같은 것―와 커피만 대충 먹고 곧바로 체크아웃했다. 하필이면 메뉴가 카샤라니. 티켓(러시아어로 카싸)과 발음이 비슷한 것이 조금 불길한 예감이 들었다.

'아니. 그런 건 전부 개 같은 미신이야'라고 생각하면서도, 머리에 떠오르는 영상들… 크라스노야르스크에서처럼 발권에 너무 오랜 시간이 걸려서, 겨우겨우 티켓을 사서 뛰어가지만 내가 볼 수 있었던 것은 점점 멀어져가는 모스크바행 열차의 뒤꽁무니뿐…

떠나야 할 적기라고 생각했을 때 불가항력으로 거기 머무르게 되는 것만큼 갑갑한 것도 없었다. 나는 역으로 가는 택시 안에서 미리 글을 썼다. '러시아어를 하지 못합니다'라는 말로 시작해서 열차 번호와 출발 시각, 도착지와 원하는 좌석 형태까지 미리 정리해 번역해뒀다. 나머지는 여권과 현금, '급해 죽겠으니 빨리 좀 해달라'는 다급한 표정 연기로 어떻게든 돌파하기로 한다.

그렇게 해야 한다. 왜냐면, 이제 간발의 차로 놓치는 데는 완전히 질려버렸기 때문이다. 시간에 쫓기는 거야 인생이 이렇게 생겨먹었으니 어쩔 수 없다 쳐도, 기왕지사 가까스로 올라타는 결말이 영화 같기도 하고 보람도 있지 않은가 말이다.


5번 플랫폼. 표를 받아 들자마자 직원이 가리키는 방향으로 냅다 뛰어간 끝에, 출발을 10분 남기고 모스크바행 횡단열차에 탑승할 수 있었다. 그 장면이 딱히 영화 같지는 않았다. 올라가기 전에 여권도 검사하고, 객실 상황을 점검한 뒤 짐을 올려놓고… 뭐 누가 만든 영화냐에 따라서 다르겠지만. 묘한 긴장감은 계속되는데, 장면들 하나하나는 다소 초라하고 하찮기까지 한 걸 보면, 스탠리 큐브릭이나 그다지 유명하지 않은 프랑스 감독이 연출한 것 같다.

노보시비르스크에서 모스크바까지 약 3,000킬로미터를 이동하는 푯값이 8,300루블. 이 50시간의 여정이 끝나면, 나는 공식적인 시베리아 횡단철도를 완주한 것이 된다. 내 힘으로 걸어서 횡단한 것도 아닌데 거기에 무슨 큰 의미가 있겠느냐만… 사실 내가 한 거라곤 표를 사서 정해진 자리에 짐을 푼 다음 글을 쓰거나 읽으면서 도착할 때까지 시간을 때운 것밖에 없지 않은가. 애초에 그런 값싼 의미 부여를 위해 열차에 탄 것도 아니다. 그럼 나는 대체 뭘 위해서 이 길고 긴 철길을 달리는가. 이 길의 끝에 대체 무엇이 있길래. 글쎄 아마도—스스로 다른 걸 찾지 못한다면—테트리스에 나오는 성당이나 입국심사 대기 줄이겠지. 끝까지 다른 걸 찾지 못한다면.

객실에는 이미 사람이 한 명 있었다. 짧은 머리에 키가 크고 말쑥한 남자였다. 이름은 세르게이, 나와 마찬가지로 모스크바까지 간다는 것 같았다. 영어가 안 통해 그 이상의 대화는 할 수 없었다.

나는 깊이 잠을 못 자서 피곤했다. 해가 밝았지만 쿠팡에서 몇천 원인가 주고 산 안대가 도움이 됐다. 세 시간 정도 깊게 잠들었는데, 자고 일어났을 때는 어째서인지 안대가 온데간데없이 사라져 있었다. 살 때 일회용이라는 말은 못 본 것 같은데. 무슨 기간제 캐시템이냐?

자고 일어나니 슬슬 배가 고팠다. 좀 이른 시간이기는 해도 '그걸 먹자'고 나는 결정했다. 만약 한국이었다면 오뚜기 김치면은 농심 김치사발면에 늘 밀리는 2인자 느낌이 강한 제품이지만, '도시락'같이 애매한 맛의 컵라면이 득세하고 있는 이곳 러시아에서는 제정시대 차르와 같은 위용을 뽐내기 충분했다.

몇 주 만에 진짜 빨간 김치 테이스트―비록 라면에서이기는 하지만―를 맛볼 생각에, 나는 극한의 흥분상태에 도달했다. 따뜻한 물을 붓자, 급격하게 풍겨 나오는, 김치라면 특유의 풍미 때문에 "크…크큭…" 하고 이상한 웃음소리마저 내고 말았다. 나 자신이 애니메이션에 나오는 조무래기 악당처럼 느껴졌지만. 마침 객실에 있던 세르게이도 날 이상한 눈초리로 힐끔 쳐다봤지만. 그런 건 아무래도 상관없었다. 김치맨에게는 김치면이 필요하다.

'김치! 김치!! 으아아아!!'

나는 감동하고 말았다. 김치가 들어간 컵라면 정도로 그렇게 황홀해질 수 있을 줄이야. 나 자신이 한국인이라는 자각이 이 순간만큼 확실하게 느껴진 적이 없었다. 세르게이가 김치라면 냄새에 거부감을 느끼진 않을지 아주 잠깐 신경이 쓰이기도 했지만, 그러면 뭐 어떻단 말인가. 나는 김치의 멋짐을 모르는 당신들이 더 불쌍하다. 여러 연구 결과에의하면 김치에는 무려 항암효과까지 있단 말이다. 나트륨 과다로 동맥경화증에 걸리는 것까진 막을 수 없는 것 같지만. 아무튼 좋다.


인구 백만이 넘는 옴스크라는 도시에 15분쯤 정차했다. 외투 하나를 걸치고 열차 밖으로 나갔다. 춥긴 했지만 몇 분도 못 버틸 정도는 아니었다. 오랜만에 바깥 바람을 쐬니 기분이 더 좋아졌다.

플랫폼 위에 마련돼있는 작은 상점에서 큰 사이즈 생수 한 통이랑 소시지 빵, 그리고 초코파이를 한 박스 샀다. 모두 합해 630루블이었다. 나는 '뭐지, 초코파이가 비싼가?' 하고 700루블을 현금으로 건네줬는데… 거스름돈을 기다리고 있자 레몬 하나를 덜컥 얹어주는 것이다.

"에?"

"$@IY$O3$?"

상점 아주머니의 대답은, 심지어 러시아말조차 아닌 것처럼 들렸다. 나이가 있으신 만큼 사투리를 쓰는 걸까. 나는 하는 수 없이 '나한테 레몬을 주다니 매우 당황했다'는 얼굴로 레몬을 다시 돌려줬다. 그러자 아주머니는 약간의 고민도 없이, 레몬을 도로 가져간 다음 옆에 있던 작은 사과 두 알을 봉투에 싸서 주는 것이었다.

나는 이게 대체 어떻게 된 영문인지 묻고 싶은 마음이 굴뚝같았지만, 사실상 말도 안 통하거니와 열차가 출발할 시간도 다 되어서 그냥 "다…(네…)" 하고 대답한 다음 객차로 돌아왔다. 거스름돈 70루블 대신 사과를 받다니… 난 유년 시절을 대구에서 보냈고 청송에도 가본 적이 있지만, 이런 건 난생처음 있는 일이었다…

사과 자체는 맛있었다. 편의점에서 한 개씩 포장해서 파는, 퍼석퍼석하지만 잘 씹혀 뭉개지는 달큰한 세척 사과 맛이었다.

그사이 객실에는 청년 한 명이 들어와 맞은 편 아래 침대에 짐을 풀고 있었다. 세르게이와 그 청년이 뭐라 뭐라 대화를 주고받는 걸 보니, 세르게이는 과묵한 사람이 아니라 그저 말이 안 통해서 대화하기 곤란했을 뿐이었던 것 같다. 어쩐지 자꾸만 멍하게 창밖을 보더라니. 외로워서 그랬던 거구나.

그대로 늦게까지 글을 쓰느라 노트북 배터리가 반 이상 닳았다. 콘센트는 아래쪽 침대에 있었지만 좌우로 좌석이 꽉 차서 쓸 수 없는 상황으로 별수 없이 복도로 나가서 공용 콘센트에 충전기를 꽂아둔 다음 그 옆에 서서 책을 조금 읽었다. 피츠제럴드의 글은 다시 읽을 때마다 새로운 표현이 보인다. 그러다 문득 배가 고파져서 열차 칸 사이에 자리를 잡고 새우탕을 먹었다. 다 먹기는 했지만 김치면 같은 임팩트는 없었다.

'이건 역시 PC방에서 먹어야 하나 봐'라고 생각했다.

밤 열한 시쯤 해서 튜멘이라는 도시에 열차가 정차했다. 몇 분간 인터넷이 통하는 틈을 타 일지를 올려두었다. 이 시각 한국은 새벽 세 시이기 때문에, 이럴 때 글을 올려두어도 곧바로 읽는 사람은 없겠지만. 요즘은 유치한 테제가 돼버렸다. 다른 누군가를 위해 글을 쓴다는 것이. 나는 이타적인 글을 믿지 않는다. 그저 조금이라도 덜 이기적이려 노력하는 글을 믿는다.

# 25

# 횡단열차

새벽 네 시. 예카테린부르크에 정차하는 소리 때문에 잠깐 깼다. 예카테린부르크 역시 인구 100만이 넘는 큰 도시라서, 약 30분 동안 길게 정차했다. 내가 반소매를 입은 상태로, 모자만 쓰고 밖으로 나가자, 담배를 피우고 있던 세르게이가 '안 추워?' 하고 묻는 동작을 했다. 잠이 덜 깼던 나는 고개만 몇 번 끄덕이고, 불 꺼진 예카테린부르크역을 살펴보았다. 두꺼운 돌로 지어진 플랫폼 위에 널빤지 두께만큼의 눈이 소복이 쌓여있었다. 내가 슬리퍼를 질질 끌면서 걸어대는 동안, 젖은 돌바닥이 하얀 바탕에 궤적처럼 드러나 보였다. 조금 추워져서 객차로 돌아 들어갔다. 볼일을 본 다음 불

꺼진 객실에 누워있다가 불쑥 생각나는 앨범이 있어서 귀에 이어폰을 꽂았다. 제리 멀리건의 〈Night Lights〉는 언제 들어도 훌륭한 앨범이지만, 까마득한 밤에 가로등 불빛이 침침하게 비칠 때 들으면 무념무상… 그 순간만큼은 최고의 재즈 음반으로 거듭난다. 도입부의 피아노는 멀리건 본인이 연주한 것이다. 콰르텟에 피아노를 넣지 않은 건 '나보다 나은 피아니스트가 없어서'라나. 농담 반 진담 반이겠지만, 그 타이틀 트랙에서만큼은 설득력이 있는 주장이 된다. 수줍고 서투른 듯한 피아노 건반이, 풍부한 바리톤 금관으로 전이되어 간다.

오전 열한 시 반에 일어났다. 역에서 샀던 빵 두 개와 물을 같이 먹고, 간단히 양치를 했다.

인터넷은 가끔 터졌다. 러시아 서쪽에는 대도시가 많다. 이미 지나친 예카테린부르크와 페름, 발레즈노 같은 곳들은, 격리기간만 없었더라면 하루쯤 머물렀을지도 몰랐다. 그러나 나는 코로나에 걸렸고, 스스로를 격리시켰고, 많은 시간과 정류장들을 그냥 지나쳐 보내야 했다. 내 인생을 통틀어 그런 곳에 가게 될 일은 다시 없을 것이다. 2, 30분 가량 정류장을 거닐었던 도시들. 못내 멀어져가는 그 마을들에는 틀림없이 따뜻한 숙소가 있고, 베개가 있고, 특색 있는 음식과 친절한 사람들이 있겠지만, 그중에 내가 진정으로 찾는 것은 없었으리라 이제는 단언할 수 있다. 이것은 러시아나 그 도시들에 대한 무례가 아니다. 왜냐하면 나는 아무것도 찾고 있지 않았으니까. 뭘 찾아야 하는지도 모르고 여기 떠나왔으니까.

시베리아를 가로지르는 건 평생 한 번으로도 족하다. 만일 그럴만한 기회가 한 번 더 생긴다고 한들 다른 선택을 하게 되겠지. 내가 하고 싶은 것들은 과연 무엇일까? 내가 찾아야 하는 건 어떤 종류의 것이었을까? 글을 쓰다가 손 머리를 하고 누웠다. 눈을 감았다.


보름도 전에 하바롭스크에서 치타로 향하던 그 열차 안에서였다. 술기운에 안드레이가 한 말들이 떠올랐다. 바로 다음 날만해도 다 잊어버린 얘기들이었는데.

"루크, 난 네게 이런 말을 해주고 싶어. 너는 더 배울 수 있어. 러시아어든, 영어든, 뭐든 배워야 해. 나는 너와 잠깐 이야기한 것뿐이지만 너는 네 분야에서 더 위대한 일들을 할 수 있어. 난 느낄 수 있어."

"넌 날 과대평가하고 있어"라고 나는 대답했었다. "나한테는 그럴 재능도, 능력도 없어. 심지어 그럴 의지도 없다니까. 인간이 아주 망가져버렸지. 뭘 하고 싶은지도 몰라. 그냥 이렇게 글이나 쓰다가 죽을 거야. 그런 미래밖에 상상할 수 없어."

"글쎄… 그건 너 자신을 속이고 있는 것 같은데."

"속이고 있다고?'

"적어도 의지가 없다는 건 거짓말이라고 느껴져."

"그래?" 나는 '또 이런 식이군'이라는 투로 대꾸하면서, 인상을 팍 쓰고 윗입술을 살짝 깨물었던 것 같다. 왜 다들 내게 '삶에 대한 의지'를 불어넣지 못해서 안달인 거야. 잘 알지도 못하는 주제에. 난 더 이상 살고 싶지 않단 말이다.

"넌 잃어버린 게 너무 많아. 루크."

"적어도 그건 사실이네." 나는 최선을 다해 비아냥거렸다.

"잃어버린 게 너무나 많아." 나의 기분 나쁜 말투에 전혀 개의치 않는 건지, 아니면 눈치를 채지 못했는지, 하여간 안드레이는 전과 똑같은 태도로 이야기를 이어갔다. "그래서 더 이상 아무것도 갖고 싶지 않다고 생각할 뿐이지."

"그게 무슨." 나는 자기가 무슨 인생의 대단한 선배라도 되는 것처럼, 나를 고양시키려는 안드레이의 태도가 몹시 거슬렸다. "됐어. 알았으니까, 내 인생 얘기는 이제 그만하자. 도스토옙스키나 체호프 같은 걸 얘기하자고. 그쪽이 더 재밌잖아. 푸시킨은 어때? 일제 치하 대한제국에는 윤동주라는 시인이 있었는데…"

"좋아. 네가 원한다면 그만 이야기할게. 하지만 너는 그 문제에 대해서 생각해봐야 해. 정말 진지하게 생각해볼 필요가 있어."

"알았다니까. 그렇게 할게. 약속할게." 내가 대답했다.

물론 약속을 지키겠다는 생각은 전혀 하지 않았다. 우연히 상황이 맞아떨어져서, 뒤늦게 떠올랐을 뿐이다. 퀘스트가 너무 많은 오픈 월드 어드벤처 게임에서, 언제 어디서 받았는지도 모를 부탁을 의도치 않게 들어줬을 때 '퀘스트 완료: 안드레이의 권고'라고 쓰인 안내창이 팍 뜨는 느낌이랄까.

너무 많은 것들을 잃었다. 그건 안드레이의 말이 맞았다. 적어도 어떤 부분에 한해서만큼은, 그 대머리 아저씨는 나를 나 자신보다 더 잘 알고 있었다. 그게 어떻게 가능한 일이었는지는 모르겠다. 내가 열차 칸에서 너무 많은 단서들을

횡단열차

준 것은 아닐까. 그러나 한국에서는 러시아에서보다 더 많은 이야기를 하고 다녔음에도 불구하고 아무도 내게 그런 말을 해주지 않았다. 그곳에서 나는 작가이고, 글을 쓰는 사람이고, 납세자이고, 쉬지 않고 일할 의무가 있는 노동자인 동시에 불우한 정신질환자였다…

러시아로 떠나기 몇 달 전, 나는 자퇴했던 대학에 다시 들어가고 싶어서 재입학 정보를 알아본 적이 있었다. 그건 야심한 밤에 일어난 일로, 수면제를 먹고도 잠에 들지 못해 벌였던 여러 가지 기행 중 한 가지였다. 나는 심지어 재입학 요강이며 준비서류 따위를 프린트해놓기까지 했다!

그다음 날 일어난 나는 아침밥을 먹고, 항우울제와 메틸페니데이트를 두 알씩 삼키고 누워 있다가, 돌연 열불이 나서 그 서류들을 마구 찢고 구긴 뒤 쓰레기통에 처박아버렸다.

'대체 무슨 생각을 한 거지? 돈은 없고 해야 할 일은 많은데, 이제 와서 대학교 새내기가 돼서 뭔가를 배우고 싶다고? 아무리 약 기운이 심했다지만, 지랄도 정도껏 해야지… 더구나 난 이제 좀 있으면 서른 살이라고.'

또 돌아간다고 해 봤자 처음은 경영학이 아닌가. 내가 하는 일에 도움이 되려면 국문학이나 영문학을 전공해야 할

여로

텐데. 전과가 그리 쉽지도 않을 것이고, 돈도 엄청나게 들 것이다. 공부에 전념하는 만큼 일은 소홀해질 것이다. 쪼들리는 생활 때문에 무리한 일을 떠맡을 것이다. 그렇게 생활에 침식되다가 낙제점을 몇 번 받으면… '이게 대체 뭐 하는 짓거리지' 하는 깨달음을 얻고 또다시 자퇴해야 하겠지. 터무니없는 헛소리야. 헛소리. 마감이나 열심히 하라고. 죽을 때까지 마감해야지. 죽더라도 마감은 하고 죽어야지.

치타에서 안드레이가 말했다.

"네가 영어나 러시아어를 조금만 더 잘했다면 우리는 좀 더 엄청난 대화를 할 수 있었을 거야."

"그건 나도 그렇게 생각해."

나는 그다음 말을 영어로 어떻게 말할지 고민하다가, 그만 포기해버리고 말았다. 하지만, 하지만. 나는 그럴 자격이 없는걸. 아무리 하고 싶은 게 있어도, '더는 잘할 자신이 없는 일에 시간을 쏟을 수 없는 나이'가 됐는걸. 그런 말들을 뱉는 대신 삼켜버리고 말았다.

그렇지만 배우고 싶다. 뭔가를 이렇게 더 배우고 싶었던 적이 없다. 돈이야 어떻게든 되지 않을까. 코로나 상황이 해소되면, 전처럼 홍대 근처에서 작은 북클럽이라도 하며 소일거리를 하는 거야. 그것도 안 되면 글쓰기 과외를, 그것도 안 되면 다섯 살 때 죽은 아빠처럼 택시를 몰아서라도… 좀 더 의미 있는 삶을 살고 싶다. 여기서 '이쯤 했으니 됐어…'라고 생각하고 다 끝내버리고 싶지 않다.

하지만 '사실은 그게 아니라 그냥 새내기 여자애들한테 관심이 있는 건 아닌가?'라고 자문해보니, 어마어마한 자기 혐오감이 밀려와 모든 계획을 끝장내버리고 싶은 마음이 들었다.

'그건… 그건 너무 추하잖아… 서른 살이나 먹고서… 지보다 한참 어린 여자애들한테 집적거리기나 하는 건… 양심적으로, 너무 추해…'

내가 새내기였을 때는 1학년이랑 사귀는 2, 3학년 선배들조차 공공연한 조롱의 대상이었는데 말이다.

'하지만 그런 건 진심이 아니잖아'라고 마음속의 안드레이가 말했다. 왜 안드레이인데? 미처 물어볼 겨를도 없었다. '스무 살 때랑 상황이 다르잖아. 더 이상 하루에 자위를 다섯 번이나 해대던 애새끼가 아니라고.'

여로

270

'맞아. 이제는 두 번도 힘겨워.'

'더구나 어차피 찌질이인 네 근본은 바뀌지 않았으니까. 그때나 지금이나 너는 개좆밥 INFP따리에 불과하다고. 네가 스무 살, 스물한 살 여자애들한테 말이나 걸 수 있을 것 같냐?'

'분하지만 그 말도 맞군… 근데 안드레이. 한국말은 언제 배운 거야?'

'…'


꿈에서 깨자 날이 어두워져 있었다. 열차는 키로프라는 역에 꽤 오랫동안 정차했다. 나는 러시아 유심칩의 데이터가 다 떨어진 것을 확인한 뒤, 300루블쯤 넉넉하게 충전해놓으려고 몇 차례 카드 결제를 시도했지만 전부 실패했다.

'여기서도 카드가 막힌 건가?'

모스크바에 도착했는데 인터넷이 막힌다면 정말 막막할 것이다. 다급한 마음에 이리저리 번역 앱을 써서 사이트를 뒤져보았는데, 다행히 결제가 필요 없는 약속충전기능을 찾아 50루블을 긴급 수혈할 수 있었다. 천 원도 안 되는 돈 때문에 이 짓거리를 하다니.

식당 칸이 있는 1번 열차와 내가 있던 11번 열차는 열차 양쪽 끝에 위치해 있었다. 맥주 한 병을 마시기 위해서, 나는 시베리아의 찬바람으로 마구 흔들리는 열차 연결부를 열 곳이나 지나야 했다. 그곳에서 안드레이와 마셨던 칼스버그를 한 병 마신 뒤 객실로 돌아왔다. 알코올로 위를 적시고 나니 라면이 먹고 싶어졌다. 마지막 남은 참깨라면을 뜯어 뜨거운 물을 부었다. 어쩨 김치면보다 더 맵게 느껴져 속이 쓰렸다. 매운맛에 대한 내성도 러시아화가 돼버린 걸까.

엄청나게 긴 하루였다. 체감상 자정이 넘은 것 같은데, 시계로는 아직 여덟 시밖에 되지 않았다. 실제로 노보시비르스크와 모스크바 사이에는 네 시간의 시차가 있어서, 어떤 구간에선 한 시간을 내리 달렸음에도 불구하고 30분을 되돌아가 있는 역도 있다. 횡단열차 안에서의 시간 감각이란 덮어두는 쪽이 좋다. 나야 이미 경험한 것이긴 하지만. 이전 구간과는 달리 지금의 내겐 수면제가 충분치 않다. 나는 한 시간 정도 글을 더 쓰다가, 수면제 반 알을 더 삼키고 누웠다. 내일 아침 모스크바에 도착하면, 태양이 다시 떠올라있길 바라면서.

# 26

## 모스크바

눈이 뻑뻑한 오전이었다. 화장실에 가서 눈곱을 떼고 간단히 세수를 하고 돌아왔다. 4인 객실에는 나와 세르게이밖에 남아있지 않았다. 그는 말없이 창밖을 보고 이따금 설원에 둘러싸인 마을이 나오면 휴대폰을 꺼내 사진을 찍었다. 다만 그 행동은 '진심으로 창밖 풍경에 감동을 받아서'라는 이유라기보단 다분히 의무적인 성격에서 튀어나온 것처럼 보였다. 어떤 경험이든 끝나갈 무렵이 되면 그 순간을 의미 있게 포장하고 기록해야 한다는 강박이 생기니까.

크고 작은 주택가들 말고도 모스크바에 가까워졌다는 것을 느낄 수 있는 단서가 있었다. 우선 역에 정차하는 빈도가 잦아졌다. 침대칸 대신 의자로 통일된 객차가 옆에 있는 철로를 지나가기도 했다. 광역권에 들어와있어서인지 열차가 달리는 도중에도 인터넷이 심심찮게 터졌다.

러시아의 수도인 모스크바를 지도상으로 보면 크렘린이 있는 도심부를 내핵으로 도시가 층층이 둘러싼 모양이다. 지름이 점점 넓어지는 원형 간선도로, 각기 다른 궤도를 잇는 방사형 도로가 거미줄처럼 엮여있다. 나는 지도에서의 내 위치를 틈틈이 확인했다. 모스크바의 중심을 향해 꼬라박듯 돌진하는 횡단열차의 궤적도 그려보았다. 1만 킬로미터에 육박하는 기찻길이 끝나가고 있었다.

이틀 전 내가 노보시비르스크에서 열차에 탔을 때 그때도 세르게이는 그 자리에 앉아 창밖을 보고 있었다. 그가 어디서 그 기차에 올라타 여행을 해왔는지는 알 수 없었다. 어쩌면 블라디보스토크나 중간 기착지인 이르쿠츠크쯤에서 출발해, 그 어느 도시에서도 멈추지 않고 쭉 모스크바로 갔던 것일지도 모른다. 나나 세르게이나 제법 긴 여행길 중에 있다는 점은 명확했다. 들뜬 기색이라곤 없이 멍한 표정. 차장과의 대화에서 보이는 여유, 태연함. 여정의 모든 순간이 동적일 순 없다는 듯 넌지시 회의적인 태도.

나는 모스크바에 내릴 준비를 하다 말고 폴라로이드 카메라를 꺼냈다. 그리고 턱을 괸 채 지평선을 응시하고 있던 세르게이의 모습을 한 장 찍었다. '짤깍' 하는 소리와 함께 필름 출력음이 들리자 세르게이가 느릿느릿 고개를 돌렸다. 나는 그렇게 나온 사진을 보지도 않고 세르게이에게 건네며 말했다.

"선물이에요."

프레젠트,라는 말에 세르게이는 이를 드러내며 웃었다. "땡큐, 땡큐" 하며 연신 고맙다는 인사까지 했다. 나는 별것도 아니라는 식으로 손사래를 치고 열차 복도로 나왔다. 그리고—세르게이가 그랬던 것처럼—창밖을 빤히 쳐다보다가, 손잡이 봉을 꽉 쥐고 스트레칭을 몇 번 했다. 객실에 돌아왔을 때 세르게이는 그새 옷을 다 챙겨 입은 채였다. 창밖의 풍경 대신 내가 준 사진을 응시하고 있었다. 사진이 꽤 잘 나온 걸까. 나는 차마 그 장면까지는 찍을 수 없었다.


모스크바 야로슬라브스키역 플랫폼에 도착한 시간은 정확히 오전 열한 시 13분이었다. 9288킬로미터에 달하는 철도 대장정이 이제 마무리된 참이었는데… 열차에서 내리고 서서 사진을 찍고, 마지막 역에 도착했다는 감회에 휩싸여 멍청하게 서있는 사람은 나 혼자뿐인 것 같았다. 나와 함께 열차에 '들어있던' 대부분의 사람들은, 열차에서 내리기 무섭게 역을 빠져나가는 행렬에 섞여 사라졌다.

열차 칸에 사람이 진짜 많이 있긴 했구나. 종착역이다 보니 객차 내에 있던 승객들 모두가 쏟아지듯 나와 대열에 합류했다. 실처럼 가느다란 물줄기가 하나둘 모여 새로운 강을 이루고, 또다시 벽을 만나 무수한 갈래로 흩어지는 일련의 흐름… 잠자코 벤치에 앉아 그 광경을 지켜보자니 기분이 이상야릇했다. 사람들은 이제야 도착했지만 멈출 생각이 없는 듯했다. 잠깐 머무르거나 쉬어갈 겨를도 없어 보였다. 그 이유는 아마도 불안하기 때문일 것이다. 어딘가 정체돼 있다가 뭔지 모를 무언가를 놓쳐버리진 않을지. 도저히 어쩔 수 없는 거대한 흐름에 휩쓸리지나 않을지. 그런 것들이 두려워 가만히 있을 수가 없다. 그래서 그토록 멀리 떠나와서, 일찍이 정해뒀던 목적지에 도착한 뒤에도 새로운 목적지를 정해 떠나버린다. 집에서 역으로, 역에서 정류장으로, 정류장에서 도착역으로, 도착역에서 숙소로, 아늑한 곳으로. 그리고 침대에서 시끌벅적한 곳으로, 무드 있는 음악과

**여로**

커피 냄새가 풍기는 곳으로, 고요하고 차분한 곳으로, 몸을 누이고 쉴 수 있는 곳에서 다시금 역으로.

수십 수백 개의 캐리어 끄는 소리가 잦아들고 나서, 나는 그 뒤꽁무니를 따라 역 바깥으로 걸어 나왔다. 모스크바역은 다른 역들과 달리, 빠져나오는 길에는 역사에 들를 필요가 없게끔 만들어놓은 듯했다. 그 길을 따라가자 지긋지긋한 레닌 동상이 한 번 더 나오고, 더 걸어가니 왕복 10차선쯤 돼 보이는 큰 도로가 펼쳐져 의식이 아득해졌다. 〈디지몬 어드벤처〉의 주인공 태일이가 코로몬과 함께 현실세계로, 여의도 광장에 막 돌아왔을 때의 장면 같았다.

전화 통화를 하는 사람, 아기를 달래는 사람, 여행객들을 상대로 호객행위를 하는 사람, 구걸을 하는 사람, 부웅, 부우우웅 하고 질주하는 자동차들, 끊이지 않는 경적과 다툼들, 모두 어디로든 벗어나려는 마음들. 그 사이에 서서 택시를 기다리는 동안, 내가 여행객임을 알아본 뒤 "택시?" 하고 물어오는 남자가 한 명 있었다. 나는 눈을 동그랗게 뜨고 그를 쳐다보기 시작했다. 그리고 아주 천천히 고개를 저어 보였다. 미안하지만, 역에서 잡은 택시 때문에 고생을 많이 했거든요… 그런 마음 아픈 사정을 내 눈빛에서 읽어냈는지, 아니면 그냥 '이건 뭔 또라이 새끼야'라고 생각한 건지, 아저씨는 더 이상의 호객행위 없이 물러났다.

점심때가 가까운 오전이어선지 차가 몹시 막혔다. 생각해보니 러시아의 다른 도시에서는 서울만 한 수준의 교통체증을 경험해본 적이 없었는데, 인구 천만이 넘는 모스크바쯤 되니 확실히 길 막힘의 밀도가 달랐다. 도심부에 위치한 호텔까지 가는 데 40분이 넘게 소요됐다. 걸어서 가도 한 시간이면 충분한 거리였는데. 물론 짐 가방을 끌고 낑낑거리며 가는 것과 택시 뒷좌석에 앉아서 답답해하기만 하는 것에는 극명한 퀄리티의 차이가 있다. 나는 그저 바라보기만 하면 된다. 그 현실은 때때로 편리하고, 대체로 갑갑하다.

모스크바의 심장을 가로지르는 강줄기 그 너머로 적갈색 벽돌로 지어진 성곽이 늘어서 있었다. 나는 택시에서 짐을 내리는 도중에도 그 장관으로부터 눈을 뗄 수 없었다. 크렘린이었다. 사람들이 성 바실리 대성당과 혼동하곤 하는 그 구조물… 나는 골목 안에 있는 호텔로 들어갈 생각도 못 했다. 택시가 떠난 뒤로도 몇 분이나 강 건너의 성벽을 쳐다봤

**여로**

278

다. 그 성은 여타 러시아의 건축물보다 더 크고 아름다웠다. 파르스름한 날씨 아래 좌우로 광막하게 펼쳐진 모습이, 흡사 인간의 힘으로 지평선을 대체해보리라는 무모한 의지처럼 느껴지기도 했다… 그렇게 생각할 무렵 지나가던 차에 치일 뻔했기 때문에, 이만 체크인을 하러 호텔 카운터로 걸어 들어갔다.

카운터 직원은 그럭저럭 영어를 잘하는 편이었다. 여권을 건네고 휴대폰 번호를 알려준 다음, 숙박계에 사인을 하는 것으로 체크인이 끝났다. 현금이 얼마 남지 않았기 때문에, 먼저 카드로 계산을 '시도'나 해보기로 했는데, 그대로 결제가 되어서 다행스러웠다. 숙박료는 2박 3일에 6,000루블이었다.

'들은 대로야. 확실히 시베리아 쪽 도시에 비하자면 물가가 비싸구만…'

그래도 이 정도면 나쁘지 않은 편이었다. 따지자면 한국의 평범한 여관이나 모텔 수준이니까. 오히려 여태까지의 숙박 요금이 너무 저렴했던 것이다.

더구나 위치가 무척 좋았다. 골목을 나가면 곧장 크렘린이 보이는 강가 도로로 이어졌고, 그곳에서 20분 정도만 걸으면 붉은광장이었다. '피플레드스퀘어'라는 이름부터가 붉은광장과 가까운 숙박지라는 점을 어필하고 있었고 나 역시 그런 장점 때문에 예약한 곳이었다. 다만 호텔이라는 이름과는 달리 3층까지밖에 없는 작은 규모라 엘리베이터도, 짐 옮겨다 주는 사람도 없어 혼자 낑낑대며 가방을 끌고 올라가야 했다.

방은 좁지만 깔끔한 구조로 돼있었다. 멀티탭이 붙은 책상이 놓여있는 것이 마음에 들었고, 두꺼운 암막 커튼에 넓은 창문이 한쪽 벽면 절반을 메우고 있었다. 채광은 잘 되는 편이었으나, 창밖에 보이는 것이라곤 옆 건물 벽면뿐이었기 때문에 조금 실망했다. 하긴 예약가능한 방 중에서도 제일 저렴한 옵션을 골랐으니 모스크바강과 크렘린이 내려다보이는 객실을 내줄 리 없지만.

나는 짐을 풀고 옷을 갈아입은 다음, 침대에 풀썩 쓰러지듯 누웠다가 도로 일어났다. 어렵사리 모스크바까지 왔고, 이렇게나 날씨가 좋은데 객실 안에서 시간을 때운다는 건 말도 안 될 일이다. 우선은 가까운 붉은광장으로 가서, 크렘린과 바실리 대성당을 눈에 담고 와야겠다는 생각이 들었다.

한데 지금까지의 경험상, '너무 대놓고 관광지인 곳' 주변에는 음식 먹을 만한 곳이 없거나 염병하게 비싸면서 맛대가리라곤 없는 경우가 많았기 때문에—이건 러시아뿐 아니라 어느 나라나 똑같은 것 같다— 붉은광장으로 향하기 전에 대충이라도 식사를 하고 가는 게 좋을 것 같았다.

마침 호텔 지하 1층에는 '사쿠라 플레이스Sakura Place'라는 식당이 있었다. 이름도 그렇고 입구부터 일본 애니메이션 주인공 같은 여자 캐릭터가 고객을 반기고 있기 때문에 '당연히 일식당이겠지'라는 생각을 하게 되지만, 사실은 쌀국수부터 스시에 똠얌꿍까지 아시아 요리를 다 취급하는 범아시아 음식점이었다. 심지어 김치도 팔고 있었다.

호텔 내부에 있다는 입지 때문인지 손님이 많진 않았다. 나는 메뉴 맨 위에 있는 만둣국 비슷한 수프 하나, 김치 '샐러드' 하나를 주문했는데 놀랍게도 두 메뉴 모두에 고수가 듬뿍 들어가 있는 상태로 나왔다. 김치에다가 고수를 넣어서 주다니… 나는 주인장을 불러 '이런 음식을 한국에서 내놓았으면 사형감이다. 헌법에도 그렇게 적혀있다'라고 일갈하려다가, 대충 빼고 먹어보니 '생각보다는 먹을 만해서' 그냥 먹었다. 나도 모스크바까지 와서 무슨, 얼마나 완벽한 김치를 바라고 주문을 했나. 심지어 김치도 아니고 김치 샐러드였다.

다만 만둣국은 만두가 들어간 고수맛 국으로, 고수를 정성스럽게 다지듯 썰어 넣어놓은 덕분에 도저히 다 집어낼 수가 없었다. 그래서 그것도 그냥 먹었다. 물론 나는 고수를 좋아하지 않는다. 솔직히 말해 상당히 싫어하는 편이다. 하지만 러시아에 와보니 이미 너무 많은 음식에 고수가 침투해 있었다. 이쯤 되니 고수를 싫어하는 것도 너무 번거롭게 느껴져서, 그냥 '나는 고수를 꽤 좋아한다'고 스스로 세뇌하면서 먹어버릇하니 그냥저냥 잘 먹게 되었다. 과연 이것을 의지의 문제로 보아야 할지, 아니면 '뭔가를 싫어할' 의지의 터무니없는 결여로 보아야 할지는 다소 모호하다. 알고 싶지도 않다.

대충 배를 채우고 몸이 따뜻해지자 걸음걸이에도 힘이 붙었다. 나는 붉은광장을 향해 걸으면서 가까워져오는 그 건물… 많은 사람들이 '오 테트리스에 나오는 그 성이다' '크렘린 아니야? 그거 지은사람 눈 뽑혔다며 ㄷㄷ'라고 반응하는 성 바실리 대성당의 모습을 확인했다. 알고 보면 크렘린도 아니고, 성도 아니라 대성당이지만, 아무튼 아름다운 건물의 대명사로 꼽힌다는 사실에는 변함이 없다.

내 발걸음에 따라 점점 가까워져오는 대성당의 모습. 별안간 심장이 뛰고 귓등이 쿡쿡 쑤셨다. 나 역시 어린 시절 낡아빠진 TV 게임기로 테트리스를 하면서 그 건물을 봤고(존나 못했지만), 내가 좋아하는 〈시드 마이어의 문명〉 시리즈에서도 '그냥 도시에 그런 거 하나 있으면 예뻐서'라는 이유로 지어놓곤 했던 불가사의였던 것이다. 그런데 그 유명한 건물을 내 눈으로 직접 보게 되다니. 누가 상상이나 했을까?

내가 느낀 감흥은 대충 그 정도였다. 그것밖에 없었다. 모스크바의 공공건물에 출입하려면 QR코드가 필요하다는 모양이어서 그걸 얻기 전까지는 내부에 들어갈 수가 없었고… 가까이 가보니 다른 도시의 대성당들보다 크지도 않았다. 오히려 그들 중에는 고만고만한 사이즈라고 할 수 있었는데, 출입구 옆에는 뭘 수리하고 있는지 철제 컨테이너 박스 같은 것이 설치돼있어서 왠지 김이 빠졌다.

성 바실리 대성당의 상징이라고 하면 형형색색의 지붕이지만, 그건 너무 유명해진 탓에 전 세계에 모조품이 있었다. 한국의 어느 촌 동네 놀이공원에만 가봐도 그 비슷한 지붕을 볼 수 있다. 가짜를 너무 많이 봐와서 진짜도 가짜처럼 보이다니. 그 성당 지붕을 직접 만져보더라도 플라스틱 이외의 감촉은 느껴지지 않을 것 같았다. 나는 다른 관광객들처럼 사진이나 몇 장 찍고, 또 다른 관광객들의 표정이며 행동을 관찰하다가 붉은광장을 가로질러 걸었다.

우리가 흔히 알고 있는 크렘린이라는 말은 러시아 단어 크레믈Кремль에서 유래한 것으로, '요새' 내지 '성'을 뜻하는 일반명사다. 말하자면 영어의 캐슬Castle, 혹은 불어에서의 샤토Château와 비슷한 말인데, 국가원수가 머무르는 크렘린 궁이 너무 유명해지는 바람에 '크렘린' 하면 '모스크바 크렘린'을 일컫는 말로 자리잡아버린 케이스라고 한다.

나는 붉은광장 위에 캠프처럼 세워진 소규모 놀이공원을, 그 뒤에 있는 돔 백화점을 차례로 둘러봤다. 레닌의 사체가 보존돼있을 못자리와 무명용사들의 무덤을 보고, 그런 풍경을 배경 삼아 사진을 찍는 관광객들의 표정을 보았다. 근심·걱정 없이 웃고 떠드는 사람들. 그 모습을 석상 같은 표정으로 지켜보고 있는 털모자 군인들과 짧은 굉음을 내며 상공을 가로질러 사라진 비행체의 궤적을 번갈아 확인했다. 그 일자 모양 구름은 내가 묵고 있는 피플레드스퀘어 호텔 그리고 우크라이나 키이우가 있는 남쪽으로 향해 머리를 틀고 있었다.

춥지 않은 날씨였지만 바람이 제법 불었다. 나는 몸이 으슬으슬해질 때까지 광장에 서서, 바실리 대성당이 아닌 크렘린 성벽을 올려다봤다. 아마도 저 빨간 성벽 너머에는 크렘린궁이, 대통령의 집무실이 있을 것이다. 이곳에서는 전쟁 반대 시위를 벌이던 사람들이 잡혀 들어갔고, 나처럼 무고하고 생각 없는 관광객들밖에 남아있지 않다. 나는 애써 들뜬 관광객처럼 생각하기로 했다. 어딘가 기념품을 살 만한 곳이 없나 찾아보다가, 대체 무엇을 기념해야 할지 알 수 없는 기분에 그냥 광장을 돌아 나왔다.

모스크바의 주요 시설, 좀 유명하다는 관광지나 미술관에는 하나같이 백신접종이나 PCR 음성판정 여부를 확인하는 QR코드를 요구하는 모양이었다. 나는 인터넷으로 그 정보를 확인했고, 따라서 그 QR코드라는 것을 얻기 위해 무슨 검사라도 할 요량으로 병원을 찾았다. 영사관 직원에게 한 번더 예약을 부탁할까 싶었지만, 모스크바는 더 이상 그 직원의 관할지역도 아닌 데다가 영사관보다 더 큰 대사관이라는 것이 있어서 그쪽으로 연락하는 것이 맞다는 생각이 들었다.

대사관 직원은 조금 지친 목소리로 '메드시Medsi'라는 병원을 찾아가 보라고 이야기했다. 외국인이 많이 다니는 프랜차이즈 병원인데, 거기서는 대충 영어가 통하니 가서 검사를 받고 싶다고 하면 도와준다는 거였다. 나는 모스크바 시내를 30분 정도 걸어 가장 가까운 메드시 지점을 찾아갔다. 하지만 접수처 직원이 영어를 하지 못해 의사소통에 어려움을 겪었고—아마도 의사는 달랐으리라 생각되지만—결정적으로 가장 가까운 검사 일정이 모레나 되어야 한다는 이야기 때문에 아무 수확 없이 빠져나와야 했다.

'젠장. 다른 도시에서는 미술관이든 박물관이든 QR코드 같은 거 신경 안 썼는데. 모스크바는 대도시 주제에 너무 팍팍하구만…'

어쩌면 그런 마인드로 돌아다녔기 때문에 코로나에 걸린 게 아닐까?

어쨌거나 나는 코로나에 걸렸다가 회복이 된 케이스다. 몸 상태는 매우 좋고 마스크도 잘 쓰고 다닌다. 돌파 감염이 된 시점에서는 별 쓸모없는 얘기가 돼버렸지만, 한국에서 백신도 2차까지 맞았다. 다만 러시아에서는 자국 백신인 '스푸트니크'를 제외한 다른 백신에 대해서는 접종내역을 인정해주지 않는다는 이상한 원칙이 있었다…

　이런 상황에서는 대체 어떻게 해야 하지? 마침 나는 모스크바에 있었고, 대사관이 도보로 20분 정도 되는 거리에 있었으므로 직접 찾아가 문의해보기로 했다. 누가 뭐래도 나는 대한민국 국민이니까. 대사관이 있으면 거기서 어떤 식으로든 도움을 받을 수 있지 않겠는가.

　대사관의 문은 굳게 닫혀있었다. 입구에 서서 망연자실한 표정으로 서있으려니 경비원처럼 보이는 러시아인이 다가와 말을 걸었다. 대충 무슨 일이냐고 물어보는 것 같았다. 나는 "그게 저, 제가 코로나에 걸렸다가 돌아왔… 아무튼 그래서 QR코드가…"라고 말하다가 말귀를 못 알아먹는 것 같길래, "아, 그냥 일이 있어요. 비자인지 뭔지 그거 때문일 겁니다. 아무튼"이라고 둘러댔다.

　그러자 경비원이 대답하기를 "오늘은 대사관이 쉬는 날이에요. 내일 오세요"라는 것이었다. 나는 황당해서 "어째서죠? 오늘은 화요일이고, 지금은 오후 네 시인데요?" 하고 물었다. "은행도 영업하는데 왜 대사관이 문을 닫아요?"

　"글쎄요. 저는 잘 모르겠는데… 한국인들한테는 중요한

날이라는가 봐요. 그래서 쉰대요."

경비원은 번역 앱을 통해 그렇게 말했다. 뭐야, 한국인에게 중요한 날이라고?

나는 황급히 휴대폰 잠금 화면을 풀어 날짜를 확인했다. 그리고 육성으로 탄식했다. "흐으아아…"

'삼일절이라니. 러시아에 왔으면 러시아 공휴일만 쉬는 게 아니었나?'

나는 한국인으로서 '3월 1일'이라는 날짜에 완전히 무감각했다는 사실에 자괴감이 들었고, 한편으로는 한러 양국의 공휴일을 모두 챙겨서 쉬는 대사관 양반들의 편의에 놀라 자빠질 지경이었다. 뭐 그게 당연하다면 당연한 것이긴 한데. 왜 내가 가는 날에 맞춰 이런 일이 일어나느냐고…

이날은 여러모로 지치는 구석이 많은 하루였다. 카페에 들러 커피를 마시면서 알아보니 '접종이나 음성 정보가 있어도 'Gosuslugi'라는 정부 서비스에 등록돼있지 않으면 QR코드를 받을 수 없고, 외국인은 근처에 있는 은행 지점에서 등록할 수 있다'는 정보를 습득했다.

그래서 오후 여덟 시까지 문을 연 은행을 찾아갔지만, 거기서도 '여기 말고 MFC라는 관공서에 먼저 가셔야 한다'는 말만 듣고 다시 나와야 했다.

나는 밤의 모스크바 길을 떠돌아다니면서 '러시아는 좆같아…'라고 생각해버리고 말았다. 심신의 체력 게이지가 밑바닥을 뚫고 마이너스 상태로 접어들었다. '날도 저물었고, 이젠 달리 할 수 있는 것도 없으니 밥이나 먹고 들어가야겠다'고 생각한 나는 근처 식당을 찾다가 '홍길동Hon Gil Don'이라는 바를 찾았다.

'바 이름이 홍길동이라니… 한국에서도 그렇게는 안 짓는데'라고 생각하며 들어갔더니, 아니나 다를까 한국인은 없고 죄다 러시아인들뿐이었다. 휴대폰 배터리가 얼마 남지 않았기 때문에, 나는 어렵게나마 스스로 메뉴를 읽고 발음하며 익숙한 음식을 찾아보려 애썼다. 그러다가 거기 '김치찌개'라는 것이 있다는 사실을 깨닫고 냉큼 주문해 먹었다.

러시아는 김치를 사랑한다. 나는 그렇게 생각할 수밖에 없었다. 그 김치찌개는 진심이었다. 바에서 곁다리로 내놓는 그런 사이드 메뉴가 아니라, 신김치에 두부와 돼지고기를 적절하게 넣은 완전한 한국식 찌개를 내놓은 것이다. 나는 감동한 나머지 맥주를 세 잔이나 시켜 먹고, 보드카까지

샷으로 마신 뒤에 비틀거리면서 숙소로 돌아갔다. 그 홍길동이라는 곳에서만 1,000루블이 넘는 현금을 써버렸다는 건 다음 날이 돼서야 알았다.

# 27

# 모스크바

기분 탓인지도 모르겠다. 나는 원래도 꿈자리가 사납고 우중충한 편인데, 러시아를 돌아다니는 중에 꾼 꿈은 그중에서도 더 종잡을 수 없고 해괴한 것들이 많았다.

이날 꿈에는 진주 누나가 나왔다. 진주 누나는 내가 알고 있는 몇 안 되는 외가 친척 중 한 명인데, 그마저도 아주 어렸을 때 몇 번 본 것이 전부라 '진주'가 본명인지, 집에서 부르는 별명 같은 것인지도 알지 못한다. 어쩌면 누나는 나 같은 친척이 있었다는 사실조차도 긴가민가할지 모르겠다. 다만 나는 살면서 '친척'이라고 부를 수 있는 사람 자체가 얼마 없으므로, 이렇다 할 접점이 거의 없었음에도 그 몇 안 되는 존재가 뇌리에 박혀있는 것이다.

　다만 나에게 있어 친척이라고 하면 타인이나 다름없거나 어떤 면에서는 그보다 친해지기 불리한 관계들밖에 없었다. 그건 확실히 내 잘못은 아니었고―일고여덟 살짜리가 어떻게 그런 잘못을 할 수 있겠는가?―족보의 문제였다. 친가 쪽에선 환영받지 못한 결혼에, 아버지가 요절하는 바람에 일찌감치 관계가 파탄 나버렸을 뿐이지만.

　외가 쪽은 그보다 몇 차원 복잡한 면이 있었다. 내가 아는 대로 정리해보자면 이렇다. 나의 외할아버지는 최소한 두 번 결혼했고, 외할머니도 두 번 결혼했다. 그러나 두 분에게는 서로가 각각 두 번째 관계였으므로, 엄마와 나는 어디를 가든 애매하고 소외된 위치에 있을 수밖에 없었던 것 같다. 외가에 있던 사촌 형들과 누나에게 나는 배다른 고모의 아들이자 뭔가 좀 애매한 사촌 동생이었던 셈이다. 그렇지만 나이 차이가 꽤 많이 나는 동생이었기 때문에, 형들이든 누나든 만날 때마다 친절하게 잘 대해주려고 했던 모습이 기억에 남아있다. 특히 가끔 만난 진주 누나가 날 보고, "빈이, 많이 컸네" 하고 나지막이 말해주는 걸 정말 좋아했다. 그 시기 내게 그렇게 말해준 사람은 누나 말고 아무도 없었다. 어차피 다른 친척은 만날 수도 없었고, 엄마는 나를 지겨워했다. 타인들은 내게 관심이 없었다.

외동아들이었던 나는 거의 항상 형이나 누나가 있는 친구들을 부러워했다. 대구에 있던 외갓집에는—엄마와 달리—내게 잘 대해주는 사촌 형, 누나들이 있었고, 그래서 나는 명절 때마다 '이번에는 외갓집 안 가?' 하고 엄마를 들들 볶아대다가 크게 혼나곤 했다. 한번은 엄마가 술을 먹고 '네가 정말 거기서 환영받는다고 생각하느냐'고 퍼붓는 바람에 남몰래 펑펑 운 적도 있다. 그렇게 졸라대는 것조차 외할아버지가 병으로 돌아가신 뒤로는 하지 못했으니 좀 안쓰러운 얘기다.

하여간 그 잘생겼던 사촌 형과 예쁜 진주 누나가 어떻게 지내고 있는지는 전혀 아는 바가 없다. 나이가 나이이니만큼 이미 결혼을 해서 자식을 두고 있을는지도 모른다. 솔직히 궁금하지도 않았다. 엄마가 그렇게 말한 뒤로는, 나는 정말 내가 환영받지 못하는 존재라고 느끼기 시작했기 때문이다. 그러나 이 생뚱맞은 재등장은 무엇인가. 내 몇 안 되는 혈연관계와 러시아 땅 사이에 무슨 접점이 있다고.

꿈속에서 진주 누나는 7층짜리 목욕탕을 운영하고 있

었다. 왜 목욕탕이 7층씩이나 되어야 하는지 모르겠지만 꿈이라서 그러려니 하고 받아들였다. 사촌 형들은 3, 4층쯤에 있는 열탕에서 몸을 덥히고 있었다. 나는 1층부터 7층까지 오르락내리락하며 건물을 둘러보다가, 때마침 역 근처를 배회하던 공룡 때문에 좁아터진 골목으로 부리나케 도망치다가 잠에서 깼다… 글로 고쳐 쓰면 좀 그럴듯해질 줄 알았는데, 이렇게 써놓고 봐도 전혀 그렇지 않아서 조금 속상하다.

나는 숙소에서 눈을 뜨자마자 대사관으로 향하는 차를 탔다. 입구에서 러시아 도어맨과 짧은 실랑이를 거쳤지만, 다행히 전날처럼 쉬는 날도 아니어서 어떻게 어떻게 영사실 입구로 들어갈 수 있었다. 영사실 내부는 한국식 관공서를 그대로 빼다 박아놓은 느낌이었다. 2단짜리 책꽂이에 있는 책들도 전부 한국어책들, 그것도 동네병원 로비나 주민센터 대기열에 꽂혀있을 법한 것들로만 엄선돼있었고, 그 위에 붙은 삼성 벽걸이 TV엔 연합뉴스 채널을 무음으로 틀어놓았다. 실수로라도 '여기가 한국이 아닌 건 아닐까' 하는 의심이 들지 않도록 완벽한 한국을 구현해놓은 것이다. 거기에 한 1분쯤 앉아있으니 놀랍지도 않았다. 실제랑 구분이 되지 않을 만큼 너무 똑같이 그린 그림을 봐서 금방 김이 새는 느낌 같았다.

그러나 대사관 직원은 한국어를 잘 구사할 뿐이지, 그다지 러시아 직원과 구분되지 않는 공감능력을 보여주었다. 그는 내가 'QR코드가 없어서 아무 데도 못 갈까 봐' 걱정하는 일 자체를 이해하지 못하는 듯했다.

"저는 여기 살지만 QR코드를 찍은 적이 없거든요?"

"하지만 제가 본 기사나 공공 미술관 안내문에는 'QR코드가 없으면 입장이 불가능하다'고…" 나는 황급히 휴대폰을 꺼내 캡처한 화면을 보여주려고 사진 폴더를 뒤졌다. 그러나 직원은 '그런 건 볼 필요가 없다'는 듯이 손을 내저으면서 이렇게 말하는 것이다.

"뭐, 확실하게 하려면 항원 검사나 그런 걸 하셔야 할 텐데. 아마 발급이 어려우실 거예요. 아무래도 외국인이라."

"발급이 어렵다고요?"

"네. 비자를 받고 오신 것도 아니고 여행객이시다 보니."

그야 따지고 보면 여행이기는 하다.

…그런데 여행이라면 미술관도 가고, 박물관도 가고, 사람들이 많이 찾는 명소도 둘러보고 하는 것 아닌가? 근데

**모스크바**

여행객이라 거기에 필요한 QR코드를 발급받는 게 불가능하다고?

내 머저리 같은 뇌 기능으로는 따라갈 수 없는 논리회로였다. 결국에는 "뭐. 그냥 알아서 가보셔야 할 것 같은데…"라는 직원의 말을 끝으로 대사관을 빠져나와야 했다.

'전혀 도움이 안 됐잖아. 이 대사관…'

이럴 바에야 차라리 이르쿠츠크에서부터 나를 신경 써준 그 영사관 직원분께 사정을 설명하는 것이 나았을지 모른다. 하지만 관할지역이 다른데 더 번거롭게 할 수는 없는 노릇… 하는 수 없이 번역 앱을 들고 가장 가까운 비자 관련 러시아 관공서에 들이받기로 결심한 뒤 발걸음을 옮겼다.


'우리는 당신을 도울 수 없습니다. 러시아어로 번역된 여권 공증이 있어야 합니다'라고, 관공서의 입구 직원이 내민 휴대폰에 적혀있었다.

'저는 그걸 여기서 받을 수 있는 줄 알았는데요.' 나는 휴대폰을 내밀어 보여줬다.

'그걸 위해서는 여권이 필요합니다'라는 대답이 돌아왔다.

'여권은 여기 있는데요'

'러시아어로 번역된 여권이…'

"악! 씨발!!" 나는 관공서 입구를 빠져나오면서, 제 화에 못 이겨 아스팔트 바닥에 발을 세게 굴렀다. 퍽, 퍽, 하는 소리가 퍼지자 지나가는 주민들 몇 명이 나를 힐끔 보고 지나갔다. "미술관에 가려면 QR코드가 필요하고, QR코드를 받으려면 공공의료서비스에 등록이 돼있어야 하는데, 공공의료서비스에 등록하려면 외국인 인증을 받아야 하고, 그 외국인 인증에는 여권이 필요하지만 러시아어로 번역된 공증이 있어야 하는데 그 공증은 또 여권이 있어야 한다고? 이게 뭔… 씨… 으아아악."

나는 너무 화가 나서 근처 스시집에 들어가 1,000루블짜리 식사를 해버렸다. 그냥 평범한 롤 초밥이었는데 모스크바라 그런지 물가가 만만찮았다. 그래도 배가 부르니 확실히 기분이 나아져서, 근처 카페에 들렀다가 숙소로 돌아갈 계획이었다.

스타벅스에는 사람이 많았다. 하지만 그 세 명은 유독 눈에 띄는 것이, 얼굴을 자세히 보진 못했지만 움직임이며 자기들끼리 수군대는 악센트가 꼭 한국인 일행 같아 보였다. 몰래 귀를 기울이면서 무슨 언어로 대화하는지를 들어보려고 했지만, 카페가 시끄러웠던 통에 그것만으로는 온전히 분간하기가 어려웠다. 결정적인 건 카운터 직원과의 대화였다.

"투, 투… 포크! 예앗, 땡큐! 쓰빠씨바!"

아무래도 한국인이 맞는 것 같았다.

나는 잘하면 그 일행에게 가서 QR코드 문제를 어떻게 해결했는지 물어볼 수 있으리라는 희망을 품기 시작했다. 비록 대사관 직원에게는 시원찮은 답변밖에 못 들었지만… 이 복잡한 시기에 러시아를 여행하는 사람들이라면, 같은 일반인 입장에서 도움이 될 만한 정보를 얻을 수 있을지 모른다…

한 가지 문제는 세 명의 일행이 모두 젊은 여자분이었다는 것. '잘못하면 주제도 모르고 집적거리는 것처럼 느껴질 수 있겠다'는 생각이 문득 들었다. 나는 왠지 내 옷차림이며 행색을 점검하기 시작했다. 왼쪽 주머니 끝이 뜯어진 코트에 꾀죄죄한 몰골, 지저분하게 긴 머리카락에 땀에 전 모자까지. 무리 지은 젊은 여자에게 말을 걸기에는 여러모로 최악의 상황이었다. 말을 걸자마자 "거지인가? 으, 기분 나빠" 하고 자리를 박차고 떠날지도 모른다.

'오히려 누가 봐도 개수작 부리는 옷차림은 아니니까. 오

히려 순수하게 받아들여줄지도…'

QR코드 문제를 해결하지 못하면 모처럼 온 모스크바에서 노트북만 두드리다가 시간이 끝장날지도 모른다는 생각도 들었다. 아무리 구글링해도 '2022년 3월 푸틴이 우크라이나 침공을 개시한 시점에서의 러시아 한복판'에서 도움이 될 만한 여행정보는 나오지 않는다… 나로서는 매우 절박한 상황에 처해있었기 때문에, 마지막 지푸라기라도 잡는 심정으로 힘겹게 말을 걸었다.

"ㅈ, 저, 저저젖ㅈ 저저, ㅎ 호혹시 한국인이세…요…?"

"…엥?"

테이블 주변의 시간이 몇 초간 얼어붙은 것 같았다.


"와, 이런 시기에 모스크바에서 한국인을 볼 줄 몰랐어요… 어떻게 아신 거예요?"

나는 "아아, 저쪽 테이블에 앉아있었는데 우연히 한국말이 들려서요"라고 대충 둘러댔다. '설마 한국인인가 싶어 전력을 다해 대화를 엿들었다'고 솔직히 말하기에는, 내가 느끼기에도 소름 돋는 워딩이다.

어쨌거나 말을 꺼내기까지는 무척 힘이 들었지만, 내가

하고 있는 몰골치곤 생각보다 배타적이지 않아서 다행스러웠다. 기왕 같은 한국인도 만난 겸, 대화나 하자고 의자까지 끌어다 왔다. 왠지 좋은 사람들 같았다. 내가 블라디보스토크에서 출발해 모스크바까지 온 것에 대해서는 조금 놀라는 듯한 눈치였다.

"그, 제가 글을 써서요…"

"아, 작가인가요?"

"네. 그런 셈인데요." 이 와중에 나는 스스로 '작가입니다'라고 익숙하게 말할 수 있다는 것에 새삼 놀랐다. 철 가면도 쓰다 보면 그럭저럭 하고 다닐 만한 것일까?

"오…"

"마감에 쫓겨가지고, 러시아로 도망쳐서 열차 안에서 글을 쓰면 어떨까 하는 생각이었죠… 이렇게 고생하게 될 줄은 몰랐지만요."

"저희는 댄서예요."

"아아, 직업으로 춤을 추시는…?"

"맞아요."

춤을 춘다… 댄서… 이 모든 것이 나와는 사뭇 다른 '인싸' 혹은 '정상인'의 무리임을 짐작게 했다. 춤추는 사람들에 대한 유감은 전혀 없지만, 있는 대로 기가 죽어있었던 내게는 다소 버거운 환경이었다.

"그, 으렇구나…" 나는 최대한 말을 더듬지 않으려고 정신을 집중하고 있었다.

"프로젝트 참여차 러시아에 왔는데 꼼짝없이 갇혀버렸다니까요. 갑자기 전쟁이 터져버려서. 비행기도 취소돼서 다음 주로 다시 예약했어요."

"아, 그래요? 저도 다음 주에 귀국 일정인데… 혹시 항공사가 어떻게 되세요?"

"S7이요."

"저도 S7이에요." 내가 말했다.

"헐."

알고 보니 항공편이 똑같았다. 물론 나는 상트페테르부르크 공항에서 비행기를 타고 모스크바를 경유하고, 그 일행은 모스크바에서 바로 탑승한다는 점에서는 차이가 있었지만. 재미있는 우연임에는 분명했다.

"이런 복잡한 시기에… 프로젝트는 잘 끝내신 건가요?"

"네. 일은 잘 끝냈는데, 어떻게 돌아가는지가 문제예요. 전쟁 발발 이후에는 카드 결제도 잘 안 되고… 현금 인출은 아예 안 되고 있거든요. 비행기 탈 때까지 며칠 동안 뭐하면서 버틸지가 문제예요. 기다린다고 해도 항공편이 취소될지도 모를 일이고…"

"비행기가 취소되기도 하나요?"

"네. 아마 이번 것은 취소가 안 될 것 같기는 한데… 또 모르죠. 상황이 너무 급박하게 바뀌고 있으니까요."

나는 생각지 못한 정보에 어떤 표정을 지어야 할지 몰랐다. 추측건대 대체로 넋이 나간 얼굴로 대화를 했던 것 같다. 카드 결제가 잘 안 된다는 건 알았지만 현금 인출이 막혔다는 건 몰랐다. 몇 번인가 시도했다가 실패하긴 했는데, 일시적인 카드 문제 같은 것인 줄 알았지 의도적으로 막았다고는 생각지 못했던 것이다.

'그건 그렇고 비행기가 취소될 수도 있구나…'

말은 아무렇지 않게 하지만, 취소될 당시에는 눈앞이 막막했을 것이다. 나는 비행기를 놓친 적은 있어도 항공편 자체가 무효가 된 적은 없었으니까…

우리는 전쟁 발발 이후 러시아 내 상황이 계속해서 나빠지고 있다는 것, 거의 모든 분야에서 대러 규제 조치가 이뤄지고 있으니 하루빨리 한국으로 돌아가야겠다는 이야기 등을 하면서 커피잔을 비웠다. 영 불안한 얘기들밖에는 없었지만, 그 머나먼 타지에서 비슷한 처지의 한국인을 만나 대화를 나눌 수 있다는 사실이 근거 없는 안정감을 안겨줬다.

다만 원래 목적이었던 QR코드에 대해서는 "그건 잘 모르겠어요. 그런 게 있었나? 어디 갈 때 QR코드가 필요한 적이 없었던 것 같은데…"라는, 대사관과 별다를 것 없는 정보밖에 얻을 수 없었다.

"그럼 직접 가보는 수밖에 없을 것 같네요." 나는 짐을 챙겨 카페 밖으로 나갈 채비를 했다. "정말 많은 사람들이 찾는 미술관이라는데… 홈페이지에는 그렇게 써놓고, 막상 가보면 아무도 신경을 안 쓸 수도 있으니까요."

"네. 가보고 어떠셨는지 말해주세요. 어차피 할 것도 없는데 미술관에 가는 것도 나쁘지 않을 것 같아요."

우리는 이따 저녁에 시간이 되면 같이 김치찌개나 먹자, 같은 약속을 하고 헤어졌다. 미술관이 있는 쪽 도로에 해가 바짝 들었다.


'에이, 아무리 그래도 그렇지. QR코드 검사를 한다고 그렇게 경고해놨으면서, 아무 검사도 안 할 리가 없잖아…'

모스크바

트레티야코프 미술관은 도보로 15분이면 갈 수 있는 가까운 거리에 있었다. 나는 반드시 들어가 보이겠어, 같은 마음은 전혀 없었고, 혹시나 해서 해보는 시도로 '되면 땡큐고 안되면 어쩔 수 없는' 같은 체념의 마음가짐으로 미술관 입구에 다다랐다. 나는 거기 들어가기 전에 미술관의 외양도 구경할 겸, 사람들이 어떤 과정으로 입구를 통과하는지 관찰했다.

상황이 상황이라서인지 미술관을 찾는 사람은 많지 않았지만(그렇다고 적지도 않았다) 도어맨은 QR코드를 눈으로만 대강 훑은 뒤 방문객을 통과시켜주는 모양이었다. 나는 한국에서 쓰는 'COOV' 앱을 켠 다음, 영어 모드로 바꿔 화면에 띄우고 입구로 향했다. 러시아어는 지원되지 않았기 때문이다. 그래서인지 도어맨은 '엥?' 하는 표정으로 나를 쳐다봤다. 나는 절박한 동양인 청년의 표정을 지었다. '정말 많은 일이 있었습니다. 여기 있는 미술품을 꼭 보고 싶습니다…'라는 말을 얼굴에 담아 3초간 그에게 발사했다. 나는 10초 뒤에 무사히 통과할 수 있었다.


트레티야코프 미술관은 러시아뿐 아니라 전 유럽에서

도 손꼽히는 규모의 대형 미술관이다. 보관 중인 미술품만 15만 점이 넘어서, 그 거대한 전시장들로도 공간이 충분하지 않아 모든 작품을 한 번에 보는 건 불가능하다고들 한다.

한편 이 미술관에 있는 작품들은 주로 러시아 제국 시절 자국 화가들의 회화다. 우리에게 다소 생소한 이름과 화풍을 지닌 화가들도 있고, 다른 도시에서도 몇 점 보았던 레핀과 수리코프의 작품도 무수히 많았다. 레핀의 대표작으로 알려진 〈아무도 기다리지 않았다〉도 이 트레티야코프 구관에 걸려있었다. 책이나 화면으로 보았을 때는 별다른 감흥이 없었던 그림인데… 실제로 보았을 때의 전율은 대단했다. 화폭에 그려진 건 오랜 유배에서 돌아온 혁명가. 그가 살아 돌아오리라는 기대도, 바람도 없었던 가족들의 시선이 초라한 남자에게로 집중되는 그 순간이었다. 어떤 이들은 오랜 방황이 언젠가 '그때 겪었던 어려움만큼' 보상받을 수 있으리라 생각하지만…

내게는 러시아 문학책 표지로 쓰인 그림들을 실제로 볼 수 있었던 것도 큰 행운이었다. 바실리 페로프가 그린 도스토옙스키의 초상화는 30분이나 빤히 서서 보았다. 이반 크람스코이의 그림들도 훌륭했다. 톨스토이의 초상화와 함께

민음사 판《안나 카레니나》의 표지에 쓰였던 〈미지의 여인〉
도 걸려있었다. 그 외에도 차이콥스키나 체호프의 초상화
까지… 트레티야코프에서는 초상화에 눈길이 많이 갔던 것
같다. 이거야 내가 풍경화나 정물화에 큰 관심이 없는 것도
한몫을 하겠지만.

여기서부터의 러시아 미술관들은 하나같이 넓어도 너무
넓기 때문에, 주어진 시간이 길지 않다면 좋아하는 작품 위
주로 유심히 보고 오는 것이 낫다고 생각한다. 모든 작품에
똑같은 감상 시간과 집중력을 분배할 수도 없는 노릇 아닌
가. 나는 음식을 먹을 때도 편식이 심한 인간이다.

더구나 트레티야코프는 진짜로, 겉으로 보는 것보다도 훨
씬 더 무지막지한 규모의 미술관이었다. 1층부터 34관까지
의 전시실이 마련돼있었는데, 그걸 다 보고 나서 출구처럼
보이는 계단으로 갔더니 층계참에 '＼전시관 35-62'라고 적
혀있어서 까무러치는 줄 알았다… 그건 흡사 포켓몬스터
금은 버전에서 관동지방을 처음 발견했을 때의 충격과 맞먹
는 것이었다. 다 끝난 줄 알았는데, 여태 봐왔던 것만큼의 분
량이 더 남아있다는 반전 아닌 반전이다. 나는 '볼 만큼 봤는
데 포기하고 다른 곳이나 가볼까' 하다가, 가볍게 산책하는

기분으로 눈길이 가는 작품들만 챙겨보며 훌훌 돌아보고 나왔다. 바깥은 막 땅거미가 지고 있었다.

나는 숙소에 들러 30분쯤 누워 쉬었다. 그러다 지도에서 '푸시킨 박물관'이 오후 여덟 시까지 운영한다는 사실을 보고 곧장 밖으로 나와 차를 잡아탔다. 모스크바의 푸시킨 박물관은 두 곳이 있다. 위치도 이름도 비슷해서 헷갈릴 염려가 있다. 사람들이 주로 찾는 푸시킨 박물관은 'The Pushkin State Museum of Fine Arts'로, 러시아 미술관인 주제에 서유럽 예술가들의 작품을 엄청나게 수집해놓은 것으로 유명하다. 푸시킨 박물관이지만 푸시킨에 대한 것은 별로 없다.

희한하게도 이곳 역시 QR코드 검사는 전혀 하지 않았는데, 표만 보고 바로 통과시켜주는 바람에 '미술을 사랑하는 불우한 동양인 청년 표정'을 지을 기회조차 없었다. 걱정했던 것과 달리 입장이 너무들 쉬워 당황스러웠다.

푸시킨 박물관의 규모는 트레티야코프와 또 다른 형태로 웅장한 분위기를 띤다. 천장이 높은 중앙 로비를 중심으로, 좌우에 있는 전시실에 이름만 들어도 알 법한 화가들의 작품이 대나무 숲처럼 빽빽하게 걸려있었다. 《서양미술사》에서 쓱 지나쳐 봤던 이름들이 쏟아져 나온다. 프랑스 관에는 푸생, 로랭, 시메옹샤르댕, 바토. 이탈리아 관에는 구아르디, 티에폴로와 레니가, 스페인 관에는 무리요가 있었고… 절정은 역시 플랑드르(네덜란드 등지) 관이었다. 반다이크, 호이엔, 렘브란트(!), 라위스달의 그림을 볼 수 있었다.

'정말 대단한 컬렉션이구만. 이걸 다 어떻게 모았지?' 하고 한숨을 쉬며 2층에 올라가면, 황금색 이콘들의 행렬 사이에서 티치아노와 보티첼리의 작품이 튀어나온다. 실로 강박적인 수집욕으로부터 탄생한 것 같은 미술관이었다. 모스크바만 해도 이 정도인데, 문화예술의 수도라 불리는 상트페테르부르크는 어느 정도일까. 그곳에는 세계 3대 미술관으로 꼽히는 예르미타시가 있다. 나는 내일 아침에 모스크바 역으로 가서, 상트페테르부르크로 향하는 야간열차를 직접 예매할 생각이었다. 이제 러시아 철도청에서는 카드가 먹혀들질 않으니까.

폐장 시간에 맞춰 푸시킨 박물관을 빠져나왔다. 밤이 깊어지자 날도 추워졌고, 사람들의 옷차림도 한두 겹씩 불어있는 듯했다. 때마침 낮에 만난 한국인들에게서 같이 식사하겠느냐는 연락이 와서, 택시를 타고 '홍길동'으로 이동해 함께 식사를 했다. 우리는 열한 시까지 제법 많은 대화를 주고받다가 헤어져 제 갈 길을 갔다. 대화의 주제는 대부분 러시아 현지에서의 상황, 각자 지금 하고 있는 일에 대한 것들이었다. 나는 춤을 추는 사람을 상대로 그렇게 오랫동안 대화한 일이 없었다. 주변에 댄스 동아리에서 활동하는 친구가 한 명 있긴 하지만. 그건 어디까지나 취미 활동이니 직업 댄서에 비할 바는 아니다.

단지 나는 우리가 하는 고민들이—장르의 명백한 차이에도 불구하고—상당 부분 맞닿아있다는 생각이 들었다. 그것은 가장 본질적인 부분에서 크게 닮아 있었다. 우리는 걱정하고 있는 것이다. 고민하는 사람들일 수밖에 없다. 이미 그 일로 돈을 벌고 있는 상황임에도 불구하고, 어떤 돌파구를 찾아 먼 러시아까지 떠나오는 사람이라면 분명히 그럴 것이었다. 우리는 한국에 돌아가면, 서울로 돌아갈 수 있다면 언젠가 다시 만나자고 약속했다. 그런 종류의 약속은 여운 있는 작별 인사 같은 것이다. '또 보자'는 건 그냥 해보는 말일 뿐이고, 사실은 다시 볼 일이 전혀 없을지도 모르겠지만. '적어도 지금까지는 썩 나쁘지 않았고, 내가 보기에 당신은 꽤 좋은 사람 같다'는 느낌을 한 마디로 줄여 부르는 것이다. 러시아에선 그것을 '다 스비다냐'라고 한다. 나는 지금껏 이 러시아 땅에서, 몇 번이나 그 말을 하며 여기까지 왔나.

나는 아주 유쾌해진 기분으로 숙소로 돌아왔다. 다음 날 할 일을 정리하고, 예르미타시 미술관과 러시아 미술관—상트페테르부르크를 대표하는 국립 미술관—입장권을 각각 예매했다. 자정이 넘었지만 잠이 오지 않았다. 수면제는 떨어졌다. 나는 하는 수 없이 모스크바의 새벽을 뚫고 편의점을 향해 뛰었다. 가는 길에 24시간 운영하는 케밥 가게를 보고 케밥을 샀다. 케밥집 사장은 누가 봐도 러시아인이 아닌 외국인이었는데, 새벽까지 가게를 지키고 있느라 몹시 퀭한 얼굴이었다. 나는 케밥을 받아 들고 작별 인사를 했다. 극도로 피곤해 보였기 때문에 대답은 기대하지 않았다. 가게 불빛을 등지고 다섯 발자국쯤 걷는데 뒤에서 말소리가 들렸다.

"다 스비다냐!"

나는 몸을 돌려 꾸벅 고개를 숙였다. 숙소를 향해 달리는데 종아리가 무척 저렸다. 너무 많이 걸었다.

## 28

# 모스크바

잠에서 깨는 시간이 점점 빨라지고 있다. 수면 시간이 짧아졌지만 그만큼 더 피곤하지는 않다. 다만 몸 상태가 개선된 건 아닌 것 같고, 단순히 피로에 찌든 몸으로 하루를 살아내는 데 적응해버린 느낌이다. 아침식사로 전날 새벽에 사온 컵라면을 먹으려는데 식기가 없었다. 냉장고 위에 전기포트와 찻잔, 뭔지 모를 티백 몇 봉지가 가지런히 놓여있었으나 포크나 젓가락은 없었다.

일회용 포크를 사러 또 편의점에 다녀올 생각을 하자 골치가 아파졌다. 그건 한국의 편의점처럼 잘 구비돼있을지도 알 수 없는데ー새벽에 자세히 관찰해둘걸 그랬다ー낱개로 팔지도 않는 물건이다. 조금 부끄럽지만 카운터에 문의해 식기 비슷한 것이라도 잠깐 빌려보기로 했다. 대충 웃옷을 걸치고 내려가 보았더니 아래층에 사람이 없었다. 로비와 카운터뿐 아니라 건물 전체가 공허했다. 어찌나 조용한지 벽 너머 하수관에 물 흐르는 소리까지 다 들릴 정도였다.

시간은 아홉 시. 호텔 카운터 직원이 근무 대신 잠을 잘 만한 때는 아니었다.

'어디 화장실이라도 갔겠지' 싶어 10분간 앉아 기다렸지만 여전히 소식이 없었다. 더 기다려봐야 별수 없을 거 같아 포기하기로 했다. 기왕 내려온 김에 볼일이나 보고 가자고 생각하고 로비 옆에 위치한 화장실에 들어갔는데, 왜인지 손 씻는 세면대 위에 쇠로 된 포크 하나가 달랑 놓여있는 것이 아닌가. 싱크대도 아니고 세면대였다.

'어째서 이런 곳에 포크가 있는 거야…'라고 생각하면서도, 나는 주위를 몇 번 둘러 보았다. 여전히 인적은 없었다. 그 포크가 누구 것인지는 아무도 모르는 상황이다. 나는 그 포크를 흐르는 물에 빡빡 씻어 주머니에 넣은 뒤, 객실로 돌아와 라면을 먹어 치우고 나오는 길에 도로 씻어 제자리에 돌려놓았다. 나는 이것을 공유경제라고 부르기로 했다. 짐을 점검하고 열 시 체크아웃 시간에 맞춰 호텔을 나왔다.

모스크바역을 찾아가 보면 크고 웅장한 건물들이 여러 채 세워져 있다. 위치는 비슷하지만 건물에 따라 역의 역할이 구분되는데, 오른편의 야로슬라브스키역은 시베리아 횡단철도의 마지막 역으로, 이틀 전 내가 하차한 장소다. 큰 도로 맞은편에 있는 상가와 그 아래에 있는 플랫폼은 카잔스키역인데, 타보지는 않았지만 모스크바 시내를 운행하는 지하철 같았다. 국내 교통에 비유하자면 전자는 서울역 경부선이고, 후자는 지하철 1호선의 서울역이라고 할 수 있을 것이다.

다만 가려고 하는 목적지가 같은 모스크바 시내, 혹은 시베리아 횡단철도 상의 철도역이 아니라면 레닌그라츠키역에서 표를 구해야 한다. 그건 어째서인가. 모스크바-상트페테르부르크 노선은 시베리아 횡단철도 노선에 속해있지 않기 때문이다. 횡단철도는 모스크바와 블라디보스토크 사이를 왕래하는 기찻길을 의미하는데, 상트페테르부르크는 그 종착역인 모스크바에서도 더 서쪽으로 가야 하는 곳이니 아예 별도 취급을 하는 것 같았다.

이건 국내 상황에 맞게 어디 비유하기도 좀 곤란하다. 만일 한국이 통일되어서 서울에서 평양까지 가는 철도선이 별

도로 개통된다면, 그래서 서울역 옆에 또 다른 역사를 지어서 쓴다면 그게 레닌그라츠키역과 비슷하지 않을까 싶다. 모스크바나 상트페테르부르크나, 어떤 면에서의 '수도'라는 위치를 양보하기 힘든 대도시이기도 하다.

나는 상트페테르부르크행 열차의 운행 시간을 다시 한번 확인했다. 내가 타려고 하는 열차는 오전 열두 시 20분에 출발해, 여덟 시간을 달려 상트페테르부르크에 도착하는 야간 열차였다. 네 시간이면 도착하는 고속철도 '삽산'도 있긴 했지만, 비싼 데다가 시간도 애매해서 야간열차를 타기로 결정했다. 시베리아 횡단열차를 한 번 타고나서인지 여덟 시간이나 네 시간이나 별 차이 없는 것처럼 느껴지는 참이기도 했다. 48시간이나 52시간이나 길기는 마찬가지이니까.

티켓 뽑는 곳에 가서 30분쯤 기다리자 내 차례가 됐다. 나는 준비해놓은 러시아어 문구를 창구 직원에게 보여주었다. 내가 예매하려는 열차 번호와 출발 시간 등을 정리해놓은 것이었다. 그러자 직원은 고개를 좌우로 몇 번 흔들더니, 예매처 건너편에 있는 작은 티켓박스를 가리키며 '그건 여기가 아니라 저기서 예매해야 한다'는 느낌으로 말을 하는 것이었다. 보아하니 내가 예매하려던 야간열차는 다른 철도회사에서 운영하는 것이어서, 탑승권 발급처 자체가 구분되어 있는 듯했다.

다행히 티켓박스 앞에는 기다리는 사람도 번호표도 없었기 때문에, 나는 그날 밤에 출발하는 상트페테르부르크행 야간열차 탑승권을 무탈하게 확보할 수 있었다. 푯값은 2,803루블이었다.

슬슬 역에서 나가려고 출구를 찾고 있는데, 곳곳에 설치된 ATM기 행렬이 눈에 띄었다. 각양각색, 저마다 다른 은행사가 운영하는 현금인출기였다. 나는 '이렇게나 종류가 다양한데 한 곳 정도는 아직 인출이 되지 않을까' 하는 마음으로 하나씩 카드를 꽂아보았다. 첫 번째는 실패했고, 두 번째도 실패했다. 마지막으로 시도한 기계는 스베르Cбep은행의 것이었는데, 기계에 찍혀있는 효성HYOSUNG로고를 보니 아무래도 한국회사의 제품 같았다. 뭔가 느낌이 좋았다. 한국회사에서 만든 ATM이 한국 카드를 외면할 리가 없잖아!

나는 마침내 15,000루블을 추가로 인출할 수 있었다. 이게 ATM이 한국에서 나온 것이어선지, 아니면 스베르은행의 행정이 개판이어서인지는 모르겠지만. 이 정도만 챙겨놓으면 상트페테르부르크에 가서도 현금이 부족해 곤경에 처할 일은 없을 것이었다… 그렇게 생각하며 지폐 세 장을 지갑에 챙겨 넣으려는 찰나, 누군가 내 옷깃을 붙잡고 당기는 것이 아닌가.

웬 중키의 할아버지 한 명이 나를 쳐다보고 있었다. 정돈되지 않은 옷매무새에 얼마간 씻지 못한 듯 꾀죄죄한 모습을 보자 하니 노숙자나 거지 혹은 그와 흡사한 처지에 놓인 사람인 게 분명했다. 그 할아버지는 나를 보고 무어라 이야기를 하기 시작했다. 나는 당연히 알아듣지를 못해서, '야니 즈나유 루쉬끼(저는 러시아어를 못합니다)' 하고 손을 저었다. 그러자 할아버지는 주저하는 낌새도 없이, 내 손에 있던 5,000루블짜리 지폐들을 가리키는 것이었다. 나는 손짓으로 '이걸 당신에게 주라고요?' 하고 물어보았다. 할아버지는 고개를 끄덕였다.

살아생전 그런 식의 구걸행위는 처음이었다. 그 할아버지의 표정과 태도를 보면, 자신은 구걸하는 것도, 온정을 바라는 것도 아닌 나름대로 정당한 요구를 하고 있다고 생각하는 것처럼 보였다… 더구나 500루블, 1,000루블도 아니고 5,000루블짜리 지폐를 달라니. 아무리 상황이 안 좋다고 해도 너무 뻔뻔한 것이 아닌가.

…뭐 그건 그렇다 쳐도, 같은 러시아인도 아닌 외국인이 돈을 뽑을 때까지 기다리고 있다가 기다렸다는 듯 손을 내미는 그 방식이 무척 마음에 들지 않았기 때문에, 나는 난색을 보이고 나서 뒤도 돌아보지 않고 역을 빠져나왔다. 젠장. 어떻게 사람이 자기 생각밖에 안 하고들 산담. 나도 겨우겨우 뽑은 현금이란 말이야.

나는 건너편 카잔스키역 상가로 향했다. 그리고 MTC(러시아 통신사)대리점을 찾아 현금으로 데이터를 충전했다. 500루블어치면 일주일 동안 마음껏 데이터를 써도 남는 정도였다. 겨우 이것 때문에 골치를 썩었었다니. 기분이 퍽 좋아져서 바로 근처에 있던 버거킹에 들어가 햄버거를 조지고 나왔다.

트레티야코프 신관으로 향하는 택시 내부는 후덥지근했고, 차는 주말 오후 강변북로만큼이나 꽉 막힌 도로 위에 있었다. 당초 택시 앱에서 예상한 도착 시간을 훌쩍 넘겼음에도 절반밖에 가지 못한 상황에 택시 운전사는 발을 구르며 짜증을 내기 시작했다. 나는 좀 더 길어질 탑승 시간을 생각해 외투를 하나씩 벗어 옆자리에 개어놓던 참이었다. 그때

띵―! 하고 문자 메시지가 왔다.

　나는…

　이 순간 느꼈던 감촉을 뭐라 묘사해야 있는 그대로 전달이 될지 모르겠다. 이것은 여정에 관해 나 좋을 대로 써놓은 일지이지, 적당히 초자연적인 요소를 가미해 쓰는 판타지 소설은 아니니까. 여기서는 어쩔 수 없이 읽는 사람의 경험들, 제각기 살면서 한 번쯤 느껴보았을 신비주의적 감상을 언급하며 공감을 호소하는 것밖에 다른 수가 없다.

　다들 그런 적이 있지 않은가? 문을 열기도 전에 그 안에 누가 있는지 알 수 있을 때나, 전화벨이 울리자마자 누가 어떤 용건으로 연락했는지 예상이 되는. 논리적 예측 또는 계산에 의해서가 아니라, 직감적으로 '이건 뭔가 이럴 것 같다'는 생각이 현실과 맞아떨어지는 경우 말이다. 나는 이때 문자 메시지가 도착하는 소리를 듣고, 휴대폰에 손끝을 갖다 대는 순간 그걸 느꼈다.

　이건 뭔가 잘못되었다. 내게 몹시 좋지 않고, 불리하며, 도로 궁지에 몰아넣는 그런 내용이 도착해 있을 것 같다는 예감이 정전기처럼 튀어 온몸에 흘러들었다. 다만 '띵' 하는 소리는 문자가 아니라 메일이 도착하는 소리였다. 미리보기 화면으로 본 메일의 제목은 〈Your Flights S7 1012, 2509 and …〉였다. 이쯤 되면 다음 내용은, 그냥 확인 절차에 지나지 않는 것이다. 의심의 여지가 없다. 나는 차창을 반 정도 내리고 메일 본문을 확인했다. 〈… 5971 have been canceled〉가 나머지 제목이었고, '불편을 드려 죄송합니다 We apologise for the inconvenience this has casued'가 본문의 내용 전부였다.

역시 러시아에 온 건 큰 실수가 아니었나 하는 것부터, 아까 그 궁핍해 보이는 할아버지에게 인색하게 군 것 때문에 벌을 받는 건 아닐까 하는 생각까지 별별 생각이 우주를 한 바퀴 훑고 돌아오는 동안 나는 가방에 있던 수첩을 꺼내 떠오르는 것들을 기계적으로 정리해 적기 시작했다.

첫째. 차가 너무 막힌다. 그림 볼 시간이 부족할 것 같다.

둘째. 몸의 온도 조절기능이 고장 난 것 같다. 창문을 닫으면 땀이 나고, 열면 오한이 인다.

셋째. 비행기 탑승이 무산된 건 출발할 때부터 그랬다. 찾아보면 한국으로 돌아가는 다른 항공편이 있을 것이다. 이만큼 좋은 조건은 아니겠지만.

나는 수첩에 메모하기를 멈추고, '스카이스캐너' 앱을 뒤지기 시작했지만, 한국으로 향하는 항공편 모두가 취소되거나… 최소 세 차례 이상의 경유를 거치며 수백만 원의 비용을 내야 하는, 없느니만 못한 경로들뿐이었다. 어쩌면 그것조차 며칠이 더 경과한 뒤에는 예약할 수 없을지 모르지만 당장에 그럴 돈도 없었던 나는 화면이 꺼져라 한숨만 쉬었을 뿐이었다.

러시아가 우크라이나를 침공한 지도 시일이 꽤 지났다. 유럽과 미국, 동아시아까지, 거의 모든 국가가 러시아를 향한 국제제재에 발을 맞추고 있었다. 이런 가운데 마침내 대한민국 정부도 우크라이나 침공 사태를 심각하게 받아들여, 러시아 영공을 거치는 모든 항공편을 차단하는 결단을 내린 것이다. 외교적인 관점에선 전적으로 합당한 조치였다. 러시아의 우크라이나 침공은 전 세계에서 비난받고 있었을 뿐 아니라, 러시아 내에서도 지탄받을 만큼 독단적인 행위였으니까. 하지만 그게 옳고 그르고를 넘어서… 나는 집에 어떻게 돌아가야 할지를 고민해야 할 처지에 놓였다. 사태의 심각성이나 조치의 적절성 따위 와 닿을 리 없는 것이다.

인스타그램과 페이스북에 올라간 내 일지를 보고, 어떤

사람은 '그러게 왜 이렇게 복잡한 시기에 러시아 같은 데를 가서 고생을 하고 있냐. 다 자진해서 하는 고생이니까 징징 대지 말라'는 메시지를 보내기도 했다. 그야 내가 너무 징징 대는 글을 쓰는 것도 맞고, 어느 정도는 자진해서 하는 고생 인 것도 맞지만… 괜히 복잡한 시기에 러시아로 향했다는 건 사실이 아니다. 내가 인천에서 블라디보스토크행 비행기 를 탈 때만 해도 베이징 동계올림픽은 개막식도 안 한 상태 였으며, 우크라이나 국경으로 군사를 옮겼다는 소식도 없었 을 때였다. 코로나에 대한 걱정이 있기는 했지만 그건 러시 아뿐 아니라 다른 모든 해외 여정에도 해당하는 염려였다. 불과 한 달 만에 러시아가 이만큼 비호감 스택을 쌓을 줄 누 가 알았겠는가. 내가 복잡한 나라를 골라서 온 것이 아니라, 내가 왔더니 나라가 복잡해진 것뿐이다. 조금은 억울할 만 한 얘기 아닌가.

　어제 만났던 한국인 일행에게서도 연락이 닿았다. 자신들 도 오늘 항공편이 취소됐다는 연락을 받아서, 곧바로 대사 관에 문의했다는 것이다.

　"대사관에서 뭐라던가요?" 내가 물었다.

　"조만간 인천으로 가는 직항 노선을 한 번 편성한대요. 그

**모스크바**

걸 타라고 하던데요…"

다시 찾아보니 원래 일정보다 사흘 늦은 날짜에 대한항공 편 노선이 하나 있었다. 다만 가격이 취소된 항공편의 서너 배나 되는 고가여서, 최저가 정렬을 해놓았던 내게는 아무 리 찾아도 보이지 않았던 것이었다.

"있기는 한데 이건 좀 비싼데요. 가격이…"

"그래도 어쩔 수 없으니까요. 저희는 그걸 탈 거예요. 작가 님은 어떻게 하실 건가요?"

그러게. 나는 어떻게 하지? 한번 생각을 해보자.

…아무리 다른 선택지가 없다지만, 지구를 한 바퀴 더 돌 아서 한국에 돌아가도 될만한 돈을 내 의지와는 다르게 쓰 자니 내키지 않는 게 사실이었다. 상황이 얼마나 심각한지 아직도 파악하지 못한 것일까? 아니! 나는 누구보다도 내 가 처한 상황을 잘 알고 있었다. 문제는 가격이 아니라 시간 이었다. 집에 돌아가는 것은 고사하고, 사흘이나 늦게 한국 에 돌아갔다가는 어마어마한 비극이 벌어질 판이었다. 만약 내가 모스크바에서 사흘 동안 세월아 네월아 시간만 때우고 있다가, 직항 노선으로 편안하게 한국에 돌아간다고 해도…

밀려있는 실업급여를 받지 못하면 모든 게 끝장나는 것

이다. 기껏 한국에 돌아갔는데 카드값도 못 막고, 대출금도 못 갚으면, 생물학적으로는 어떨지 몰라도 금융 정보상으로는 완전한 죽음이다. 그렇게 되면 어차피 해외로 도망쳐야 할 텐데… 그럴 바에야 차라리 러시아에 남아 눈 퍼다 나르는 일 같은 걸 구해 먹고 사는 것이 나을지 모른다!

따라서 내겐 돌아가는 건 당연한 것이고, 원래 예정보다 늦지 않게 '제때' 도착해 고용복지플러스 센터 접수처를 찾아가는 것이 주어진 과제였다. 다들 집에 가냐 못 가느냐로 골치를 썩일 때 나는 실업급여를 못 받아 금전 사정이 파탄 날 것을 먼저 걱정하고 있었던 것이다. 이 정도면 한심한 걸 넘어 안쓰러울 정도다.

혼란의 극한에 다다른 상태에서도 택시는 제 갈 길을 갔고, 어느덧 미술관 앞에 덩그러니 놓여 걷고 있자니 헛웃음이 났다. 집에 갈 수 있을지 없을지도 애매한 상황에, 화가들 그림이나 보겠다고 미술관으로 향하는 꼴이란 표현 그대로 희극적이었다. 미술관 표는 환불이 안 되고, 호텔에선 체크아웃을 했으니 달리 갈 데도 없었기 때문에, 하여간 나는 미술관에서 그림이나 보며 시간을 때울 수밖에 없는 상황이었다.

하는 수없이 미술관 입구로 들어갔는데, 가방 속 소지품을 검사하던 사람이 나를 멈춰 세우고 '보드카는 반입이 안된다. 여기 맡겨놓고 가라'고 해서 그렇게 하기로 했다. 하지만 나는 그 어느 때보다 술 생각이 간절한 시기였으므로 '그림이나 보는데 술도 못 마시게 하다니 너무 빡빡한 것 아닌가' 하고 속으로 불평하기까지 했다. 결과적으로 출입구 직원의 조치는 옳았다. 그러지 않았다면 나는 보드카를 진탕 마시고 전시관을 활보하다가, 칸딘스키 그림을 주먹으로 때리거나 하는 등의 개짓거리로 경찰서 신세를 졌을지 모를 일이다.

집에 어떻게 돌아갈지도 모르고, 돌아가도 제대로 살 수 있을지도 모르는 상황에서, 나는 '달리 할 수 있는 것이 없어서' 전시를 보기 시작했다. 내가 보고 싶은 러시아 화가들의 작품들은 4층 상설 전시관에 있었는데, 그 한 층을 다 둘러보는 데만 해도 두 시간이 넘게 걸렸다. 상황이 복잡해서인지, 그 복잡한 그림들이 너무도 단순하게 느껴졌다면 단순한 지랄일까? 트레티야코프 구관이 전통적이면서도 정돈된 느낌을 주는 전시관이었다면, 신관은 더욱 현대적인 세련미를 추구하는 공간 같았다. 콘크리트가 그대로 드러난 로비에서 단색 대비가 두드러지는 전시관으로 이어지는 루트. 그 가운데를 걸어 지나는 것만으로도 거대한 공간예술의 일부가 된 것 같은 기분이 들었다.

샤갈이라고 하면, 내게는 '샤갈의 마을에는 3월에 눈이 온다…'는 김춘수 시인의 첫 행으로 떠오르는 화가다. 다만 나는 샤갈이 러시아 태생인 줄은 몰랐고 달리, 피카소와 함께 초현실주의와 입체파를 대표하는 화가 중 한 명이라는 정도로만 이해하고 있었다. 하필 이때 이 상황에서 샤갈의 그림을 처음 보게 된 건, 단순한 우연일지 몰라도 퍽 의미 있어 보이는 우연이었다. 시의 제목처럼 샤갈이 눈 내리는 마을을 직접 그렸다는 기록은 어디에도 없지만, 눈 내리는 마을과 도시를 수도 없이 지나온 나는 3월의 어느 날 그 그림 앞에 서있는 것이다. 샤갈의 〈마을 위에서〉였다.

사랑하는 사람과 부둥켜 안고 춤을 추는, 또는 함께 뒤엉켜 누워있는 자세로 마을과 마을을 둘러싼 나무 울타리 위를 유영하는 모습. 개체와 심상의 차이는 있을지 몰라도 나는 누구나 그 비슷한 이미지를 떠올려 보았으리란 생각이 들었다. 분명히 처음 보는 그림이었음에도 불구하고 어디선가 그와 비슷한 꿈을 꾼 적이 있다는 기분이 들어 돌연 흠칫

**모스크바**

했다. 몽환적이라는 단어가 너무 많은 곳에 낭비되고 있다는 생각도 들었다.

칸딘스키의 그림도 훌륭했다. 지나치게 추상적이라는 악명과 다르게 서정적인 그림도 몇 폭 있었고, 〈구성 7〉은 보다 보니 정말 '구성이구만…'이라는 느낌이 들었다. 삶 가운데 우리가 보고 듣고 느끼는 것을 회화로, 가장 기본적인 형태로 구현해 이렇다 할 질서 없이 나타낸다면 대충 그런 형태일 것 같았다. 추상적인 작품을 수긍하기 위해서는 추상적인 공상이 필요한 건 아닐지. 그 외 〈움직임〉이라는 작품도 같은 맥락에서 흥미로웠고, 다른 화가들의 절대주의 작품들도 마음에 들었다.

뇌리에 남은 인상으로만 치자면 니크리틴의 〈인민의 재판장〉, 콜쩨프의 〈유다〉도 기억에 남는다. 추상적이고 본질적인 것도 좋지만 알기 쉬운 상징 역시 그림에 열중할 시간을 벌어준다는 점에서 긍정적이다. 아무리 잘 만든 먹이 트랩도, 척 보기에 전혀 먹이처럼 보이지 않는다면 고양이의 관심을 끌 수 없을 테니까.

미술관에서 나와 걸으면서, 나는 샤갈과 칸딘스키의 세계를 빠져나와 현실적인 고민 앞에 섰다. 어쨌거나 비행기는 취소됐고, 상트페테르부르크 기차표는 아침에 끊어놓았고, 한국에 가되 더 늦게 갈 수는 없다… 이 비현실적인 상황에 그들의 그림이 어떤 영감을 준 것인지는 몰라도, 나는 뜬금없이 구글 지도 앱을 켜서 상트페테르부르크 주변 지리를 확인해보았다.

상트페테르부르크는 러시아에 있는 그 어떤 도시들보다 서유럽에 가까운 곳에 위치해 있었다. 지도상으로 보자면 모스크바보다 발트 3국이나 스칸디나비아 반도에 더 가까웠다. 나는 생각했다. 러시아 영공을 거쳐 한국으로 돌아갈 수 없다면, 육로로 국경을 넘어 다른 나라에서 비행기를 타면 되는 것 아닐까. 실상 아무것도 되지 않았는데, 난데없는 희망의 불씨에 심장이 마구 뛰는 것이 느껴졌다.

가장 현실적으로 보이는 대안은 핀란드였다. 상트페테르부르크와 핀란드의 수도 헬싱키는 서울과 부산 정도의 거리만큼 떨어져 있었는데, 워낙 가까운 나머지 '알레그로Allegro'라는 이름의 고속철도 노선까지 마련돼있다는 모양이었다. 그러나 전쟁의 여파로 러시아인들은 물론 많은 외국인들이 알레그로를 타고 북유럽으로 이탈하고 있는 상황이라, 모든 열차가 매진돼 좌석예매가 불가능한 상황이었다… 그럼 그렇지,라고 생각했다.

'일이 이렇게 잘 풀릴 리가 없지.'

다른 나라로 이동해 비행기를 탄다. 뭐 그런 생각은 누구나 할 수 있는 것이다. 오히려 내가 늦게 생각해낸 것일지도 모른다. 그거야 어쩔 수 없다. 비행기가 취소됐다는 소식을 오늘 접했는데. 비행기도 기차도 안 된다면, 남은 건 배나 자동차뿐이다. 나는 대충 식사를 때우고, 모스크바 레닌그라츠키역으로 돌아와 몇 시간이나 인터넷을 뒤져댄 끝에 상트페테르부르크에서 헬싱키로 향하는 고속버스 탑승권을, 그리고 헬싱키에서 독일 뮌헨을 경유해 8일 오전 서울에 도착하는 루프트한자 비행기 편을 예약하는 데 성공했다. 상트페테르부르크가 종착지가 아닌 경유지로 변모하는 순간이었다.

비용상으로 보면 다 합쳐도 대한항공 특별노선의 절반에 지나지 않았고, 8일 오전은 실업급여 신청 유예기간 한계인 14일 중 정확히 마지막 날이었다. 모든 것이 아슬아슬했고, 일단 탑승하기 전까지는 어떻게 될지 모를 일이지만, 우선은 방향을 정한 것만으로도 무척 안심이 됐다. 남은 건 상트페테르부르크로 이동해 핀란드의 입국 절차가 그리 까다롭지 않길 기도하는 것, 출국을 위해 상트페테르부르크에서 할 PCR 검사에서 좋은 결과가 나오길 바라는 것뿐이었다.

어느덧 자정이 다 되어 열차 탈 시간이 가까워져왔다. 나는 편의점에 들러 삼각김밥 비슷한 것이 있는 걸 보고 덜컥 구매해버렸다. 물과 함께 와구와구 먹어 치웠다. 맛은 생각보다 그럭저럭이었다. 참치마요도 매실장아찌도 없는 그냥 주먹밥이었다. 그래도 아무것도 안 먹는 것보다는 나았다.

늦은 밤 모스크바역 플랫폼에는 바람이 많이 불었다. 나는 11번 기차 칸 앞에 늘어선 줄에 뒤따라 서서, 시간에 맞춰 열차 칸에 올라탔다. 이등석은 횡단열차와 마찬가지로 4인이 함께 쓰는 침대칸이었다. 뭐라 인사를 나눌 겨를도 없이, 나를 제외한 다른 사람들은 짐을 정리하기 무섭게 불을 끄고 잠자리에 들었다. 하긴 야간열차인 데다가, 상트페테르부르크까지는 고작 여덟 시간밖에 걸리지 않는 여정이다. 확실히 시베리아 횡단열차에 있을 때보다는 삭막한 느낌이었다.

그러고 보면 우리가 '최소한의 공을 들이는' 관계란, 어쨌거나 유통기한이 꽤 남아있는 것들에 지나지 않았다. 한 학년 동안 같이 지내야 하는 낯선 반 친구들이나, 러시아를 가로지르는 며칠 동안 좁아터진 방 안에서 의식주를 공유해야 하는 동승객들이 그렇다.

한편 고속열차 안에서의 네 시간이나 야간열차에서의 여덟 시간은, 타인과 친해질 마음이 생기기에 너무도 짧은 시간이었다. 대충 잠만 잘 자도 휙 지나 보낼 수 있는 시간인 것이다. 나는 11번 객차의 20번 침대 위에 누워 양을 헤아리고, 때때로 창밖의 가로등 불빛을 통해 작별 인사를 건넸다. 안녕, 모스크바. 나는 마지막까지 떠날 생각으로 거기 머물렀구나.

# 29

# 상트페테르부르크

야간열차가 어떤 밤길을 뚫고 상트페테르부르크에 도착했는지 나는 알 수 없었다. 곧 도착한다는 승무원의 말에 잠에서 깼다. 화장실에 가서 왜인지 퉁퉁 부은 얼굴을 더듬어가며 세수를 했다. 페이퍼 타월로 얼굴을 닦고 거울을 보는데 진짜 존나 못생겨서 놀랐다. 단순히 고생을 많이 한 얼굴이라거나, 며칠 동안 제대로 씻지 못해서 모양이 빠진다는 정도가 아니었다. 고개를 움직일 때마다 턱과 목이 함께 접혔다. 밤새 운 것처럼 눈두덩이가 부풀어 올라 있었기 때문에, 눈도 완전히 떠지지 않는 등 전체적으로 추하고 볼썽사나운 몰골이었다. 이대로 한국에 돌아간다면 "러시아가 사람을 이렇게 망쳐놨네…" 같은 소리를 무조건 듣게 되겠지.

'아직은 여로… 아니, 여행 중이니까 괜찮아. 원래는 이렇게까지 생기지 않았을 거야.'

나는 비겁한 자기 위로와 함께 조용히 마스크를 올려 썼다. 하차를 준비하는 동안에도 혼자 마스크를 쓰고 있는 나를 같은 객실의 사람들은 '이 친구는 방역 의식이 뛰어나구나'라고 생각했을지도 모르겠다.

열차는 오전 여덟 시 50분경 상트페테르부르크역에 도착했다. 모스크바와 연결된 노선의 종점이어서인지 역명은 상트페테르부르크 모스콥스키라고 적혀있었다. 역 내부 구조는 중세교회의 신랑처럼 길쭉한 직사각형 홀 형태였다. 광장 같은 중앙부로 사람들이 걸어 다니고, 양측으로 상가들이 늘어선 모습이 전날 밤 출발한 레닌그라츠키역과 흡사했다.

홀 한가운데에는 누군가를 기념하는 동상이 솟아있었다. 그 앞에 다리를 꼬고 앉아 기차를 기다리는 사람들과 그 주변 돌바닥을 거니는 비둘기들의 조합이 이채롭게 느껴졌다. 플랫폼에서 통하는 길이든 천장 어디서 뚫린 곳이 있든, 어딘가 비둘기가 드나들 만한 야외 통로가 있는 모양이었다.

큰 역사에서 맞는 아침은 왜인지 쌀쌀한 느낌이 있다.

역 바깥으로 나가자마자 든 생각은 '뭐야, 생각보다 훨씬 춥잖아'였다. 내가 뭘 잘못 봤나 싶어서 날씨 정보를 다시 확인해봤다. 역시 기온은 영상 2도로, 그렇게 추운 날씨는 아니었다. 솔직히 말해 이 정도면 별것 아닌 게 아니라 아주 따뜻하기라도 할 줄 알았다. 나는 이미 영하 20도 밑을 넘나드는 혹한의 도시들도 몇 군데나 지나오지 않았나? 영상 2도의 추위(웃음)쯤이야 춘추용 셔츠 한 겹만 입고도 내 집처럼 활보할 수 있을 것 같았다. 그러나 현실은, 가지고 있는 옷을 거의 다 껴입은 상태였음에도 매서운 바람에 몸을 잔뜩 움츠리고 걸어야 했다. 심지어 역 앞까지 나가서 택시를 호출했는데, 도착 예정 시간인 7분을 그대로 서서 기다릴 자신이 없어서 도로 역 내부로 들어가 몸을 녹이기까지 했다.

'왜, 왜 이렇게 추운 거지? 기온 상으로는 서울보다도 여기가 따뜻해야 하는데. 항구 도시라서 바닷바람이 부는 건가?'

추위의 본질이 낮은 기온만이 아니라는 것을 깨닫게 해주는 날씨였다. 기온은 낮아도 바람이 자주 불지 않았던 시베리아의 아침이 그리워지기까지 했다. 좀처럼 해가 들지 않는 흐린 날씨 때문에, 그 번화가라는 넵스키 대로―고골의 단편소설에도 등장하는 거리―조차 황량하고 음울한 대도시의 퍼즐 같아 보였다. 순전한 첫인상에 의존해 이야기했을 때, 상트페테르부르크는 결코 유쾌하다고 말할 수 없는 도시였다.

택시를 잡아타고 30분쯤 도시를 가로질렀다. 숙소인 'Issac Square'는 성 이사악 성당이 위치한 바로 옆 블록에 있었다. 성 이사악 성당으로 말할 것 같으면, 엄청나게 크고 화려한, 웅장한 건축물이다. 그러나 상트페테르부르크까지 오면서 그런 성당을 몇 채나 봐왔던지, 이제는 그런 걸 봐도 '와, 진짜 크네… 짓는 데 꽤 힘들었겠는데…' 같은 감상밖에 남지 않았다. 그대로 밖에 있다간 손이 얼 것 같기도 하고 그래서 곧장 숙소로 들어가 짐을 풀었다.

숙소에 진입하는 것도 쉽지는 않았다. 건물 5층을 개조해 호스텔로 만들어놓은 곳이었다. 내부에는 당연하게도 엘리베이터가 없었다. 나는 이제 이런 것들에도 진력이 났다. 이런 건 밖에서 봤을 때나 '도시의 역사를 간직한 고풍스러운 건물들'이지, 정작 그런 데서 며칠이라도 생활을 할라치면 낡은 계단과 화장실, 당최 이해가 안 되는 건물 구조 등에 짜증이 솟는다. 체크인을 도와주는 사람도 없어서 처음부터 끝까지 내가 알아서 들어가 자리를 잡아야 했다.

그래도 방 자체는 깔끔하고 창문 밖의 도심 뷰도 나쁘지 않았다. 창가가 협소하고 창백한 것이 영화 〈피아니스트〉에 나오는 은신처 장면을 연상케 했다. 물론 나는 피아니스트도 아니고 유대인도 아니기 때문에, 그대로 방 안에 갇혀있을 필요는 없어서 침대에 누워 쉬다가, 글을 좀 쓰고 나서 밖으로 나왔다.

예르미타시 미술관은 숙소에서 도보로 불과 20분 거리에 있었다. 가는 길도 지극히 단순했다. 길 왼쪽으로 뻗어있는 공원길을 따라 죽 걸어가기만 하면 세계에서 가장 크고 위대한 미술관 가운데 한 곳이 등장한다. 제대로 보려면 열흘 넘게 미술관에 살다시피 해도 부족하다는 초 거대규모… 그에 비해 내게 주어진 시간은 이틀 남짓이다. 선택과 집중은 필수다. 체력은 기본이다. 나는 비장한 각오로, 미술관 가는 길목에 있던 식당에 냅다 들어갔다. '탄두리'라는 이름의 인도 음식점이었다.

기합이 너무 들어갔는지 과식을 하고 말았다. 치킨 샐러드와 샤프란 볶음밥, 버터 카레에 후식으로 커피와 라씨—요구르트 음료—까지 다 먹어 치웠다. 도중에 '이거 오히려 몸이 무거워지는 거 아닌가' 하는 생각이 살짝 들었지만, 그 식당을 나가기 전에 장을 비우면 그만이었다. 세계 최대 미술관을 작정하고 둘러볼 생각이라면 그 정도는 먹어둬야 하는 것이다. 식당 화장실 변기에 앉아 그런 생각을 하고 있는데 정신이 퍼뜩 들었다.

'말도 안 돼. 언제 이렇게 식탐이 늘었지? 서울에서는…'

있던 음식도 안 먹어서 썩히고 내다 버리는 일이 부지기수였다. 밥은 반 공기를 겨우 먹었고, 가끔 치킨이 먹고 싶으면 반 마리를 사서 두 끼니로 나눠 먹었다. 러시아 땅을 밟고 나서 이것저것 많이 먹어대다 보니 위가 확장된 게 틀림없었다. 몸이며 얼굴이 잔뜩 부은 것도 바뀐 식습관 때문이겠지. 어쨌거나 여행은 그 자체로 해방감을 담보하는 길이다. 감당 못 할 해방감은 정신적 공허감으로 연결되고, 대부분의 사람들은 그 '텅 비어있는 듯한 기분'을 허기와 구분하지 못한다… 다들 여행길에 돈을 물 쓰듯 쓰는 건 그런 이유에서일지 모른다. 사고, 먹고, 찍고. 그 행위 자체만으로 보면 집에 있는 것보다도 단조로운 나날들에 큰돈을 치른다. 이유는 그냥. 허전하니까…

**여로**

"하, 하하!"

화장실 거울을 빤히 보다가 웃음을 터트렸다. 문 밖에 누군가 있었다면 나를 미친 사람인 줄 알았을 것이다. 나는 먹는 양이 늘었다는 것 자체보다도 내게 그런 욕구가 남아있었다는 사실이 웃음이 났다. 참으로 전형적인 욕구인 것이다. 거기엔 비장함도 특별함도 남다른 감상도 존재하지 않는다. 인생에서 느끼는 지루함이나, 거기서 벗어나겠다고 머리를 굴린 결과까지 꼭 빼닮았다.

이국에서 먹는 새로운 음식들, 평소 보던 것과 다른 모양의 건물들, 알아볼 수 없는 글자들. 난 내게 그런 것들이 필요하다는 사실을 인정하고 싶지 않았다. 돈도 없고, 상황도 여의찮고, 같이 갈 사람도 전무한데 반드시 가야 할 이유 같은 것도 없었으니까. 결국 나는 '그런 거 필요하지도 않고 원해본 적도 없어'라는 유아적 발상에 의지해 버텨왔던 것이다. 그래서 나는 참다 참다 '저질러 버리는' 여행밖에 하지 못했다.

'으끅끅' 소리가 날 때까지 웃고 나서 보니 스스로가 조금 불쌍해지기도 했다. 마감이든 뭐든, 절벽 같은 궁지에 몰린 뒤에야 허락되는 인간. '떨어져 죽든 어쨌든 간에 날갯짓은

해보고 싶어.' 그런 생각도… 어째 표절 같기도 하다. 〈날개〉●
의 마지막 장면이었나? 날자, 날자, 날자. 내가 느끼기엔 너
무도 희극적인 결말이었다. 자기 연민에도 독창성은 중요한
요소다.

오늘날 예르미타시 미술관의 본관으로 쓰고 있는 건물은,
과거 러시아 제국의 차르가 살았던 겨울궁전을 개조한 것
이다. 민트색 배경에 백금기둥으로 화려하게 장식된 모습
을 보면 과연 미술관보다는 궁궐에 더 어울리는 느낌이었
다. 가히 할 말이 없어지는 화려함이다. 건물의 웅장함보다
는 아름다움에, 코 앞에 있음에도 불구하고 현저한 거리감
에 압도되었다. 혁명이다 뭐다 해서 복잡한 시기와 사건을
여러 차례 거쳐 왔음에도 멀쩡하게 세워져 있는 걸 보면 '역
시 이런 걸 부수는 건 좀 아깝지' 같은 공감대가 있었던 모양
이다.

미술관이 된 궁전. 그 앞에 있는 광장 중앙에는 오벨리스
크가 장식돼있었다. 높은 것만큼 두꺼운 돌기둥으로 돼있어

●　　이상(1910~1937)이 1936년 발표한 단편소설.

서, 얼추 보기에도 무지하게 견고해 보였다. 그 앞에서 대충 휴대폰을 고정해놓고 사진을 몇 장 찍었다. 파랗게 뜬 하늘과 에메랄드색 궁전, 그 앞에 선 내 모습이 하나하나 따로 놀고 있어서 마치 합성사진처럼 보였다.

'기껏 갔다 왔더니 뻥치는 사람처럼 보이면 어쩌지' 싶어서 몇 장쯤 더 찍어볼까 하다가, 왕과 왕비 의상을 입은 관광객 헌터 한 쌍이 다가와 말을 걸어오려 하기에 후다닥 미술관으로 뛰어 들어갔다. 그거야 딱 봐도 사진 같이 찍자고 한 다음에 터무니없는 금액을 요구할 것 같은 분위기 아닌가.

예르미타시 미술관 내부에 대해서는, 그리 많은 사람들이 보지 않는 글이라는 걸 감안하더라도 얼마쯤 함구할 필요가 있을 것 같다. 푯값은 매우 저렴한 편이라고 생각한다. 전시로 쓰이는 몇 개의 방만 제대로 본다 쳐도 충분한 가치가 있다. 그만한 레벨의 방이 수백 개나 되어서 문제일 뿐이다. '기왕 왔는데 전부 보고 가야지' 같은 애매한 발상으로는 시간도 체력도 남아나질 않을 것이다.

누가 러시아 미술관 아니랄까 봐 '존나게 많은 전시품, 상대적으로 빈약한 설명'이라는 기조는 예르미타시에도 적용되었다. 역시 오디오 가이드가 있긴 했지만, 귀에 뭘 꽂고 속

편하게 보고 있을 시간까지는 없었다. 결국 나는 그냥 웹으로 지도를 띄워놓고 주로 관심 있는 화가들의 작품들을 찾아다니며 감상하는 방법을 썼는데, 그만해도 금방 폐장 시간이 됐을 만큼 소장 컬렉션의 면면이 어마어마했다. 러시아가 서유럽에 가지고 있는 복잡 미묘한 감정을 반영하기라도 한 듯, 내로라하는 거장들의 작품이 시시각각으로 튀어나와 사람을 놀래켰다.

나로 말하자면 미술작품을 감상하는 안목이 뛰어난 인간이라곤 할 수 없는 부류다. '엄청나게 유명한 화가의 매우 훌륭하다는 작품'을 보고도 '솔직히 내 눈엔 그저 그런데' 하고 머리를 갸웃하는 일도 많다. 다만 서양미술사와 거기에 얽힌 여러 가지 이야기들에 관심이 많아서, 책이며 관련 자료를 심심할 때마다 찾아 읽는 습관이 있을 뿐이다.

요컨대 내 미적 소양은 '거기에 있는 컬렉션이 얼마나 대단한 것들인지 겨우 눈치채는 정도'라고 할 수 있다. 그러나 예르미타시에서는, 그것만으로도 눈이 휘둥그레지는 경험을 할 수 있었다. 들어가자마자 뒤러의 판화가 줄줄이 나오는가 하면, 레이놀즈, 게인즈버러의 영국발 초상화에 루벤스, 반다이크, 렘브란트로 이어지는 것이 말 그대로 거를 타선이 없다. 렘브란트의 〈돌아온 탕아〉는 일어났다 앉았다 하면서 거의 30분을 넋 놓고 바라보았다.

특히 루벤스의 경우 본인의 초상화를 포함해 커다란 내실 하나를 가득 채울 정도로 많은 그림이 전시돼있었다. 난 루벤스의 그림을 그렇게 좋아한다고 생각해본 적이 없었는데… 그 방에서 40분쯤 앉아있다가 나올 때는 인정하지 않을 수 없었다. 한국에서 비싸게 팔리는 화구 브랜드가 아니라 위대한 플랑드르 화가의 이름이었다.

하여간 그림 좀 그린다는 서유럽 국가 그림은 거의 다 소장 중이었다. 벨라스케스, 고야의 스페인을 거쳐 르네상스 삼대장인 레오나르도, 미켈란젤로, 라파엘로에 이르는 전시장은 그야말로 전율의 연속이었다. 인상주의 이후의 그림들은 대부분 본관 맞은편의 신관 건물에 전시돼있기 때문에, 그 이전까지 유럽의 회화 메타를 지배했던 이탈리아 컬렉션에 유독 공을 들인 느낌이 있었다. 레오나르도의 성 모자가 두 점—각각 리타와 브누아라고 부르는 듯하다—이나 있었고, 내가 좋아하는 카라바조의 그림도 한 점 있었다. 카라바조의 주요 컬렉션은 대부분 로마에 있기 때문에, 내가 본 건 카펫을 그린 것뿐이지만. 좋아하는 화가의 흔적을 눈으로 더듬는 것만으로도 큰 기쁨이 된다. 그 외에 대리석을 망고처럼 썰어놓은 듯한 미칼란젤로의 조각상도 오랫동안 보았다. 알에 갇혀있는 새끼 조류처럼, 몸을 움츠려 앉은 모습의 소년상이었다.

만약 예르미타시처럼 세계적으로 유명한 미술관을 방문할 일이 있다면, 가이드에게만 의존하기보다는 스스로 찾아보고 공부해 본 다음에 가는 편이 좋을 것 같다. 만약 루브르까지 가놓고 모나리자만 보고 나온다면—물론 그게 가장 유명한 작품이라고는 하지만—아무래도 허전한 느낌이 들지 않겠는가. 아무리 멀리서 왔다 한들 모든 걸 담아 돌아갈 수는 없다. 자신이 좋아할 만한 것이 무엇인지 미리 알아두고 가면, 기대한 것과 함께 생각지 못한 발견을 덩달아 즐길 수 있다. 선물용으로 기념품 몇 개를 샀다. 마그넷 하나에 90루블밖에 안 하고 그래서 어쩔 수 없었다.


해가 길어져 저녁시간이 되었는데도 날이 제법 밝았다. 슬슬 PCR 검사를 받아도 괜찮지 않을까 하는 생각으로 검사소까지 걸어갔다. 반나절 가까이 미술관을 걸어 다닌 통에, 2, 30분 걸어갔을 뿐인데도 발목 관절이 떨어져 나갈 것같이 아팠다.

심지어 검사소에서는 수고한 보람도 없이, '지금은 끝났으니까 내일 오후 세 시에 다시 오라'는 답변만 받고 돌아왔다. 핀란드 입국 절차에 코로나 검사 결과가 필요하다는 얘긴 없는 것 같지만… 비행기 탑승까지는 적어도 확실한 문서가 있는 편이 나을 테니까. 만약 또다시 양성이 나오면? 그쯤 되면 살아있는 생물병기로서 크렘린궁에 쳐들어가는 것도 고려해봄 직하다.

근처 카페에서 커피를 한 잔 마시고 숙소로 돌아왔다. 다음날 방문할 예르미타시 신관, 그리고 러시아국립박물관 입장권을 확인하고 침대에 쓰러지듯 누웠다. 한 번 눕고 나니 다시 몸을 일으키기조차 힘들었다. 무릎 아래 종아리부터 발끝까지가 금방이라도 터질 것처럼 빵빵하게 부어있었다. 습관대로 종아리를 꾹 눌렀더니 어딘가 끊어진 것처럼 살벌한 통증이 느껴졌다.

비단 다리만의 문제는 아니었다. 온몸에 누적된 피로가 이날을 기점으로 만기 해지라도 된 양 콸콸 터져 나온 느낌이었다. 나로선 살아서 한 번 가볼까 말까 한 미술관 방문 이벤트에 지나치게 무리해서 몸을 움직인 것이다. 몇몇 작품들 앞에서는 몸이 바짝 굳어 숨까지 참고 그랬으니까. 내 몸의 같잖은 근육들이 파업상태에 돌입했다고 해도 이상한 일은 아니었다.

'근데 이런 몸 상태면… 내일 신관이고 나발이고 못 가는 거 아닌가? 숙소에서 잠만 자야하는 거 아냐?'

나는 대자로 뻗은 뇌를 풀 가동시켜 생각했다. 집을 나온 지도 한 달이 됐으니 여독이 쌓인 건 당연한 얘기고, 진통제는 이미 먹었으나 효과가 시원찮다. 이럴 때는 마사지를 받거나 동네 병원에서 링거를 맞는 게 직방인데. 병원은 문을 닫았을 시간이다. 남은 것은 마사지 샵뿐이다. 물론 비용이 만만찮겠지만.

때마침 어떻게든 돈을 써야 할 이유가 있기도 했다. 우크라이나 침공으로 인한 경제제재가 갈수록 심해지자 루블화 가치가 걷잡을 수 없이 떨어져서, 다른 나라로 넘어가면 환전 자체가 안 된다는 소식도 있었던 것이다. 이럴 줄 알았으면 15,000루블씩이나 뽑아두지 않는 게 나았을 텐데. 지금으로선 이미 뽑은 돈을 다시 넣을 수도 없는 상황이고, 러시아를 빠져나가는 순간 똥값이 되는 돈이니 국경을 넘어가기 전에 다 쓰는 것이 현명한 방법이었다… 내가 러시아까지

가서 타이 마사지를 받게 된 사연은 대충 이렇다.

그렇게 막상 큰돈 주고 마사지를 받겠다는 결심을 하고 나니 이번에는 '혹시 찾아갔는데 불건전업소면 어쩌나' 싶어서 겁이 나기 시작했다. 이런 판국에 러시아까지 와서 원정 성 매수를 시도했다는 둥 하는 오해를 샀다간 새 책이고 뭐고 내 인생 자체가 끝장날 위험도 있다… 난 정말 몸이 너무 아파서 마사지를 받고 싶었을 뿐인데. 성매매업에 안마를 결부시킨 최초의 인간이 누군지는 몰라도, 멀쩡한 서비스업에 부적절한 단어를 엮어 여러 사람 피곤하게 만든 죗값은 치렀길 바란다.

나는 결국 '상트페테르부르크 건전 마사지' 같은 키워드로 블로그 리뷰를 검색, 사진까지 일일이 찾아가며 '부적절한 기미라고는 전혀 없는' 마사지 샵을 한 군데 찾아갈 수 있었다. 안마사를 '마스터'라고 부르는 것이 결정적인 단서였다. 마스터라면, 아마도 내 몸을 믿고 맡겨도 아무 문제가 생기지 않을 것이다… 확실히 그런 안정감이 있는 칭호다.

90분간 내 몸을 잘게 다져줄 마스터는 태국 출신의 중년 아주머니였다. 외국인이 자주 찾아오는 곳이어서일까? 영어 구사에 거리낌이 없는 스타일이었다. 아귀 힘도 강력해서 두피 마사지를 할 땐 머리통이 감자처럼 으깨지는 것은 아닌지 우려가 앞섰다. 나는 되도록 비명 지르길 자제하려고 최선을 다했지만, 한 달간 러시아를 돌아다니며 혹사한 다리에 이르러서는 "끄으흐으흐흑" "으우으우~" 같은 괴생명체의 음성이 나도 모르게 튀어나왔다.

"다리가 진짜 엄청나네요. 안 아파요?" 마스터가 공손한 목소리로 물었다.

"아파요." 나는 대답했다. "죽을 것 같아요."

"이건 따로 마사지를 받는 게 좋을 것 같은데요. 내일도 시간 되나요?"

"밤쯤에는 될 것 같은데… 공짜로 해주시는 건가요?"

"하하. 당연히 아니죠." 마스터는 단도직입적이었다. 오히려 방금 말이 조금 심기에 거슬린 듯, 한 손에 걸터 잡고 있던 발목을 확 비틀어 근육을 풀어주었다.

"<u>끄으</u>호후후흐히."

"안 되면 어쩔 수 없죠… 근데 정말 발이 부츠 같다니까요."

"부, 부츠?"

"신발이요. 슈즈. 발이 너무 딱딱하다고요. 걸어 다닐 일이 많나요?"

"그럴 거예요. 앞으로 며칠은 더." 내가 말했다.

"그럼 발 마사지만 예약해놓고 가세요. 이건 심각해요."

…지금 뭔가 의사처럼 말하고 있지 않나? 나는 순간 마스터의 장사 수완을 의심하면서 물었다.

"뭐, 예약은 할 수 있지만… 못 올 수도 있어요. 다음 날 일찍 다른 나라로 가야 하거든요."

"그럼 그렇게 해요. 필요하면 오세요. 기다리고 있을게요. 못 오면 할 수 없고요."

나는 마스터의 말대로 다음 날 같은 시간, 늦은 밤에 맞춰 발 마사지를 예약한 다음 밖으로 나왔다. 뭐, 국경을 넘기 전에 돈을 다 못 쓰는 것보다는 발 마사지를 받을 가능성을 염두에 두는 것도 나쁘지 않을 것이다. 짧은 시간이지만, 마사지를 받고 나니 몸이 훨씬 가뿐해진 것을 느낄 수 있었다. '이게 정상적인 인간의 몸인가'라는 생각도 들었다. 그동안 어떻게 참으면서 여기까지 온 건지 신기할 지경이었다. 뭐, 그런 것이야 당장 눈앞에 닥치면 어떻게든 하게 되는 일들이지만.

밤 열한 시. 나는 마사지 샵 근처에 있는 편의점에서 말린

파인애플 한 봉지와 햄과 치즈가 들어간 샌드위치, 탄산 없는 물과 레몬티 한 병 그리고 꼬꼬면을 사서 숙소에 돌아왔다. 나는 돌아간 곳에서 물을 끓인 뒤, 라면을 먹고 양치를 한 것까지만 겨우 기억해낼 수 있다. 다른 건 알 수 없다.

# 30

# 상트페테르부르크

날씨가 맑게 갰다. 구름 한 점 없는 아침이었는데 미술관 쪽
으로 걸어가는 도중 비행체 하나가 하늘을 쪼개는 소리가
들렸다. 여객선이 아니라는 점은 명백했다.

　도시는 전날과 비교해 무서우리만치 고요했다. 대도시의
한가운데임에도 지나다니는 행인이 거의 없었다. 가끔 스쳐
지나는 차들도 엔진소리를 내지 않는 것 같았다. 가파른 하
늘, 깨끗한 거리. 그사이에 존재하는 거의 모든 것들이 숨을
죽이고 있었다. 이곳에서는 미처 보이지 않는, 남쪽 저 어딘
가에서 어떤 일이 일어나고 있음을 '알고는 있다'는 듯이.

　궁전 앞 광장 역시 어제보다 휑했다. 그저 엉성한 코스프

레로 사진을 팔려는 가짜 왕과 왕비가 두 쌍 있었고, 그중에서 차르 복장을 차려입은 남자가 '오, 쟤 어제도 봤는데' 하는 표정으로 다가오기에 서둘러 신관 건물로 들어갔다.

근현대에 들어 예르미타시 미술관의 규모가 점점 커지면서 소장품을 놓을 자리가 없어지자, 주위 건물들을 하나둘 편입시키는 식으로 확장해왔다고 한다. 우리에게 익숙한 19세기 이후 인상파 작품들, 후기 인상파와 아르누보 그리고 모더니즘 시기에 이르는 소장품들은 본관에서 분리돼 이곳 신관으로 옮겨졌다. 겨울궁전과는 광장을 사이에 두고 병풍처럼 서있는 건물. 웅장한 규모로 보면 원래부터 궁전의 일부로 지어진 게 아닌가 싶지만, 원래는 군 참모본부로 쓰이던 곳이었단다. 구글 지도상에서도 'General Staff'로 나와있어서, 들어가서 확인할 때까지도 여기가 맞는지 긴가민가했다. 이런 시기에 군 관련 건물에 잘못 들어가서 좋을 거라곤 하나도 없다.

본관과 비교하면 확실히 현대적이었다. 내부에 엘리베이터도 있고, 안내 패널도 디지털 화면으로 돼있었다. 전시장은 2층에서 4층까지 둘러볼 수 있도록 해놓았다. 4층은

19~20세기 유럽 회화 전반, 3층은 주로 러시아 자국의 미술품, 2층에는 아르누보 관을 포함해 다양한 테마 전시가 이뤄지고 있었다. 여전히 크긴 하지만 본관만큼 절대적인 규모는 아니었다. 시간만 충분했더라면 모든 층을 찬찬히 둘러보았겠지만…

'내일 새벽 핀란드에 가야 한다'는 사실 하나가 사람을 적잖이 재촉하고 있었다. 러시아국립박물관 표도 예매해둔 상황이었고, 해가 지고 나면 어디 돌아다니는 것이 여의찮다는 점도 알게 됐다. 더구나 4층이 내가 아는 그 전시관이 맞다면, 그런 걸 원하는 만큼 본다고 가정하면 다른 층까지 다 볼만한 여유가 있을 것 같지 않았다. 따라서 처음부터 '다른 층은 못 본다'고 상정하고 입장했다. 솔직히 러시아 제국과 관련한 미술품은 이미 많이 보기도 했다. 여러 가지 의미로, 더는 제국적인 무언가를 느끼고 싶지 않다는 기분이 들었다.

신관 4층까지 가는 길은 깔끔하지만 협소했다. 시간대가 평일 오전이었고, 시국이 시국이라 외국인 관광객도 없었으니 망정이지, 평소라면 엄청나게 붐벼 입장하기까지도 꽤 시간이 걸렸을 것 같았다. 그저 내게는 크기만 크고 사람은 별로 없는 관공서처럼 느껴졌지만.

잔혹할 정도로 쾌적한 관람이었다. 첫 번째 전시장에 들어서자마자 모네의 풍경화들이 줄을 이어 등장했다. 뒤이어 카미유 피사로, 구스타브 쿠르베가 나오더니 드가의 누드화와 누드 조각상이 세트로 따라 나왔다. 화면으로만 보던 마네도 있었다. 르동은 템페라화가 한 점 걸려있었으며, 르누아르는 대여섯 점이나 되는 유화가 걸려있었는데 〈정원에서〉는 꼭 어디선가 본 듯 익숙하고 르누아르다운 그림이었다.

이 정도면 하이라이트는 다 봤나 싶어서 다음 방으로 넘어가자 세잔의 〈사과〉가 나왔고, 그다음 방에는 고갱의 〈타히티〉가 나왔다. 기름 물감의 질감이 그대로 느껴지는 고흐의 풍경화와 초상화 그리고 드랭과 마티스가 떠오르는 폴 시냐크의 색채는 눈앞이 절로 흐려질 만큼 좋았다. 한국에서도 봤던 피에르 보나르의 작품도 있었으며, 피카소와 마티스 컬렉션은 그야말로 할 말을 잃게 만드는 레벨이었다.

어릴 적 교과서 표지 그림으로 접했던 마티스의 〈춤〉과 〈음악〉이 엄청난 위용을 자랑하며 벽면 반절을 차지하고 있었다. 특히 후자는 《무기여 잘 있어라》의 표지로도 익숙한 그림이었는데… 민음사의 경우 헤밍웨이의 작품은 전부 마티스 그림을 표지로 해놨다. 하기는 말년까지 스페인 뽕에 심취해 있던 양반이었으니, 적절하다고 해야 할까.

하여간 그곳에 있는 그림들은, 그중에 몇 점만 한국에 대여해 와도 특별 전시 티켓이 불티나게 팔릴만한 것들이었다. 문제라면 그렇게 유명한 작품 앞에 나 말곤 아무도 없었다는 것이다. 눈여겨 감시하는 사람도 없었다. 내가 마음만 먹으면 마티스의 그 위대한 그림에다가 어글리 코리안 돌려차기를 먹이는 것도 가능할 성싶었다. 그랬다간 파란 배경에는 컬럼비아 여행용 부츠 발자국이 찍혔을 것이고, 나는 그길로 경찰에 연행돼 고문을 당하든 총살을 당하든 했겠지. 어쨌거나 그만한 그림을 물어줄 만한 돈이 내게는 없으니까.

때마침 종소리 같은 것이 들렸다. 창 바깥 광장 쪽에서 새들이 날아가는 소리도 들렸다.

흑사병이 창궐하던 중세시대의 영국, 그 당시 교회는 사람이 죽을 때마다 종을 울려 부고를 알렸다. 마을 사람들은 종이 울릴 때마다 '이번에는 누가 죽었는지'를 떠올릴 수밖에 없었는데. 성공회 신부인 존 던John Donne은 자신의 시에서 이렇게 말했다.

모든 이들의 죽음이 나를 위축시킨다

나는 인류에 속해있기 때문이다

그러니 누구를 위해 종이 울리는지 알려고 하지 말라

종은 바로 당신을 위해 울린다


이 시를 쓴 지 얼마 지나지 않아 존 던 자신도 흑사병으로
생을 마감했다. 그의 말마따나 어떤 인간도 섬이 아닌 것이
다. 아무 관계 없는 사람은 없다. 모든 종은 나를 위해 울린
다. 《누구를 위하여 종은 울리나》●를 쓴 헤밍웨이나, 가혹
한 스페인 내전 중에서도 사랑에 빠지는 남녀, 다리처럼 폭
파당하는 인연 그리고 그 스페인 화가의 그림까지가 전부
하나의 맥락 속에 일어나는 일 같아 별안간 다리가 후들거
렸다. 나는 거기서 그림을 보고 있었던 것이다. 미술관에는
야속할 정도로 사람이 없었다.

마지막은 칸딘스키의 그림이었다. 후기 인상파의 영향을
받은 것처럼 보이는, 비교적 평범한 풍경화도 보았다. 하긴

● 헤밍웨이가 1940년에 발표한 장편소설. 스페인 내전 당시, 다리를 폭파하는
임무를 띠고 전쟁터로 향한 미국인이 한 여성과 사랑에 빠지면서 생긴 일들
을 다뤘다.

칸딘스키라고 해서 줄곧 어려워 보이는 그림만 그려냈던 건 아닐 것이다. 〈구상〉을 비롯한 초현실주의 작품이 기대 이상으로 널리 알려졌을 뿐이다. 창작자에게 있어 대표작의 존재란 양면적인 것이다. 대표작 없는 창작자는 외면받지만, 대표작뿐인 창작자는 오해받는다. 구스타프 에펠은 자신이 지은 탑을 평생 동안 질투하며 살아야 했을 것이다.

4층 관람을 끝내고 로비로 내려가는 길이었다. 거쳐 가는 2층에 아르누보Art Nouveau● 전시가 있다고 해서 잠깐 들러보려고 했더니 문이 닫혀 있었다. 옆에 안내인에게 물어보니 이런저런 사정이 있어서 지금은 볼 수 없다고 했다. '이런저런 사정'이라니, 얼마나 편리한 설명인가. 순간 내가 길을 잘못 들었나 생각했다. 나오는 길에 기념품 가게에 들러 조금 둘러보다가, 시냐크의 작품 한 점이 캔버스로 나와 있길래 큰맘 먹고 사서 나왔다. 부디 캐리어에 들어가는 크기이길 바라면서.

오후 세 시에 맞춰 PCR 검사소에 도착했다. 검사는 금방

---

● 19세기 말부터 20세기 초반까지 유럽에서 유행한 예술사조를 가리키는 말.

끝났다. 결과는 내일 이메일로 통지될 거라고 했다. 조금 불길했다. 이메일로는 안 좋은 소식밖에 받지 못했는데. 검사가 끝나고 나서 주위 지도를 살펴봤다. 마침 도스토옙스키기념박물관이 근처에 있어서 잠깐 들르기로 했다. 가는 길목에 카잔 대성당이 또 한 곳 있었는데, 나는 다른 러시아인들처럼 아무렇지 않은 표정으로 지나왔던 것 같다.

도스토옙스키 기념박물관은 그가 생전에 살던 상트페테르부르크 아파트를 보존해놓은 곳이다. 아래층에 본인이 직접 쓴 원고지나 책의 초판 같은 것들을 전시해놓기는 했지만, 기본적으로는 평범한 19세기 러시아 중산층 아파트의 모습에서 벗어나지 않았다. 수리코프 박물관과 비교하면 도시적인 방식으로 협소했다. 작은 벽난로가 있고, 집필실처럼 보이는 곳에는 크지도 작지도 않은 원목책상이 놓여 있었다. 수평이 안 맞아 흔들릴 것 같진 않은 그런 견고한 책상. 한국에 돌아가면 그런 책상을 하나 들여놓는 것도 괜찮겠다는 생각이 들었다. 놓을 자리가 있을지는 또 별개의 문제겠지만.

아래층 출구 쪽 매대로 내려가자, 러시아 원문이 인쇄된 도스토옙스키의 소설책들을 팔고 있었다. 그걸 유심히 보고 있는데 직원으로 보이는 할머니가 말을 걸어왔다. 엉성하긴 하지만 확실히 영어였다. 어디서 왔냐고 묻길래 한국에서 왔다고 했다.

"도스토옙스키를 좋아해요?" 할머니가 다시 물었다.

"좋아하는 정도가 아니에요." 내가 대답했다. "저도 작가거든요."

할머니는 "음흠~?" 하는 소리를 냈다. 러시아인들은 그런 소리를 자주 내는 것 같다. "좋네요. 멋있어요. 책 한 권 사가는 건 어떠신지?"

"아. 괜찮아요." 나는 손사래를 쳤다. "저는 러시아어를 못 읽으니까요…"

"읽지 않더라도 기념으로 갖고 있으면 되죠!"

"그런가요?"

"그럼요~"

"그렇지만 여기 있는 건 다 읽었어요. 집에도 꽂혀있고요."

"아."

"그럼 저는 가볼게요. 다 스비다냐."

"다 스비다냐." 할머니가 손을 흔들었다. 뒤따라오던 방문객 일행이 매대를 둘러보러 왔다.

'피의 사원'이라고 불리는 그리스도 부활 성당이 박물관 가는 길목에 서있었다. 역시 유명한 관광명소라 주변 길목에 잡상인들이 늘어서 있었지만, 장사는 시원찮아 보였다. 겉모습은 모스크바에서 본 바실리 대성당과 비슷했다. 바실리 대성당 대신 내부에 잠깐 들어가 보고 오자는 생각으로 티켓을 뽑았다.

나는 러시아가 중국 못지않게 금색에 집착한다는 인상을 받았다. 사원 내부의 벽면, 기둥, 아치와 돔 형태의 천장에 이르는 모든 곳들이 금색 종교화로 도배되어있었다. 보다 보면 신앙심이 없는 사람조차 몸이 붕 떠서 하늘로 솟구칠 것 같은 기분이 든다. 사원 내부에 가게를 낸 기념품점, 다른 관광객들이 두리번거리며 사진을 찍고 떠드는 소리 같은 것들이 풍선에 매단 추처럼 현실감을 붙들어 맸다.

상트페테르부르크 도심을 흐르는 강이 꽁꽁 얼어붙어있었다. 나는 그 옆으로 난 길을 따라 쭉 걸었다. 러시아국립미술관에는 들어가지 못했다. 인터넷 예매 쿠폰을 보여주었지만 군인처럼 입은 경비원이 고개를 절레절레 흔들어 보였다. 확인한 정보로는 오후 여섯 시까지 관람할 수 있다고 했고, 지금은 오후 다섯 시밖에 되지 않았는데. 어차피 한 시간으로는 다 볼 수 없으니 일찌감치 입장을 마감하는 것일까? 어쨌든 그걸로 끝이었다. 러시아 미술관은 영영 볼 수 없게 돼버린 것이다. 나는 아쉬운 대로 미술관 건물의 파사드와, 그 앞에 있는 푸시킨 동상을 지켜보다가 밖으로 걸어 나왔다. 강둑에 위치한 건물 벽면에 'NO WAR'라고 쓰인 글씨가, 그 위로 보일 듯 말 듯 그어진 X 표시가, 그 앞을 서성이며 수군덕거리는 소년들의 모습이 한동안 눈에 밟혔다. 구름 없는 하늘 멀리로 또다시 무언가 날아가는 소리가, 연기로 된 궤적이 무수한 전선과 알 수 없는 건물 뒤로 자취를 감추며 사라졌다.

오후 여섯 시가 되자 전시장이나 미술관 같은 시설은 전부 문을 닫았다. 나로선 일찌감치 숙소로 돌아가 시간을 때우는 방법도 있었지만, 머잖아 떠난다고 생각하니 몇 시간이라도 더 둘러보고 싶다는 마음이 강해졌다. 하지만 해가 지고 밤이 될 때까지 밖에만 있을 수도 없는 노릇이라, 어딘가 가서 시간을 때울만한 곳을 알아보아야 했다.

서커스를 볼까 해서 볼쇼이 서커스장을 찾아갔지만 공연이 없는 날이어서 표를 사지 못했다. 헛걸음에 날은 춥고, 마사지 샵 마스터의 말마따나 '부츠같이 굳은' 발에 통증이 찾아왔다. 벤치에 앉아 발을 까딱거리고 있으니 '그러고 보니 볼쇼이 극장도 못 가봤었네…'라는 생각에, 거기서 '발레 공연이라는 걸 실제로 보면 어떤 느낌일까' 하는 생각에 닿아 주변 극장을 찾기 시작했다. 우연히도 걸어갈 수 있는 거리에 미하일로브스키 극장이라는 곳이 있었고, 30분 뒤 '스파르타쿠스' 공연이 시작할 예정이라기에 달려가 표를 끊었다. 무대가 작게 보이는 3층 사이드 자리였는데도 좌석값이 3,000루블이었다.

나는 한국에서도 뮤지컬이나 오페라 공연을 보러 극장에 가본 일이 없다. 일단 푯값이 비싸기도 하거니와, 돈 많고 우아한 인간들이 풍기는 특유의 분위기를 감당할 수 없을 것 같아서였다. 한번은 경기도 모 신도시에 있는 아트센터 같은 곳에 강연을 하러 간 적이 있었는데, 나는 그곳을 지나다니는 사람들의 여유로움이며 조각된 태도 같은 것들에 적응이 되지 않았다.

그런 한편 미하일로브스키 극장의 경우—이것은 내가 지갑 사정이 여유롭지 않은 3층에 있어서였는지는 몰라도—몹시 서민적이고 캐주얼한 느낌이 있었다. 각자 나름대로 깔끔하게 입고 오기는 했어도 그리 격식을 차리는 느낌은 아니었다. 발레가 멋지고 훌륭한 문화라는 데에는 동의하는데, 대중과 그리 동떨어지거나 돈깨나 있는 사람들이나 보는 것이라 생각하진 않는 듯했다. 그들에게 발레란 우리나라 사람들이 주말마다 사거리 영화관에서 시간을 보내는 것 같은 수준의 무게감은 아닐까.

공연은 재미있었다. 스파르타쿠스라고 하면 로마 제국에 반기를 들었다가 처형당한 용병대장의 이야기다. 나는 스탠리 큐브릭 버전의 영화로 본 적이 있어서 대략적인 줄거리를 알고 있었는데, 여기선 등장인물의 대사가 없었기 때문에 그것이 관람에 큰 도움이 됐다. 서커스까지는 아니어도 온몸의 관절을 기형적으로 뒤틀고 꺾는 기예가 놀라웠고, 무대 아래에 숨어있는 오케스트라가 바쁘게 악보를 넘기며 연주를 이어가는 모습이 흥미로웠다. 그래도 시간 사정상 다 보지는 못할 것 같아서, 도중에 빠져나와 해가 진 상트페테르부르크 도심을 가로질러 걸었다.

해가 져서일까, 저녁때가 되어서일까. 이른 오전의 휑했던 그 도시가 맞나 싶을 정도로 골목골목이 붐비기 시작했다. 나는 러시아 노래를 부르며 버스킹을 하는 러시아 밴드를 보았고, 그 주변을 둘러싸 머리를 흔들거나 춤을 추는 행인들을 보았다.

넵스키 대로에 있는 'Literary Cafe'는 푸시킨이 결투에 임하기 직전 마지막 식사를 했던 곳으로 알려져 있다. 크라스노야르스크에 있던 당시, 푸시킨 시집을 본 나탈리야가 '상트페테르부르크에 가면 한 번쯤 들러보라'고 했던 곳이다. 입구에서부터 푸시킨의 생전 모습을 본뜬 조형물이 있어서 어렵지 않게 알아볼 수 있었다.

건물은 오래됐지만 가게는 평범한 고급 레스토랑이었다. 푸시킨이 죽은 해가 1837년이었으니까, 200년 가까이 똑같은 건물과 카페가 유지되고 있는 것이다. 메뉴판에는 푸시킨이 마지막으로 먹은 음식, 디저트 같은 것들을 표시해 세트로 팔고 있었다…

나는 푸시킨이 조금 불쌍해지기 시작해서, 그렇게 표시된 것들만 빼고 다른 먹을 만한 메뉴들을 골라 식사를 하고 나왔다. 딸기 셰이크가 맛있었고, 카페 분위기는 아랑곳하지 않고 열정적인 연주를 하다가 들어간 노령의 피아니스트가 기억에 남았다. 재즈 위주의 선곡 때문에 뭐랄까 〈라라랜드〉의 라이언 고슬링이 떠오르기도 했다.

숙소로 돌아와 일찌감치 짐을 싸기 시작했다. 경험상 다른 나라로 넘어간다는 것은 언제나 생각 이상으로 까다로운 일이기 때문이다. 우선 예르미타시 미술관에서 사온 그림은 간신히 캐리어 가방에 쑤셔 넣을 수 있는 크기였다. 캔버스에 프린팅을 한 것뿐이기 때문에 출입국 심사에 걸리거나 할 일은 없을 것이었다.

그다음은 인터넷. 신나서 500루블을 충전했던 것이 엊그제 같은데 ─ 진짜 엊그제였다 ─ 이제는 유심칩을 빼고 단기 국제로밍 요금제를 써야 했다. 그것도 별 탈 없이 핀란드에 도착했을 때에나 유효한 걱정이겠지만.

'아무래도 지뢰가 너무 많단 말이야.' 나는 늦은 밤, 남아있던 루블을 모두 내고 발 마사지를 받으며 생각했다. 마스터는 전날보다 힘이 더 들어간 느낌이었다. 다른 생각이라도 하지 않으면 아킬레스건과 함께 비명이 터질 것 같았다.

'…버스를 타고 다른 나라로 간다는 것부터가 말이야… 여권 심사는 어디서 하는 거지? 헬싱키에 도착해서 그쪽 터미널에서 하나? 터미널에서 입국 승인을 못 받으면? PCR 검사 결과지를 요구하는데 오전 중으로 결과가 안 나왔다면? 아니면 나왔는데 또다시 양성이 나온다면…?'

그렇게 되면 기껏 잡은 비행기도 취소해야 할지 모르고 (환불 안 됨) 러시아로 다시 돌아와야 할지도 모른다. 그 시점에서 실업급여 같은 건 완전히 날아가 버리는 것이고… 그걸 넘어서 대체 어떻게 집으로 갈 것인지도 처음부터 다시 고민해야 할 테다.

…아무리 고민해봐야 가보지 않으면 모르는 것이다. 가장 편리하면서 불안한 논리다. 나는 자정쯤 숙소로 돌아와서, 새벽쯤에 버스터미널로 가는 길을 재차 확인한 다음, 짧게나마 눈을 붙이고자 침대에 누웠다. 아, 한국으로 돌아가는 날은 너무도 가깝고, 먼 어느 때로 정해져 있는 것 같다.

# 31

## 헬싱키

알람은 하나만 맞췄다. 네 시 반에 일어나지 못하면 네 시 40분에도 일어나지 못할 것 같아서였다. 살면서 늦잠으로 많은 걸 잃어왔지만, 결과적으로 인생 자체를 잃진 않았다. 늦잠으로 잃어버릴 정도의 것이었다면 애초에 내 것이 될 수 없었던 것이다. 너무 운명론적인 사고회로가 아니냐고? 어처구니없는 이유로 이것저것 잃고 골치를 썩어대다 보면 끝내는 뇌의 일부가 돌아버린다.

떠나기 전 한 차례 더 짐을 점검하고, 택시가 잡힐 때까지 창밖을 바라봤다. 해가 뜰 기미도 없이 밤보다 더 새카만 밤이 도시 전역에 드리워져 있었다. 못 보던 러시아 국기가 먼

쪽 건물 옥상에서 휘날리는 모습이 보였다. 기온은 낮았으나 바람이 뜸해 춥게 느껴지지는 않았다.

사람이 많았다. 도시 전역이 불을 끄고 인적이 사라진 시간대, 수십 명의 사람들이 이른 아침에 출발하는 버스를 타려고 터미널 로비에 대기 중이었다. 나 이외의 외국인은 거의 없었다. 빨간 여권을 손에 들고 있는 걸 보니 대부분은 러시아 사람 같았다. 국내 사정이 좋지 않으니 우선은 육로로 국경을 넘으려는 걸까? 자세한 사정은 알 수 없다.

두 나라 사이를 오가는 버스여서인지 탑승하기까지의 절차가 여느 고속버스보다는 훨씬 복잡했다. 버스마다 운전기사 겸 승무원이 두 명이나 붙어있었고, 좌석을 배정하기 전에 탑승권의 유효 여부와 여권, 비자 등을 꼼꼼히 확인한 다음에야 탑승할 수 있었다. 내 경우 앞에 있는 사람들이 미리 출력해놓은 서류 같은 걸 꺼내 들길래 끝까지 조마조마해야 했다. 핀란드 입국을 위해 준비한 비자 혹은 그 외 서류 같은 건 내게는 존재할 리가 없는 물건이다. 며칠 전까지만 해도 핀란드에 입국할 예정 자체가 없었으니까.

다행히 비자 체크는 러시아 사람들에게만 해당하는 절차

였다. 대한민국 여권은 해외에서 매우 취급이 좋은 편이어서 웬만한 나라들과는 전부 무비자 협정을 맺고 있기 때문이다.

요컨대 한국인들은 외국인 중에서도 상당히 무해한 부류로 취급되는 것 같다. 다른 나라까지 가서 불법체류를 하며 허가되지 않은 장사를 하거나, 테러 공작 등으로 피해를 주는 일도 없다. 오히려 생활 수준이 좋고, 해외 관광을 즐기는 국민들이라 되도록 많이 오게끔 유도해서 관광 수입을 올리는 쪽이 좋다… 그렇게 여겨지는 덕분에, 한국인은 90일 동안은 비자 없이도 머물 수 있게 된다.

어떤 러시아인은 5분 넘게 걸렸던 탑승 절차가 내겐 20초 남짓에 불과했다. 입국 목적이니 비자를 빡빡하게 확인할 필요가 없으니까. 이해관계가 희미한 먼 나라 사람이니까. 오히려 국경을 맞대고 있는 핀란드와 러시아이기 때문에, 그들끼리는 출입국 심사를 더 엄격하게 하는 경향이 있었다.

'이럴 땐 한국인이라 참 다행이군…'

한국 같은 선진국에 태어나서 천만다행이야, 대한민국 만세―로 이어지는 사고회로는 이제 안이하다. 그냥 때와 장소에 따라 내게 주어진 조건이 좋을 때가 있고, 나쁠 때도 있는 것이다. 이런 일에 일희일비하기에는 너무 많은 일이 있었던 것 같다.

나는 8번 좌석에 앉았다. 옆자리는 쭉 비어있었다. 앉은 자세 정면으로 보이는 앞좌석 뒷부분에는, 태블릿 PC 화면 같은 것이 부착돼 영화며 음악을 감상할 수 있게 돼있었다. 물론 그런 데 저장돼있는 콘텐츠들은 지금 기준으로 꽤 오래된 것이거나, 꽤 괜찮다고 해도 한국어 지원을 기대할 수 없기 때문에 순순히 노트북을 꺼냈다.

오전 여섯 시 30분, 마침내 버스가 상트페테르부르크 버스 터미널을 출발했다. 해가 뜨기 직전이었고, 고속도로로 통하는 교차로는 아직도 주황색 가로등들이 수놓고 있었다. 버스 내부의 불은 머지않아 꺼졌다. 나는 그 일련의 과정에서, 분위기로부터, 겨울철 서울에서 강원도 스키장으로 향하는 야간버스가 떠올라 대뜸 뭉클해졌다. 별안간 한국에 온 것 같은 기분이 들었던 것이다. 언젠가 꿈에서 이 비슷한 장면이 스쳐 지나갔다면? 나는 내가 휘닉스 파크행 셔틀버스 안에 있는 꿈을 꾸었다고 생각했을 것이 틀림없다. 수천 킬로미터를 지나왔더니 비행기가 취소돼서, 하는 수 없이 국경을 넘어 우회경로로 귀국하려는 첫 관문이 아니라. 예지몽은 그

수신자가 과거의 자신이라는 치명적 결함을 가졌다.

버스가 대도심을 벗어나 교외 도로로 접어들었다. 창밖에 앙상하게 꺼진 숲이 펼쳐졌다. 천장을 덮은 구름들 사이로 거뭇거뭇 햇빛이 묻어나오기 시작했다. 이대로 별 탈 없이 간다는 가정하에, 헬싱키까지는 일곱 시간이 걸린다. 나는 노트북으로 지금까지 있었던 일을 메모하다가, 도착하기까지 몇 시간이라도 눈을 붙이자는 생각으로 머리를 뒤로 기댔다.

정신을 차렸을 땐 버스가 멈춰있었다. 버스 출입문 쪽에서 군인 두 명이 운전기사 한 명과 대화를 하더니, 나를 포함한 탑승객들의 여권과 비자를 재차 확인하기 시작했다. 나는 버스에 탑승했을 때도 한 검사를 왜 또 하나 싶으면서도, 이번에도 별일 없으리라는 생각으로 편히 여권을 내밀었다. 군인은 내 여권을 유심히 보더니 무어라 말을 하기 시작했다. 나는 순간 뭐가 잘못된 건가 싶어 황급히 번역 앱을 켰지만, 국경 근처까지 와서인지 인터넷이 잘 터지지 않았다. 버스는 계속해서 멈춰 있었고, 다른 탑승객들은 하나둘씩 고개를 들어 내가 있는 쪽 자리를 쳐다봤다.

**헬싱키**

'설마 내가 지뢰인가? 나 때문에 별것도 아닌 검문이 오래 걸리고 있는 건가…?'

군인은 영어를 한마디도 알아듣지 못했고, 그럴 필요도 느끼지 못하는 것 같았다. 그저 내 여권과 이민 카드를 가리키면서, 계속해서 내가 갖고 있지 않은 것을 요구하고 있다는 기분만 전달하고 있었다.

끝내 뒷자리에 앉은 다른 승객이 영어로 몇 마디 설명을 해줬다. 듣자 하니 이민 카드 문제 같았다. 왜 이걸 복사본으로 가지고 있느냐? 원본은 어디 가고 없느냐? 뭐 그런 얘기. 나는 기적적으로 연결된 번역 앱으로 '나는 이민 카드를 한 차례 분실했고, 그 도시에 있던 관공서에서 사본을 새로 발급받았다. 이것이 문제가 됩니까?'라는 메시지를 통역해 보여주었다.

그러자 군인은 머리를 갸웃하더니, 내 여권을 가지고 버스 밖으로 나가 있다가 10분이 지나서 다시 돌아왔다. 그리고 아무 일이 없었다는 듯 여권을 준 다음 다른 사람들의 여권을 확인하기 시작했다. 나중에 어떤 문제가 발생할지 모르니 복사본을 만들어둔 것일까. 어쨌든 불시 검문은 별 탈 없이 끝났고, 버스는 다시 출발해 국경검문소가 있는 쪽으로 달렸다. 길가 표지판에 키릴문자와 영어로 각각 '핀란드 방면'이라 표시돼있는 것이 보였다.

공항이 아닌 육로에 있는 검문소에서 출입국심사를 하는 건 난생처음이었다. 하기야 한국은 3면이 바다에, 대륙으로 통하는 길은 휴전선으로 막혀있으니 웬만해선 육로로 국경을 건널 일이 없기는 하다. 당연한 말이지만, 검문소에는 핀란드인들이 있었다. 그들에 대한 첫 번째 인상은 대개 키가 크고 말쑥한 인상이라는 것, 두 번째는 러시아인들과 달리 영어 구사에 무척 능숙하다는 것이었다.

국경검문소에 도착한 버스는 모든 승객을 하차시키고, 트렁크에 실어놓은 모든 짐을 꺼내 소지품 검사대로 보냈다. 그사이 나를 포함한 승객들은 핀란드 입국심사를 받았다. 한국인은 핀란드에도 무비자 입국이 가능하니 여권상으로는 큰 문제가 없었다. 다만 나는 아직 PCR 검사 결과를 받지 못했다. '코로나 관련 사유로 입국이 거부당하면 어떡하나…' 하는 걱정을, 입국심사대에 들어가 질문을 주고받는 동안에도 계속할 수밖에 없었다.

"환영합니다. 무슨 목적으로 핀란드에 방문하시는 거죠?"

**헬싱키**

금발의 핀란드 입국 심사관이 내게 물었다.

"아, 그, 저는 한국에서 왔어요." 나는 머리가 복잡해 간단한 대답을 하는 데에도 애를 먹었다. 한국에서 왔다니, 그건 이미 내민 여권만 봐도 알 수 있는 거잖아. 왜 얘기했지? 필요한 것만 얘기하자. 필요한 것만.

"러시아 여행 중에 귀국행 비행기가 취소됐습니다. 한국으로 돌아가기 위해 핀란드를 경유하려고 해요."

"아, 그러신가요?"

"네."

"핀란드에 머무는 기간은?"

"하루도 안 있을 것 같아요. 내일 오전에 비행기가 출발합니다."

"아하~" 나는 그렇게 대답하는 입국 심사관의 표정이 사뭇 온화해진 것을 눈치챘다. "직업이 뭔지 여쭤봐도 될까요?"

"작가입니다. 글을 써요."

"좋군요. 그럼…" 입국 심사관은 마지막으로 내 얼굴과 사진을 몇 번 교차해보고, 여권을 되돌려줬다. "아. 백신은 맞으셨나요?"

"네. 한국에서 두 번 접종했어요."

"어디 걸 맞으신거죠?"

"화이자입니다."

"네. 핀란드에 오신 걸 환영합니다. 조심히 가세요."

나는 고개를 숙인 뒤에 "키토스Kiitos"라고 말했다. 핀란드어로 '감사합니다'라는 뜻이라고 하는데, 버스 안에서 외워둔 몇 가지 의사 표현이었다. 입국 심사관은 피식 웃으며 손을 흔들어 보였다. 입국 심사장에서 나오자 이미 심사가 끝난 승객들이 모여 버스를 기다리고 있었다. 나는 그 근처 벤치에 앉아서 크게 한숨을 쉬었다. 천만다행이었다. 이걸로 적어도 핀란드에 입국하는 절차는 끝이 난 것이다. 그렇게 국경을 넘어 핀란드 안으로 들어왔다. 구글 지도로 본 내 위치 역시 핀란드에 있는 것으로 나왔다… 어떻게 다른 나라에 오긴 왔다! 처음에는 진짜 말도 안 되는 계획 같았는데 이렇게 조금씩 풀려가고 있구나, 어떻게든 돌아가고 있구나. 그런 생각을 하면서 헬싱키행 버스에 다시 몸을 실었다.


'기왕 일어난 김에 뭐라도 좀 쓰다 자자'는 계획은 약 30분 만에 좌절됐다. 심사장 안에서 어지간히 겁을 먹고 있었던

지, 버스 좌석에 앉자마자 긴장이 풀려 잠이 몰려왔다. 일어 났을 때는 이미 오후 한 시, 버스는 헬싱키 - 반타공항에 정 차해 있었다. 반타는 헬싱키 교외에 위치해 교통 허브 역할 을 담당하는 위성도시라고 했다. 우리나라로 치면 김포 같 은 느낌일까. 세계에서 가장 검은색이라고 알려진 '반타블 랙'과 관계가 있나 싶었지만 그렇지도 않았다. 나는 잠깐 버 스에서 내려 공항 주위를 둘러보다가 자리로 돌아왔다.

핀란드 도롯가는 러시아처럼 숲이 많다. 중간중간 터널처 럼 시야를 가로막는 거대한 암석도 자주 보였다. 암석은 자 연스럽게 형성된 벽처럼 매끄러운 모양에, 햇빛을 반사해 별 처럼 반짝거리는 모습이 멋스러웠다. 뭘 조각해본 경험이라 곤 초등학생 때 지점토를 깎아본 게 전부이지만 그런 돌을 깎아 조각상을 만든다면 꽤 볼만하겠다는 생각이 들었다.

공항에서 헬싱키 시내까지는 30분이 조금 넘게 걸렸다. 승 객들은 고속버스터미널 같은 곳에 버스가 멈추자마자 짐을 챙겨 어디론가 떠나버렸다. 나는 버스 승무원 아저씨 한 쌍 에게 고맙다고 인사를 건넨 다음 터미널 밖으로 나왔다.

헬싱키는 현대적인 도시였다. 물론 모스크바나 상트페테

르부르크도 크고 현대적인 대도시다. 하지만 헬싱키의 현대적인 방식은 언뜻 보기에도 다른 도시들과 달라 보였다. 그건 도무지 언어화하기 곤란한 지점에서의 차이였다. 러시아보다 크고 웅장한 건물이 많은 것도 아니다. 한국보다 사람이 많지도 않다. 지천에 문화유산이 널려있다는 느낌도 없고, 특출나게 대단한 양식이나 구조가 눈에 띄지도 않는다. 그런데도 그 도시 한가운데에 서서 두리번거렸을 때 나는 내 시선이 닿는 모든 곳에서, 어떤 식으로의 일관된 원칙과 질서를 느낄 수 있었다. 시곗바늘처럼 움직이는 자동차, 노면 전차와 행인들. 과연 '이것이 선진국이라는 건가?' 하는 생각이 절로 드는 풍경이었다. 기분 탓일지도 모르겠지만.

나는 헬싱키에서 머물 하룻밤 짜리 호스텔을 예약해놓은 상태였다. 다만 핀란드는 평균임금과 생활수준이 높은 만큼 물가도 살인적이어서, 가장 저렴한 호스텔조차 24유로—우리 돈으로는 3만 원—의 숙박료가 들었다. 러시아였다면 하루에 만 원 정도로도 떡을 쳤을 텐데. 기본 물가가 이렇게나 차이가 나니 러시아 사람들이 북유럽 방면으로 관광을 오긴 어렵겠다는 생각이 들었다. 근묵자흑이라고 하지만, 국경을 맞대고 있다고 해서 꼭 닮은 나라가 되는 건 아니다.

터미널에서 호스텔까지는 도보로 3, 40분 정도 걸리는 거리였다. 못 걸어갈 거리는 아니지만 캐리어 짐이 있는 만큼 이동에 힘이 들 것이다. 택시는 보나마나 비쌀 게 뻔하고. 그나마 '헬싱키는 대중교통이 잘 발달되어있다'는 정보를 토대로 HSL이라는 앱을 다운로드 받았다. 5유로에 헬싱키 시내의 노면 전차, 버스, 지하철을 자유롭게 이용할 수 있는 종일권을 결제할 수 있었다.

노면 전차라고 하면 흔히 트램이라고 불리는 수단이다. 외형이나 내부 모습은 버스인데, 길을 왔다 갔다 하는 방식은 스크린도어 없는 전철에 가깝다. 운행 중 소음이 거의 없고 차체가 흔들리는 느낌도 없다. 사람이 많은 역 근처, 큰 도로 부근만이 아니라 인적이 드문 골목골목까지 노선이 뻗어 있는 것이, 말 그대로 이곳의 대중교통이다. 핀란드어 철자가 헷갈려 잘못된 역에 내릴 뻔하기도 했으나, 무사히 숙소에 도착했다.

'유로 호스텔Euro hostel'은 이름대로 외국인 관광객이 많이들 묵으러 오는 곳 같았다. 건물 하나를 통째로 쓰고 있었다. 로비에서부터 단색 위주의 깔끔한 인테리어가 마음에 들었다. 카운터 직원은 영어 응대가 탁월했다. 내가 묵을 호수는 222호였고, 거기에 있는 A번 침대를 이용하라는 안내를 받고 방을 찾아갔다.

　방 하나에 1층짜리 침대 두 개가 있는 2인실이었다. 침대 말고는 큰 책상과 의자, 개인용 캐비넷, 취침용 전등, 책장이 구비되어있었다. 느낌만 보자면 숙박업소가 아니라 디자인 전문 대학교의 신축 기숙사 같았다. 물론 그것도 어떤 관점에선 숙박업소와 비슷하지만… 나 말고 다른 숙박객이 오지 않았기 때문에, 나는 여유롭게 옷을 갈아입고 짐을 캐비넷 안에 집어넣었다. 그러고 나서 침대에 걸터앉아 마른세수를 했다. 한 달 전, 한국을 떠나고 나서부터 나는 이런 순간을 조금 즐기게 돼버렸다. 또 한 번 무사히—우여곡절이 없지는 않았지만—목적지에 도착해, 잠깐의 안식을 얻게 되는 순간, 나는 정적을 확인한다. 1분 1초가 이리도 가까이 있음을 느낀다.


　배가 고파서 밖으로 나왔다. 지도상으로는 숙소 근처에 식당이 몇 군데 있었지만, 마침 일요일이라 대부분의 식당이 문을 닫은 상태였다. 하나하나 돌아다니기에는 힘도 없고, 선택지도 많지 않았기 때문에 다시 트램을 타고 도심부로 향했다. 아까 왔던 곳으로 다시 되돌아가는 길이었다. 헬싱키 대성당 앞을 지나가는데 광장 쪽에서 소규모 시위가 일어나고 있었다. 핀란드와 우크라이나 국기가 함께 있어서 반전시위라는 것을 알았다. 러시아를 막 벗어난 시점에서 그런 광경을 보자니 생각이 복잡해졌다. 이 시기에 러시아만큼 유럽에서 미움받는 국가가 있을까? 일방적인 침공으로 전쟁을 일으켰으니 자업자득이기는 하지만… 그런 나라를 가로질러 와서 한국으로 돌아가려는 나도 어쩐지 공모자가 된 기분이었다. 딱히 죄는 짓지 않았는데도. 세상에는 그런 뻔한 사실만으로 해명되지 않는 기분이 있다.

핀란드는 공연하게 '지구에서 가장 행복한 나라'라고 불리는 곳이다. 사회복지, 교육제도, 시민의식, 새집 인테리어와 동계올림픽 성적까지. 수많은 분야에서 선망과 동경의 대상이 되고 있다. '북유럽'이라는 단어가 주는 문화적 압력은 실로 무시무시하다. 가령 술에 취해서 새벽 도로를 무단으로 횡단하고 나서도, "북유럽 국가에서는 늦은 밤에 신호등을 꺼놓는다고 해… 사고가 날 가능성도 높고, 밤에는 억지로 운전을 하기보다 집에서 휴식을 취한다는 인식이 일반적이어서지…" 따위의 말로 둘러대면, 사실 다 지어낸 이야기인데도 불구하고 뭔가 그럴듯해 보이는 느낌이 드는 것이다. 아니, 아님 말고…

그래서 지구상에서 가장 행복한 나라라는 칭호를 얻으려면 어떤 것들이 있어야 하는가. 일단은 일요일에 쉬는 가게가 많아야한다. 나처럼 근본 없이 일요일에 입국한 관광객은 식사를 해결할 곳이 여의치 않아야 한다. 어떻게 열심히 찾아 들어간 뷔페식당에서 여유롭고 맛있는 식사를 할 수야 있겠지만, 자그마치 55유로라는 정신 나간 밥값에 다리가 후들거려야 한다. 서비스도 좋고 티라미수도 맛있긴 했지만, 밥 한 끼에 75,000원이 말이 되는 소리인가? 밥 먹는 도중에 받은 메일, PCR 검사 결과를 알리는 메시지 결과가 음성이 아니었다면, 그 핀란드 뷔페식당 계산원을 인종차별주의자로 만들 뻔했다. 참 다행이다.

난생처음으로 순수한 의미의 유럽 국가에 발을 디뎠던 참이지만 아쉽게도 내겐 도시 곳곳을 뜯어보고 다닐 시간도, 에너지도 없었다. 내가 할 수 있는 거라곤 때마침 지척에 있던 핀란드국립미술관에 들러 전시를 구경하는 것 정도였는데, 입장권만 18유로로 트레티야코프와 예르미타시 미술관 입장료를 합친 것보다도 더 비쌌다.

'그만큼 자국 미술에 자부심이 대단하다는 거겠지'라고 생각하며 들어갔다. 입장권은 따로 출력해주지 않고 손등에다 스티커 같은 걸 붙여줬다. 접착력이 꽤 좋아서, 코로나 예방차 화장실에서 손을 빡빡 씻지 않는다면야 떨어지지 않을 것 같았다.

전시는 그 방식대로 무척 마음에 들었다. 전시 품목의 8할 정도는 핀란드 자국의 미술품이었다. 어떻게 발음해야 할지 모를 이름의 화가들이 훌륭한 그림들만큼 많았고, 회화뿐 아니라 조각과 사진까지 고루 조화롭게 배치한 전시방식이 보기에 좋았다. 로마자 표기도 잘 되어있었다. 핀란드인의 로마자 표기는 Finnish다. 처음에 봤을 땐 웃겼는데 보다 보니 멋있게 느껴졌다.

나머지 2할은 어찌어찌해서 소장하게 된 외국 회화들이다. 고갱과 세잔이 각각 두 점씩 그리고 고흐가 죽기 전에 그렸다는 풍경화가 한 점 걸려있었다. 나는 할머니 한 분이 마스크와 머플러로 입을 가린 채, 한참 동안 앉았다가 일어났다가 하며 그림을 감상하는 모습을 지켜봤다. 나오는 길에서 돌바닥에 떨어진 지우개도 봤다. 엄지손가락만 한 자두색 지우개였는데, 꽤 오래 사용한 듯 많이 닳아있었다. 잃어버린 사람이 꽤 속상할 것 같다는 생각이 들었다.

내 기억 속에서의 핀란드라고 하면, 무슨 국가별 교육수준 평가에서 한국을 제치고 세계 1위를 차지한 나라라는 것 그리고 포뮬러 원 경주에서 은퇴한 과거의 챔피언 키미 라이쾨넨이 핀란드 출신이라는 것 정도다. 과연 교육수준이 탑이라는 것은 거짓이 아니었다. 미술관 직원은 물론이고, 숙소로 돌아가는 길에 마실 것이나 좀 사려고 들렀던 마트의 계산원까지 능숙하게 영어를 구사했다. 여기는 2개 국어가 기본 소양쯤 되는 것일까? 공교롭게도 내가 들른 식료품점 간판에는 'K-Mart'라는 글자가 새겨져 있었다. 한국과는 전혀 관계가 없는 것 같았지만 아마도 코사-마트의 줄임말이 아닐지? 이것도 아님 말고. 당연히 아니겠지만.

오후 일곱 시쯤 되어서 숙소로 돌아왔더니 모르는 금발의 외국인이 짐을 풀고 있었다. 네덜란드 학생으로 첫 해외여행을 왔다는 조이는 키가 멀대처럼 큰데, 얼굴은 영락없는 고등학생처럼 보였다. 나이를 묻자 진짜 열아홉 살이라고

**헬싱키**

했다. 확실히 이쪽 사람들은 빨리빨리 커버리는구나.

조이는 대학에서 영어와 스페인어를 전공하고 있다는데, 그래서인지는 몰라도 말이 엄청나게 많았다. 만난 지 30분도 안 됐는데 자신이 네덜란드 에인트호벤 출신이며, 어렸을 때부터 거기 있는 축구팀 PSV의 팬이었다는 사실까지 줄줄 말했다.

"…PSV란 말이지?"

"맞아. 아주 훌륭한 팀이야. 요즘 들어서는 못하지만." 조이가 그런대로 자랑스럽다는 듯이 말했다.

"조이. 미안하지만, 이럴 때 한국인이라면 하지 않으면 안 되는 질문이 있어…"

"뭔데?"

"너, 호, 혹시…" 나는 자괴감에 말을 더듬었다. 이런 질문을 내 입으로 직접 하게 될 줄 몰랐다. "…너 혹시 박지성 알아?"

"아, 아아. 지성팍 말하는 거구나. 당연히 알지… 근데 알기만 알아. 어떤 선수였는지는 잘 몰라"라고 대답하는 조이의 표정은, 그야말로 '김치를 햄에 싸서 드셔보세요'를 들은 톰 행크스의 그것이었다. 아무래도 별로 좋아하는 선수는 아닌 것 같았다. 하기야 열아홉 살이면 세대도 달랐을 것이고. 잘 모르는 것이 당연하다.

남자들끼리 있다 보니 자연스럽게 게임 얘기도 하게 됐다. 조이는 엄청난 축구광이어서, 얼마 전 플레이스테이션을 새로 사서 피파 시리즈를 열심히 하고 있다고 했다. 나도 집에 엑스박스가 있어서 잠깐 했다고 말했다. 조이는 언젠가 같이 붙을 기회가 있으면 좋겠다고 했지만, 나는 플레이스테이션과 엑스박스가 교차 대전이 안 된다는 사실을 알고 있었다. 그걸 말해줬더니 조이는,

"이래서 엑스박스는 문제야. 플레이스테이션과 연결이 안 되잖아!"

"그건 반대도 마찬가지 아냐?" 나는 조금 발끈했다.

"그렇지 않지. 엑스박스를 사는 건 플레이스테이션 가격이 떨어지는 걸 못 기다린 사람들뿐이니까."

나는 "어린놈 주제에. 왜 이런 분야에서 이상한 혜안이 있는 거야?"라고 말하고, 속으로 '에이, 그래도 엑스박스도 좋은 게임기야'라고 생각했다.

하여간 어지간히도 게임을 좋아하는 친구였다. 내가 "내일 비행기를 타야 하니까 오늘은 일찍 잘 거야"라고 했더니, 숙소 로비에서 체스판을 들고 와서는 "한 판만 두고 자자"라

고 제안했다. 내가 귀찮다고 말하든 말든 조이는 체스 말을 차례로 세우고 있었다. 할 수 없이 마주 앉아서 내 쪽을 정돈해놓았다.

"루크는 체스 잘 둬?"

"아니… 룰 정도만 알아"라고 나는 대답했다. 그게 사실이었다. 하지만 체스에서의 룰이란 그저 어떤 말이 어떻게 움직이는지에서 끝나는 게 아니고, 캐슬링이나 앙파상같이 제한된 상황에서 적용되는 규칙도 있기 때문에 생각보다 많이 어렵다.

"나는 어렸을 때 엄마랑 많이 뒀지. 엄마를 이기기까지 시간이 오래 걸렸어…" 조이는 의미심장하게 말하며 첫 번째 수를 뒀다.

'뭐지. 퀸스 갬빗인가…?'

나는 매우 긴장한 상태에서 맞수를 뒀다.

조이는 나한테 사정없이 털렸다. 처음에는 '이게 뭐지, 봐주는 건가?'라고 생각했지만, 정말 순수하게 못 두는 것이었다. 퀸도 룩도 다 빼앗기고, 완전히 수세에 몰리기까지 30분밖에 걸리지 않았다. 티 나게 파놓은 함정 수에 족족 걸렸고, 전략이라는 것도 없었다. 정말 체스를 '좋아하기만 한다'는 느낌이었다.

"으악, 젠장!" 조이는 체크메이트에 걸려 지고 나서, 그 벌칙으로 혼자 체스판을 정리하면서 말했다. "어째서 진 거지? 정말 아깝다!"

나는 "전혀 안 아까운데"라고 말하고, '아냐. 그래도 잘 됐어'라고 생각했다.


뭔가 말을 심하게 한 것 같아서 폴라로이드 사진을 한 장찍어 조이에게 건네줬다. 조이는 함박웃음을 지었다. "루크는 좋은 사람이구나. 한국인들은 전부 좋은 사람인가 봐?"

나는 일부러 대답하지 않고 자리에 누웠다. 조이는 내가 잠들기 직전까지도 계속, 혹시 코를 심하게 골기라도 하면 바로 깨워줘, 냄새가 나서 신경 쓰이면 얘기해, 같은 말들로 내 잠을 방해해왔다.

"물어봐 줘서 고맙지만, 나는 신경 꺼도 괜찮아." 내가 말했다.

그러자 조이가 대답했다.

"네덜란드 사람한테는 그게 제일 어려운 일인걸."

"뭐가?"

"신경을 하나도 안 쓰는 것 말이야."

"……"

나는 누운 상태로 손바닥을 베개 밑으로 집어넣었다.

"조이, 내 생각에… 그건 네덜란드 사람인 것과는 상관없어. 그냥 네가 친절한 사람이라서야."

잠결에 "고마워"라는 대답을 들은 것 같기도 하다. 내일 무사히 비행기 잘 타라는 말도.

# 32

## 뮌헨, 서울

가장 중요한 날의 나는… 의외로 아주 늦게 일어나버리는 일이 없다. 대신 '대충 이 정도 시간에 일어나서 여유롭게 가야지' 하고 알람을 맞춰놓은 시간에 일어나지는 못한다. 꼭 그것보다는 늦은 시간에, 아주 포기할 정도로 늦은 시간은 아니지만 잠깐이라도 여유를 부려서도 안 될 그런 때에 맞춰 눈이 떠지는 경우가 많다.

이날 내가 일어난 오전 열 시 반이라는 시간은 전날 계획으로는 '이미 공항에 도착해서 탑승수속을 마친 뒤 탑승장 근처 카페에서 커피나 홀짝일 예정이었던' 시간이었다. 다행히 숙소에서 반타공항까지는 차로 30분 남짓한 거리로,

서울 - 인천만큼이나 멀리 있지는 않았다. 그렇다 쳐도 늦은 건 늦은 거라서, 당장에 샤워를 하거나 머리를 감는 건 생략할 수밖에 없었다.

'비행기 타는 내내 머리가 가려울 텐데'라는 생각도 짐 주머니에 구겨 넣고, 재빨리 짐을 챙기고 옷을 입은 뒤 체크아웃 수속을 밟았다. 앱으로 공항으로 가는 택시를 호출해놓은 다음, 카운터 직원의 도움을 받아 PCR 음성 증명서를 출력해 챙겼다. 다만 문서 프린트에는 비용이 들었다. 두 장에 1유로였다.

택시는 생각보다 금방 도착했다. 검은색 도요타 코롤라에 매우 친절한 흑인 운전사가 내려 짐 싣는 걸 도와줬다. 나는 택시 뒷좌석에 몸을 기대고, 공항 도착까지 그리 오랜 시간이 걸리지 않는다는 것을 확인하고 나서야 숨을 돌렸다. 그래도 택시가 빨리 잡혀서 다행이야… 그런데 내가 택시를 어떻게 부른 거지?

나는 러시아에서 즐겨 썼던 얀덱스 택시 앱을 그대로 썼다. 나라가 바뀌었으니 보통은 다른 앱을 써야 했을 텐데 한 달간의 습관으로 인해 아무 생각 없이 똑같은 앱으로 택시를 부른 것이었다. 근데 그게 핀란드에서도 곧잘 쓰이는 앱이었다. 뭐 그래서 자연스럽게 공항까지 가는 택시를 불러 탈 수 있었다는 것인데, 이 기막힌 우연을 감지하고 나자 또 한 번 등줄기에 식은땀이 흘렀다. 택시 앱이 호환되지 않았더라면, 또 다른 앱을 깔고 자시고 하면서 적당한 택시에 올라타는 데만 수십 분이 더 소요됐을지 모른다.

'어쨌든 집에 갈 운명이기는 한가 보구나.'

아슬아슬하게 PCR 검사 결과가 음성이 나온 것도, 알람을 놓치긴 했지만 그리 늦은 시간에 깨지 않은 것도, 우연히 다른 나라에서 똑같은 앱으로 택시를 부를 수 있었던 것도 모두 나를 집으로 돌아가게 한다는 하나의 목적으로 수렴했다. 때때로 우연이란 너무 기묘해서 원래 그렇게 되게끔 짜여졌다는 인상을 주곤 한다. 그리고 그런 우연성과 필연성이 맞닿아있음을 느끼는 순간, 나는 이미 일정한 속도를 지닌 채 선로에 놓여있는 열차에 탑승해 있는 것 같다. 그러니까, 어쩌면, 나는 집을 떠난 그 순간부터 되돌아가는 길 위에 있었던 것이다.

집을 나와 그 근처 공원을 산책하고 돌아가는 것과, 광활한 유라시아 대륙을 횡단해 비행기를 타고 돌아가는 것에는 어떤 차이가 있을까. 그건 덤으로 주어진 길이, 남아있는 길이 얼마나 있느냐에 달려있을지 모른다. 내게 있어 여로란 단순히 여행하는 길이면서, 노서아를 통과하는 길이었지만, 동시에 돌아가기까지 남은 길이기도 했다. 그렇게 보면 나는 항상, 지금 이 순간까지도 늘 '여로에서' 글을 쓰고 있었던 셈이다. 우연한 말장난 같기도 하지만, 무의식이 유발하는 우연에 기막힌 창조성이 깃들어있는 것은 어제오늘 일만이 아니다.

헬싱키-반타공항의 터미널은 인천국제공항처럼 터미널 1과 2로 구분돼있었다. 루프트한자는 터미널 1에 있었다. 창구에는 줄이 없었다. 독일 항공사라서 구텐탁이라고 인사해야 하나 걱정했는데, 직원 쪽에서 먼저 헬로우, 하길래 웃으면서 여권을 꺼냈다. 코로나 관련 서류가 있냐고 묻기에 같이 꺼내줬다. 한국에서 뽑아온 백신접종 증명서 그리고 어제 오후에 받은 PCR 음성 증명서였다. 수속은 금방 끝났다. 곧바로 수화물을 맡기고 탑승장 쪽으로 들어갈 수 있었다. 물론 독일의 뮌헨을 경유해 가는 것이라 완전히 안심할 수는 없었지만.

탑승 게이트 주변에는 역시 면세점이 있었다. 그러나 아무리 세금을 뗐다고 해도 비싼 물건들뿐이었고, 사봤자 가방에 넣을 공간도 마땅찮았기 때문에 그냥 지나쳤다. 걷다 보니 카페도 두 군데 있었다. 한쪽 카페는 꽤 식사다운 식사를 내오는 푸드코트 같은 곳이었고, 맞은편 카페는 커피와 간단한 빵을 파는 곳이었다.

나는 맞은편 카페에 가서 따뜻한 카페라테를 한 잔, 손바닥 크기의 크루아상 하나를 시켰는데, 주문 도중에 아기가 크게 우는 소리가 들려 점원의 목소리가 잘 들리지 않았다. 정말 대단한 울음소리였다. "으앙"이나 "응애~"로는 옮겨 적을 수 없는, 구태여 쓰자면 "크와아아아악—!!"에 가까운 포효였다.

나는 왠지 웃음이 터져서, 주문을 받던 아저씨에게 "대단한 락커가 될 것 같네요" 하고 농을 던졌다.

"그러게요." 아저씨가 웃으면서 대답했다. "기타랑 드럼만 있으면 완벽할 겁니다."

게이트 앞 카페에서 30분 정도 커피를 마시고 빵을 뜯어 먹었다. 혹시 몰라서 화장실도 다녀왔다. 탑승 시간은 금방 다가왔다. 나는 으레 하던 것처럼, 사람들이 줄을 서기 시작하자 그 뒤에 적당히 따라붙었다. 하지만 루프트한자의 경우 탑승자 그룹을 A, B, C, D … 로 나눠서 태우는 모양이었다. 입구까지 가서 표를 보여줬는데 "지금은 차례가 아니니 좀 있다 당신이 속한 그룹이 불리면 다시 와라"는 말을 듣고 기다렸다가 탔다. '어째 이것도 독일인다운데?'라고 생각했다. 태어나서 독일 근처도 가본 적 없는 주제에.

내 자리는 통로와 창문 사이에 있는 중간 자리였다. 비행기는 막힘없이 금방 이륙했다. 독일 뮌헨까지는 두 시간 40분이 걸렸다. 그곳에서 한 시간 15분을 대기, 곧바로 인천행 비행기로 갈아타야 했다. 잠을 자기에는 애매하고 그래서 대충 노트북을 꺼내 글을 쓰기 시작했다. 나는 시간이 촉박할수록 집중력이 높아지는 것 같다. 사는 데 큰 도움은 되지 않는다.

기내식으로는 초콜릿 한 조각을 받았다. 루프트한자 로고가 새겨져 있는 것이었다. 아무래도 밥때도 아니고 비행 시간도 짧은데 아무것도 안 주면 좀 그러니까 구색만 차리는 느낌이 강했다. 초콜릿 자체는 좋아하기도 하고 맛도 나쁘지 않아서 좋았다. 마침 당이 부족하던 시기에 잘 됐다 싶었다.

뮌헨에는 금방 도착했다. 비행기 창문으로 내려다본 독일의 풍경은, 뭐랄까 영화 같은 데서 자주 본 느낌의 농장이 보였던 것 같다. 그것 말고는 딱히 '독일에 왔다'는 느낌은 들지 않았다. 아주 짧은 시간 동안 공항을 경유할 뿐이기도 하고.

변화가 있다면 시간상 한국과 한 시간의 시차가 더 생겼다는 것뿐이었다. 과연 유럽과 아시아는 연결돼있는 게 맞았다.

그렇게 뮌헨공항에 하차한 나는 수화물을 찾으려고 이곳저곳 돌아다니다가, 끝내는 '이건 양심적으로 너무 멀다'는 생각이 들었다. 상식적으로 말이 안 되는 동선이었다. 수화물 찾기Baggage claim라는 안내판을 따라 죽 걸었는데, 가는 길에 인적이 점점 뜸해지더니 급기야 텅 비어있는 길을 혼자 걷고 있었다. 뒤늦게 인터넷에 찾아보니, 공항 경유 시에는 수화물이 자동으로 옮겨지는 것이었다.

'아니 씨발…'

수화물이고 나발이고 그냥 환승구로 갔으면 됐는데, 괜히 탑승장에서 빠져나오는 바람에 입국 심사며 보안 검색까지 다시 받느라 한바탕 곤욕을 치렀다. 뜻밖에도 여권에 독일 뮌헨공항 도장이 추가로 찍히게 됐다.

인천으로 가는 H02 게이트는 또 탑승장 맨 끝자리 후미진 곳에 있었다. 출발 시간에 늦지 않게끔 죽어라 뛰었다. 뛰던 도중에 가방끈이 뚝 끊기는 바람에 중간부터는 허리춤에 끼고 달렸다. 내가 탑승 게이트에 도착했을 때는, 탑승까지 겨우 10분밖에 남지 않은 시점이었다. 맨 앞줄 대기 의자에 앉아 땀을 닦고 숨을 돌리고 나니, 주변 사람들의 행색 같은 것들이 눈에 보이기 시작했다. 한국 사람들이었다. 한국말로 대화하는 소리가 들렸고, 보고 있는 스마트폰 화면들에도 한국어가 떠 있는 것이 보였다. 이젠 정말로 한국에 돌아가는 것이다.

화장실에 갔다 돌아오니, 못 보던 줄이 생기고 게이트에서 탑승권을 검표하고 있었다. 나는 헬싱키공항에서 했던 것처럼 차례를 기다렸다가, 내가 속한 그룹이 불렸을 때 여권과 가방을 챙겨 게이트 입구로 걸어갔다. 내 앞의 한국인 승객한 명이 승무원과 실랑이를 벌이고 있었다. 자세한 사정은알 수 없었지만, 아마도 코로나 관련 증명서가 확인되지 않아 탑승을 거부당한 모양이었다. 키가 큰 그 남자는 화도 내고, 애원도 하는 듯하다가, 현지 관계자처럼 보이는 옆 사람과 뭐라 대화를 하더니 어디론가 통화를 하는 등 척 보기에도 예삿일 같지가 않았다.

그동안 승무원은 가만히 서서 기다리고 있던 내게 손짓을했다. 내가 미리 꺼내뒀던 여권과 증명서 따위를 건네주자,

승무원은 "퍼펙트"라는 말과 함께 비행기로 가는 문을 열어 줬다.

　비행기로 들어가는 통로 앞에서, 나는 잠깐 고개를 돌려 뒤를 바라봤다. 아직 상황이 해결되지 않은 듯한 남자가 두 손으로—요즘 시대에 두 손으로 통화하는 일은 흔치 않다—전화기를 붙잡고 애를 쓰는 듯한 모습이 보였다. 그건 얼마 든지 내 모습이 될 수 있었던 장면이었다. 나는 슬퍼해야 할지, 안도해야 할지 알 수 없었다. 따지고 보면 나도 준비를 잘했다기보다는 그냥 과정에 맞게 적당히 운이 따라준 것 뿐이었다.


　역시 인천행 비행기다 보니 기내에는 같은 한국인이 많았다. 아무렴 러시아에서 온 사람은 나뿐인 것 같았지만. 한국인 승무원도 있었다. 짧은 머리에 멋들어진 비율로 가르마를 타고, 큰 키에 깔끔한 제복을 입은 남자였다. 그는 기내에 있는 동안 한국말 방송을 도맡았다. 나이는 30대 초중반 정도로 매우 젊어 보였는데, 보기 드물게 침착한 말투가 과연 승무원이나 파일럿에 어울린다는 느낌이었다.

　"승객 여러분, 환영합니다. 우리 루프트한자 항공은⋯ 러시아 영공을 사용할 수 없기 때문에, 평소와 다른 우회 항로로 인천공항까지 간다는 점 양해바랍니다. 예상 소요 시간은 약 열 시간 십오 분이며…"

뮌헨에서 인천까지는 비행거리만 1만 킬로미터가 넘었다. 평소처럼 잠만 잘 잔다면 눈 깜짝할 새에 도착했다고 느끼겠지만, 나는 왜인지 내가 그럴 수 없으리라는 확신이 있었다. 가능하다면 톰 행크스가 출연하는 영화를 한 편 받아놓고 싶었는데, 인터넷 속도가 어지간하게 느려서 이륙할 때까지도 절반도 받지 못했다. 그만 포기하고 잠이 안 오면 하던 대로 글이나 쓰기로 했다.

마침내 한국행 비행기가 이륙하는 순간, 나는 끝끝내 한국에 돌아가게 됐다는 생각에 조금 울컥했다. 비행기가 공중에 뜬 이상 나의 귀국을 막을 수 있는 것은 항공기 납치 테러나 기내 서비스에 불만을 가진 재벌가 자제밖에 없을 것이었다. 어쨌거나 나는 높은 확률로 한국에 돌아가게 됐다. 전날 새벽만 해도 상트페테르부르크의 버스터미널에서 핀란드로 넘어가는 버스를 무사히 탈 수 있을지 노심초사했다는 사실이, 이제 와선 오래된 동화같이 멀게 느껴졌다.

이륙으로부터 한 시간쯤 지났다. 승무원들은 기내식을 주

기에 앞서서 마실 것을 나눠줬다. 나는 몹시 배가 고픈 상태
였다. 결국 식사가 나오기 전까지 와인을 석 잔이나 마셨다.
기내식은 만족스러웠다. 라자냐는 웬만해서 맛이 없기 힘든
음식이고, 허기도 심해서 정신없이 다 먹어 치웠다. 배도 부
르고 취기도 오르니 기분이 붕 떴다. 실제로 비행기는 상공
1만 미터 부근을 날고 있었다.


  잠깐 졸았다. 승무원이 어깨를 툭툭 치더니 입국신고서를
건넸다.
  '아. 이런 건 미리미리 작성해두는 게 좋지.'
  발밑에 놔둔 가방에 펜이 있을 줄 알았는데 어디로 갔는
지 보이지가 않았다. 마침 복도 건너편 자리에 앉은 분이 한
국인이었다. 자기 것으로 보이는 펜으로 한참 뭔가를 쓰고
있길래 "저기, 죄송하지만 그거 다 쓰시면 잠깐만 빌려 쓸 수
있을까요? 볼펜을 어디 뒀는지 모르겠어서" 하고 물었다.
  "아, 방금 다 썼어요. 편하게 쓰세요." 상대방은 흔쾌히 펜
을 빌려줬다.
  마스크를 쓴 모습이나 말투로 볼 때 서울·경기권에 사는
20대 중후반의 여성 같았다. 옆에 앉아있다가 사람이 없는

통로 좌석으로 옮겨 앉은 중년 여자는 어머니이고… 추측건대 모녀가 함께 유럽여행을 떠났다가 돌아가는 모양새였다. 뮌헨공항에서 출발했으니 독일이나 그 근처 여행이었을까?

다 쓴 펜을 돌려주면서 어쩌다 말을 텄다. 어머니와 같이 여행을 하다 돌아온 게 맞았지만, 나처럼 독일은 경유지로 들렀을 뿐 여행 자체는 스페인만 둘러보고 왔다는 모양이었다.

"저도 뮌헨은 경유지이기는 했어요." 내가 말했다.

"어디서 출발하셨는데요?" 여자분이 물었다.

"음, 그게. 핀란드이기는 했는데요."

"아하, 북유럽 여행을 하신 건가요?"

"아, 아뇨. 러시아에서 시베리아 횡단열차를 타고 왔어요."

"러시아요?" 그녀는 적잖이 놀란 눈치였다. "지금까지 러시아에 계셨던 거예요?"

"네. 이틀 전까지만 해도 상트페테르부르크에 있었어요. 비행기가 취소되는 바람에, 거기서 버스를 타고 핀란드로 가서… 뭐 그랬어요."

"어쩌다 러시아를 다 가셨대요? 이런 시기에."

"전쟁이 일어날 줄 몰랐거든요. 제가 블라디보스토크에

갔을 땐… 거기서 시베리아 횡단열차를 타고 모스크바로 가던 도중에 전쟁이 일어난 거예요. 그래서 비행기가 취소됐고… 그래도 여기 잘 탔으니까요."

"…많은 일이 있었네요?"

"음, 그렇죠. 많은 일이 있었어요." 나는 앉아있던 좌석의 각도를 조절하고, 머리를 뒤로 깊게 누이면서 말했다. "누구나 그렇긴 하지만."

그 뒤로도 많은 얘기를 나눴다. 나이는 나랑 동갑이었는데, 어머니와 해외여행을 간 건 처음이라고 했다. 직업은 상담사였다. 나는 내담자로서 상담사와 자주 대화를 해보았는데, 상담사는 대개 상대방의 이야기를 들어주는 입장이다. 말을 할 때도 뚜렷하게 말을 하기보다는 에둘러 표현하는 경우가 많다. 그런데 이때는 사석이라서인지, 그녀는 상담사치고 자기 의견을 아주 명확하게 이야기한다는 인상을 받았다. 모녀 여행이 으레 그렇듯 해외에서 몇 번 크게 싸우기도 했다는 모양이었다.

"상담사가 부모님과 싸우는 게 잘 상상이 안 되는데요." 내가 말했다.

"뭐, 비슷해요. 남들이 겪는 문제에 조언을 해준다고 해서,

상담사가 똑같은 문제를 겪지 않는다는 건 아니니까요."

자기가 하고 있는 일에 대해 이야기할 때 완전히 지쳤거나 자존심을 세우는 데 급급한 표정 대신 반짝이는 눈빛으로 허공에 있는 이미지에 몰입한 채 말을 이어가는 사람이 있다. 나는 그런 사람들을 좋아한다. 모르긴 몰라도 본인이 하는 일에 깊은 애정이며 탐구 정신이 있어 보이는 그런 모습. 내가 글에 대해 이야기할 때도 그렇게 보여지고 있을까.

그 이후의 대화는 잘 기억나지 않는다. 미술 상담에 관한 이야기를 듣다가 미술사에 관한 이야기를 좀 하고, 내 직업에 대해 좀 말하다가 기회가 닿으면 책을 보내주겠다고 말을 했던 것 같다. 대화를 마친 나는 다시 피곤해져서 의자에 머리를 기댔다. 비행기는 사우디아라비아 주위를 날고 있었다. 기내의 불빛은 화장실과 비상탈출구 표시등을 제외하고 모두 꺼졌다.

내가 그대로 밤을 지새우게 된 경위를 설명하자니 다소 부끄럽다. 노트북을 꺼내고 처음 한두 시간 정도는 성실하게 글을 썼던 것 같은데, 뇌도 식힐 겸 깔려있던 〈문명6〉를 시작한 것이 문제였다.

"석기시대의 커다란 짐승들과, 처음으로 직립 보행하는 인류의 시초까지, 먼 여정을 거쳤습니다…"

결과적으로 내 뇌는 물론 노트북의 불쌍한 CPU도 식기는 커녕 불타기 직전까지 달아올랐다. 악질적인 불멸자 난이도의 문명 세계에서, 내 수도를 죽어라 괴롭히던 야만인의 캠프 세 곳을 불태우고, 이웃 나라의 군사적 위협에 맞서 성벽을 올리며, 뒤늦게 르네상스 시대에 합류해 종교 불가사의인 바실리 대성당을 건축할 즈음… 나는 보았다. 한국인 승무원이 천천히, 소리 없이 착륙 준비를 마쳐가는 모습을. 굳게 닫힌 차광막 너머에서, 실눈처럼 저며 드는 눈 부신 햇살을.

나는 그렇게 한국에 도착했다.

공항에 도착해서, 나는 오랫동안 해외에 있다가 돌아온 사람들이 으레 겪는 과정을 거치며 입국 절차를 마쳤다. 해외에서의 확진 경험 때문에 검역소 인터뷰를 좀 오래 해야 하긴 했지만. 나는 한국말은 잘하기 때문에, 전체적으로는 큰 지장 없이 흘러갔다. 뮌헨에 놔두고 온 줄 알았던 수화물도 무사히 되찾았다. 이래저래 고생은 했어도 한국에 도착한 것이 감격스러웠다. 집에 도착하면 혼자 축배나 들 생각

**뮌헨, 서울**

으로 면세점에서 가장 저렴한 위스키를 한 병 샀다.

    터미널 밖으로 나왔다. 벌써 봄 냄새가 났다. 내가 러시아로 출국한 것이 2월 초, 꽃샘추위다 뭐다 해서 새벽바람이 쌩쌩거리던 시기였는데. 날씨가 너무 좋아서, 공항이 아니었다면 내가 입고 있던 두꺼운 코트나 겨울 부츠를 해명하기 쉽지 않을 것 같았다.

    짐도 무겁고 해서 집까지는 택시를 탔다. 한 시간이 안 돼 집 근처에 도착했다. 택시치고는 차가 커서ー아이오닉이었다ー너무 좁은 골목에는 들어갈 수 없었다. 기사분이 곤혹스러워하는 눈치길래 나는, "여기까지면 됩니다. 나머지는 걸어갈게요"라고 말하고 차에서 내렸다. 날씨가 좋아 조금은 힘을 들여서 걷는 게 좋겠다는 생각이었다.

    나는 내가 한 달 동안 떠나있던 동네를 찬찬히 걸어서 집으로 향했다. 건물 너머로 새 소리가, 막 점심시간이 된 근처 유치원에서 아이들 웃음소리가 들렸다. 러시아에서는 맡을 수 없었던 산뜻한 공기의 냄새와, 전날 눈이 내린 흔적 같은 건 온데간데없이 깨끗한 보도블록을 확인했다.

마침내 집에 도착했다.

나는 떠나기 전에 집 청소를 꽤 꼼꼼히 해놓았다는 것에 만족했다. 짐을 풀지도 않고 소파에 풀썩 앉아보고, 외투를 벗지도 않은 채 침대에 누워 고요를 만끽하다 스르르 잠이 들…

…어서는 안 되는 상황이었다!

'…실업급여!'

그 네 음절짜리 단어 하나가 뇌리에 떠오르자마자, 온몸에 전율이 일고 아드레날린이 분비되기 시작했다. 가뜩이나 밤을 새워서 피곤한 와중에, 부랴부랴 차 키를 챙겨 지역 고용복지센터로 황급히 달렸다. 한 달이나 자리를 비워서인지, 안 그래도 낡은 차는 먼지투성이가 돼있었고, 시동을 걸었는데도 앞으로 가는 힘이 영 시원찮았다. 그래도 음악은 잘 나왔다. 러시아에서 들었던 노래가 그대로 이어져 나왔다. 비틀스의 〈A Day in the life〉였다.

> …I saw a film today, oh boy
>
> The English Army had just won the war
>
> A crowd of people turned away
>
> But I just had to look

Having read the book

I'd love to turn you on…


해가 중천에 떠 있었다. 관악에서 구로디지털단지로 이어지는 길은 무던히도 막혔다. 고용복지센터에 도착했다. 타닥, 탁, 타다닥… 키보드 두드리는 소리, 복사용지 냄새, 하얀 형광등으로 도배된 천장. 그 밑으로 무수한 책장과 고통받는 공무원들의 업무소리가 겹쳐 관공서라는 공간을 이룩하고 있는 곳이었다.

"이게, 실업인정일로부터 14일이 지나면 변경 신청을 못하게 되어있거든요?" 고용노동센터의 담당 주무관은 컴퓨터 화면을 보며 말했다.

"네… 알고 있어요." 나는 말하는 도중에도 헉, 헉, 하며 숨찬 소리를 냈다. "오늘이 딱 14일째 아닌가요?"

"…맞아요. 정말 아슬아슬하게 오셨네요. 몇 시간만 더 지났으면…"

"알아요"라고 대답했다. 당연히 알고 있었다. 한 달 반 분량의 실업급여가 그대로 증발해버렸을 것이다. 집에 도착해서 그대로 잠들었더라면. 밤 열한 시쯤에 일어나서 창밖으로 몸을 던졌겠지.

"아무튼 절차상 문제는 없는 것 같고…" 주무관은 창구 앞으로 내가 건넨 신분증을 되돌려주며 말을 이었다. "일자 변경은 한 번밖에 안 되니까요. 다음에는 이렇게 늦으시면 안 돼요. 알겠죠?"

"네. 명심할게요…"

"근데 왜 이렇게 늦으신 거예요? 14일째에 딱 맞춰오는 사람은 처음 봐서요."

"그으게… 그동안 일이 좀 있었거든요."

나는 안도의 한숨을 쉬며 자리에서 일어났다. 그리고 그대로 서서, "아. 무슨 큰일이라도 있으셨어요?" 하고 물어오는 주무관의 걱정 어린 표정을 몇 초쯤 바라봤다… 그리고 대답했다.

"아뇨. 별일 아니었어요."

해는 아직 중천에 떠 있었다. 나는 근처에서 밥이나 먹을까 하다가, 문득 생각나는 것이 있어 곧장 집으로 돌아왔다. 집에 오자마자 선반의 화분에 물을 주었다. 넘쳐흐를 만큼 흠뻑 주었다. 못 보던 사이에 잎이 하나 늘어있었다.

뮌헨, 서울

## 마치며

어렸을 때는 지도 보는 일을 좋아했다. 교과서의 부록으로 받은 사회과 부도, 그 맨 뒷면에 붙어있는 세계지도를 심심할 적마다 펼쳐놓고 놀았다. 내 이름을 딴 가상의 나라를 건국해 연필이나 펜으로 유라시아 전역에 달하는 대영토를 그려놓기도 하고, 가장 넓은 건 내 땅이고 작게 움츠러든 저쪽은 네 땅이라는 식으로 유치한 땅따먹기 놀이를 하기도 했다.

그 무렵 지도를 보던 내게 가장 큰 호기심을 불러일으킨 나라는 러시아였다. 워낙에 나라가 큼지막해서 눈에 띄기도 했거니와, 뭐랄지 이상할 정도로 비어있는 부분이 많았기 때문이다. 손가락 한 마디만 한 지도 위 공간에 크고 작은 나라와 도시가 빽빽이 들어차 있는 유럽, 동북아시아와는 다르게, 러시아 지도는 성의 없을 정도로 빈 곳이 많았던 것이다. 유럽과 붙어있는 상트페테르부르크나 모스크바 정도를 제외하면, 시베리아 한복판에서는 너비를 알 수 없도록 표시된 강줄기 몇 개와 고원만이 나타나 있었다.

그 넓은 땅에 마치 '별달리 신경 쓸 만한 건 없다'는 듯이, 대수롭지 않게 표현되어있는 시베리아의 지도에 나는 마음을 빼앗겼다. 오히려 아무것도 없기 때문에 신경 쓸 것도 없었고, 그 너른 땅의 광막함을 곧이곧대로 받아들이기만 하면 되었다. 그건 어쩐지 내게 위로가 되는 일이었다. 나는 러시아가 아닌 어디라도 상관없었다는 투로 얘기했지만, 이런 내 유년 시절의 경험이 나도 인지하지 못한 사이 의미심장한 선택을 하도록 이끌었을지도 모르겠다.

러시아를 다녀온 지도 어느덧 1년이 넘었다. 나는 한국으로 돌아와 밀린 일거리를 처리해야 했는데, 그 일들 중에는 이 여행기를 책으로 펴내는 것에 대한 구체적 논의도 포함돼있었다. 나는 얼떨결에 한 달가량의 여정 동안 두 권의 책 마감을 동시에 한 셈이 됐다. 이런 게 처음 있는 일은 아니지만, 역시 기분은 얼떨떨하다. 어쨌거나 원고는 완성되어있

**마치며**

었고, 논의가 끝났으니 슬슬 책을 내기만 하면 되는 수순이었는데.

전쟁이 변수가 됐다. 나는 전쟁 발발 당시 러시아에 있었고, 정치적 문제로 항공로가 폐쇄되는 통에 우회로를 통해 한국으로 돌아왔다. 그렇기는 해도 나는 우크라이나와 러시아 사이에 일어난 전쟁에 대해 많이 알고 있지는 못했고, 최대한 빠른 시일 내에 전쟁이 끝나고 평화가 찾아오길 바랄 뿐이었다. 어쨌든 그 당시에는 누구도 전쟁이 '정말로' 일어날 줄은 예상하지 못했고, 이렇게나 오랫동안 이어질 줄은 더욱이 상상하지 못했다.

더구나 러시아는 침략국의 입장이다 보니, 아무리 전쟁과는 별 관련이 없는 기행문이라고 해도 시선이 좋아지려야 좋을 수 없다는 문제가 있었다. 실제로 출판 시장에서 러시아와 관련된 책은 거의 출간되고 있지 않다고 했다. 결국 '가능한 전쟁이 마무리될 때까지 출간을 미뤄보자'는 출판사의 의견에 따라, 우리는 1년 가까이 출간을 미뤘음에도 좋은 소식을 듣지 못했다. 상황은 나빠지기만 했고, 전쟁은 지금도 전 세계 사람들에게 악영향을 끼치고 있다.

그렇지만 여기서 출간을 더 미루는 것도 여러모로 무리가 있었다. 전쟁은 장기화할 조짐을 보였다. 언제까지고 전쟁이 끝나기만을 기다리는 것도 미련한 짓이고, 막상 전쟁이 끝난다고 해서 러시아 자체에 대한 여론이며 리스크가 눈 녹듯이 사라지지도 않을 것이었다.

마침내 '리스크가 있지만, 어떻게든 정면 돌파해 보자'는 방침으로 결론이 났다. 나야 물론 제일 먼저 겁이 났지만. 너무 재미있고 좋은 글이니까 괜찮을 거라고, 위로와 걱정을 아끼지 않은 편집자님께 진심으로 감사드린다. 지금과 같은 시점에서 러시아 관련 서적을 내는 데에는 출판사에도 상당한 용기가 필요했으리라. 솔직하게 이야기해서 이 책이 엄청난 베스트셀러가 될 일은 없겠지만(만약 그렇게 된다면 출판 시장에 문제가 있는 것 아닐까), 부디 소기의 성과를 거둬서 서로에게 좋은 결과로 이어지길 바란다.

이제 와서 하는 얘기인데, 러시아행 비행기에 몸을 실을 당시 나는 진심으로 죽을 생각이었던 것 같다. 연재하는 동안 물의를 일으킬지 모른다는 생각에 다 기록해두지는 않았지만 나는 유서도 썼고 돌아가는 비행기도 예약하지 않았다. 그저 그렇게 시베리아 설원 한가운데로 가서, 마지막으로 마감한 원고를 전송한 다음에 그곳에서 얼어 죽는 것이 나의 진짜 계획이었다. 그런데 막상 가보니 죽는 건 생각보다 어려운 일이었다. 일단은 얼어 죽을 때까지 추위를 견뎌야 한다는 점이 다소 까다로웠고, 느닷없이 코로나에 걸리면서 의도치 않게 삶에 대한 의지를 확인하게 되는 해프닝도 있었다.

나는 결국 살아 돌아왔다. 그리고 지금도 계속해서 살아가고 있다. 좀 밋밋한 묘사일지도 모르겠지만. 그것이 이 책의 진짜 결말이자 에필로그이다. 살아가고 있다는 것.

불면증은 나았다. 러시아에 다녀오고 나서 가장 극적인 변화가 하나 있었다고 하면 바로 이것이다. 1년 가까이 내 일상과 관련된 모든 것들을 구겨놓았던 증상이, 지금은 언제 그랬냐는 듯 사라져 흔적도 찾을 수 없다. 이제 나는 너무 잘 자서 해야할 일을 놓치기도 한다. 약은 자연스럽게 끊었고, 술은 가끔 즐거운 일이 있거나 좋은 사람들을 만날 때 이외에는 마시지 않는다.

살이 많이 쪘다. 엄청나게 짜거나 달았던 러시아 음식 덕분에, 나는 한 달 사이 약 7,8킬로그램이나 몸무게가 불어나 있었다. 문제는 그게 1년이 넘도록 빠지지 않고 있다는 거다. 시간이 지나면 원상 복구되겠지 싶었던 것이 아예 만성적인 모습으로 자리 잡았다. 덕분에 나는 지금까지의 인생에서 가장 무거운 하루하루를 이어 나가고 있다. 슬슬 운동을 시작해야겠다…는 생각만 1년째 계속하고 있다.

대학에 돌아가 다시 공부를 시작했다. 러시아에서 돌아온 지 얼마 되지 않아, 나는 자퇴했던 대학에 재입학 원서를 넣었다. 딱히 안드레이와의 약속을 지키려고 한 건 아니었지만 더 좋은 글을 쓰기 위해 '뭔가를 더 배우고 싶다'는 생각이 매일같이 강해져 끝끝내 잘못된 결정을 하고 말았다. 자퇴하기 직전의 학년으로 돌아가는 거라 학번은 그대로였는데, 공부가 이렇게나 즐겁게 느껴지는 걸 보니 이거야 정말 오래 살고 볼 일 같다. 나는 이전 학기에서 만점에 가까운 학점을 받았다. 등록금은 전액 장학금으로 처리됐다. 그래도 여전히 경영학 강의는 지루하기 짝이 없는데, 요즘은 뭔가를 배운다는 것 자체가 내게는 흥미진진한 일처럼 여겨져서 제법 견딜만하다. 힘들지 않다는 것은 아니다.

공부를 하면서 사회인으로서의 밥벌이를 병행하는 것이 쉽지는 않다. 재택근무를 허용해주는 한 회사와 계약해 쉴 틈 없이 글을 쓰고 있다. 이런 마당에 학기 중 마감을 한다는 건 불가능한 일이 아닐까. 어차피 상황이 닥치면 할 수밖에

**마치며**

없는 것 같지만.

독서 모임도 다시 시작했다. 코로나로 인한 오프라인 모임 제한이 풀린 덕분이다. 서로 격리돼있던 기간 동안 봤던 책이며 영화 이야기를 실컷 하고 있으려니 나는 단지 외로웠던 것이 아닐까 하는 생각도 든다. 단지 외로움이라니. 인간이 외로운 것은 세상에서 가장 중대하고 심각한 문제가 아닐까. 좀 더 나아가면 내가 글을 쓰는 이유라는 것도…

안드레이와 따로 연락을 하고 있지는 않다. 가끔 내 게시물에 하트를 누르는 걸 보면 근황은 확인하는 것 같은데, 내가 마지막으로 보낸 메시지에 답장이 없어서 나도 더 이상 별말은 하지 않았다. 유달리 신세를 졌던 나탈리야와 라파엘 부부에게는 이 책을 보내줄 예정이다. 한국어로 쓰인 책이라 쉽게 읽을 수는 없겠지만, 요즘은 워낙에 번역기가 잘되어있으니 어렵사리 내용을 확인할 수 있을지 모른다. 중요한 건 그들의 도움이 책을 보내는 행위로 이어졌다는 연결성, 그 맥락을 펴서 보여주는 것이다. 헬싱키에서 만난 조이에게는 얼마 전 메시지가 왔는데, 내가 소설집을 출간한 것을 보고 축하해주는 내용이었다. 잊지 않고 나를 기억해줘서 고맙다고 답장을 보냈다.

러시아에서 돌아온 지 400일이 넘게 지난 지금 내게는 여전히 뇌리에 새겨져 잊히지 않는 장면이 하나 있다. 특별한 에피소드가 있는 건 아니라서 따로 기록해두지는 않았지만, 내가 '여로'에서 느꼈던 모든 것들을 특정한 순간으로 압축한다면 바로 이 장면이 될 것 같다는 느낌이 있다.

그때 횡단열차는 시베리아 설원의 한가운데를 관통하고 있었다. 새벽에 문득 잠에서 깼는데, 객실이 너무 덥고 건조해서 통로 쪽으로 나왔다. 때마침 열차는 아주아주 작은, 역의 이름조차 달려있지 않은 간이역에 잠깐 정차했다. 열차가 멈췄지만 인터넷은 연결이 되지 않았다. 한참 전에 오프라인 모드로 전환돼있던 구글 지도는 이곳이 아무것도 없는 설원 속이라는 사실만 표시해줄 뿐이었다.

그런 곳에 있는 작은 간이역. 역이라고는 하지만 구색을 갖춘 플랫폼도 없고, 철길 옆에 회색 콘크리트로 성의 없이 지은 작은 건물 하나가 덩그러니 있을 뿐이었다. 오두막만 한 크기의 그 건물은 원래 거기 지어질 계획이 없다가, 어쩌다 보니 그렇게 돼버린 실수의 결과물처럼 보였다. 침침한 불빛을 깜빡거리는 가로등이 하나 있고, 그 아래로 나무색 출입문과 색이 바랜 금속 손잡이 같은 것들이 간신히 빛을 반사하고 있었다. 낮게 지어진 지붕 정면에 흰색 바탕의 개성 없는 원형 시계가 붙어있었다. 종합해봤을 때 그 풍경은 원근법도 소실점의 개념도 모르는 초등학생이 마음 내키는 대로 그린 그림 같았다.

그때 역 건물의 옆쪽에 서있던 남자가 눈에 들어왔다. 무슨 영문인지 잔뜩 짜부라진 역무원 모자 같은 것을 쓰고, 온몸에 방역복 같은 비닐 옷을 걸쳐 입고서는, 무릎까지 쌓인 눈을 말 한마디 없이 퍼내고 있었다. 바깥에는 계속해서 눈보라가 치고 있었는데, 남자가 금방 눈을 치워 낸 길에 다시금 눈송이가 단층을 만들어가는 것이 보였다.

요컨대 그 남자가 하는 일은 그런 것이었다. 시베리아 한복판에 있는 간이역에 근무하면서, 끊임없이 내리는 눈을 치우고 또 치우는 것. 때는 하루 중에서 가장 추운 새벽이었고, 아무도 지켜보지 않는 가운데 눈보라가 치고 있는데도 그저 좌우로 넓적하게 큰 삽으로 눈을 퍼내면서, 가끔씩 손가락 마디에 끼워놓았던 담배를 한 모금 피웠다. 모처럼 커다란 횡단열차가 정차했지만, 그는 이쪽으로 눈길조차 주지 않았다.

정차 시간은 1분도 채 되지 않았던 것 같다. 창밖으로 기다란 눈썹이며 덥수룩한 수염에 눈발이 잔뜩 엉겨 붙어있는 그의 모습이 차츰 멀어져갔다. 열차는 서쪽으로 며칠을 더 달릴 것이었다. 초점 없는 눈처럼 까마득하던 동쪽 지평선 쪽에서 이제 막 해가 뜨려고 하는, 당장에 빛이라고 하기에는 나약하지만, 햇살이 반드시 다가오겠다는 어떤 단서 같은 것이 감돌고 있었다.

이때의 기억이 너무 생생했음에도 불구하고, 곧 다시 잠에 들었다는 이유 때문에 그 장면이 꿈이나 환각의 일부일 것으로 생각했다. 그러나 다시 생각해보면 나는 그때 수면제도 먹지 않았고, 구태여 그런 장면을 꿈꾸거나 상상해내야 할 필요도 없었다. 그건 정말 우연적인 순간이었다. 나는 아직도 그 간이역의 이름조차 알지 못하지만, 아마도 죽을 때까지도 알 수 없겠지만… 이제는 그 역의 모습이며 눈을 퍼내며 가끔 담배를 피우던 남자의 모습이, 분명코 꿈결에 본 장면이 아니라고 확신할 수 있다.

언젠가부터 나는 '삶'이라는 단어를 보거나 생각할 때마다 그 간이역의 풍경을 떠올리게 된다. 왠지는 몰라도 그 자

그마한 간이역사와 침침한 가로등과 그 옆에서 비닐 옷을 입은 채 눈보라에 맞서 눈더미를 퍼내는 남자의 모습을 그려보고 만다. 마치 그때의 잔상이 삶이라는 단어와 결합해 뇌리에 아로새겨진 느낌이다. 그건 내가 살면서 동경해왔던 모습도 아니고, 대충 그럴 것이라 상상했던 모습도 아니었다. 그럼에도 그 장면은 내게 '삶'이라는 것의 통합된 이미지처럼 보인다. 그러는 동시에, 영영 끝나지 않을 것 같은, 반복적이고 가혹해 보이는 내일을 살아갈 용기를 북돋아준다.

## 책에 실린 글과 노래

163p.  《삶이 그대를 속일지라도》 중 〈…에게〉, 알렉산드르 세르게예비치 푸쉬킨 저, 민음사(1999)

200p.  《밤은 부드러워라》, F. 스콧 피츠제럴드 저, 정영목 역, 문학동네 (2018)

354p.  시 〈For Whom The Bell Tolls〉 존 던(17세기)

403p.  노래 〈A day in the life〉 비틀즈(1967)